KB240765

TARA DUNCAN
contre la Reine Noire

타라 덩컨

검은 여왕

TARA DUNCAN, contre la Reine Noire

by SOPHIE AUDOUIN-MAMIKONIAN

Copyright©XO EDITIONS (Paris), 2011
Korean Translation Copyright©SODAM&TAEIL Publishing Co.Ltd., 2012
All rights reserved.

This Korean edition was published by arrangement with XO EDITIONS (Paris)
through Bestun Korea Agency Co., Seoul

이 책의 한국어판 저작권은 베스툰 코리아 에이전시를 통해 저작권자와의 독점계약으로 (주)태일소담에 있습니다.
저작권법에 의해 한국 내에서 보호를 받는 저작물이므로 무단전재와 무단복제를 금합니다.

TARA DUNCAN
contre la Reine Noire

타라 덩컨

검은 여왕 ②

펴 낸 날 | 2012년 7월 25일 초판 1쇄
         2012년 12월 28일 초판 3쇄

지 은 이 | 소피 오두인 마미코니안
옮 긴 이 | 이원희
펴 낸 이 | 이태권
책임편집 | 박인의
책임미술 | 이슬기
펴 낸 곳 | (주)태일소담
         서울시 성북구 성북동 178-2 (우)136-020
         전화 | 745-8566~7 팩스 | 747-3235
         e-mail | sodam@dreamsodam.co.kr
         등록번호 | 제2-42호(1979년 11월 14일)

ISBN 978-89-7381-282-0 04860
     978-89-7381-857-0 (세트)

● 책 가격은 뒤표지에 있습니다.
● 잘못된 책은 구입하신 곳에서 교환해드립니다.

www.dreamsodam.co.kr

TARA DUNCAN
contre la Reine Noire

타라 덩컨

검은 여왕

소피 오두인 마미코니안 지음 | 이원희 옮김

소담출판사

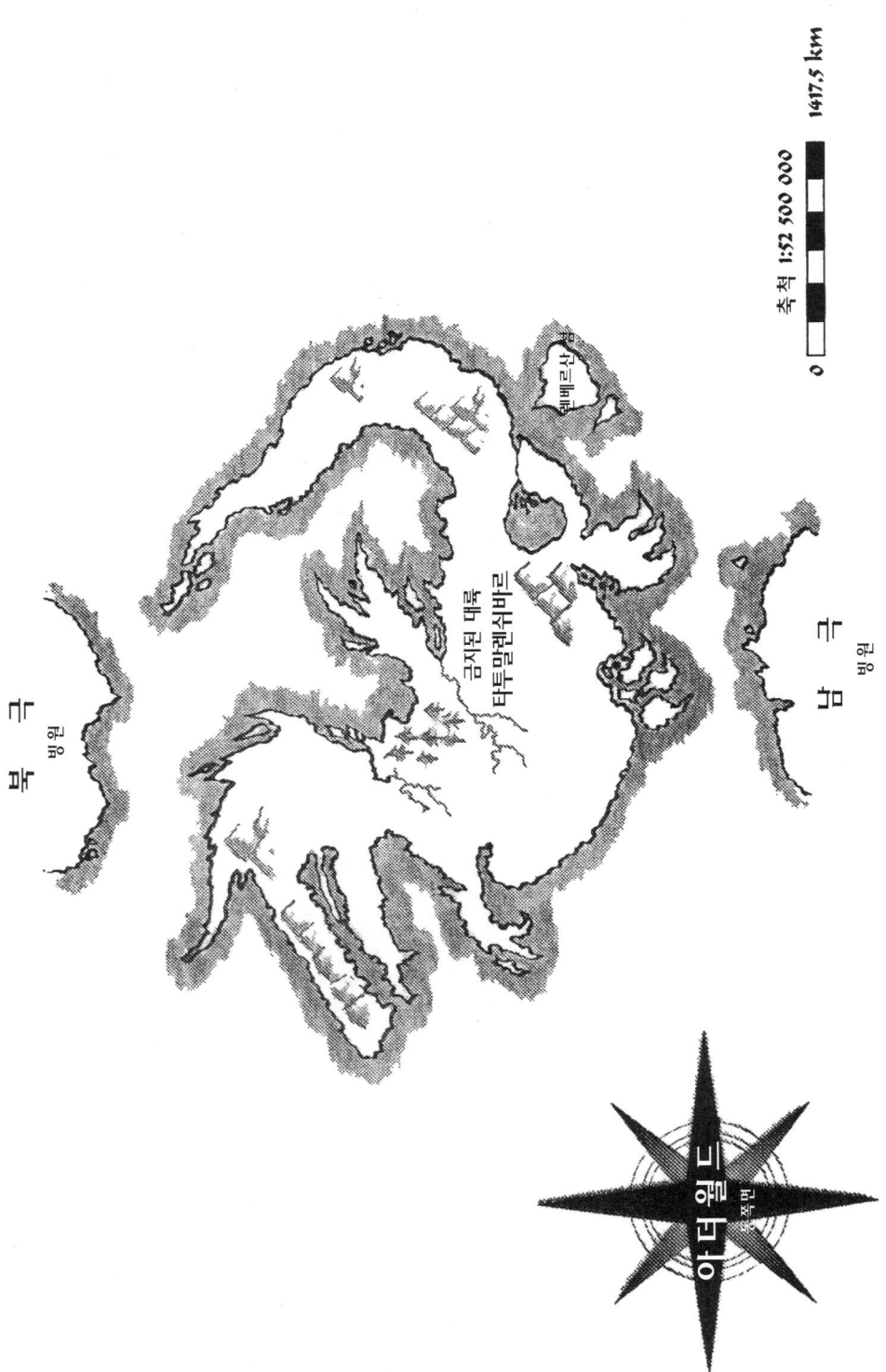

북극
북반구

남극
남반구

금지된 대륙
타르마렌쉬바르

헤베르산맥

아더월드
북쪽면

축척 1:52 500 000
0   1417.5 km

TARA DUNCAN
contre la Reine Noire

타라 덩컨

검은 여왕 하 | 차례

•일러두기
1. 제레미의 풀네임 표기를 제레미 델렝비르 발 드레구스로 수정합니다.
2. 이 책의 본문에 표시된 ＊부분은 뒤페이지의 '아더월드의 용어 해설'에 자세히
   설명해두었습니다.

검은 여왕 하

꺼진 태양

머물고 있는 곳은 망가뜨리지 않는 것이 좋은데

*

훗날 생존자들은 이때의 일을 이렇게 전했다. 타라가 태양을 껐지만 불도 껐다는 것은 그나마 긍정적인 부분이었다. 어둠 속에서는 얼마간 살 수 있어도 불에 타면 바로 끝이니까.

초원 위에 여전히 떠 있는 타라는 넋이 나간 얼굴이었다. 크고 작은 완두콩처럼 나가동그라진 매머드들의 울음소리가 멀리까지 쩌렁쩌렁 울리고 있었다. 마법의 방패가 보호해주지만 공포에 휩싸인 매머드들에게는 두고두고 아주 끔찍한 충격이 될 텐데……**23**

아주 침착한 목소리, 칼의 목소리가 올라왔다.

· · · · · · · · · · · · ·

23. 아주 예외적으로, 신 나는 놀이라고 생각하는 어린 매머드 여섯 마리는 몇 달 동안 아마존 여군들이 나타나면 내동댕이쳐지는 흉내를 내면서 즐거워했다. 타라가 아틀란티스 초원을 다녀간 뒤로 아마존 여군들은 매머드 떼에 쫓기는 끔찍했던 상황에 치를 떨면서 타라라는 이름을 입에 담을 때마다 아주 자연스럽게 욕설이 붙었다.

"타라?"

"맙소사!"

"태양을 다시 켜주면 안 될까?"

무거운 침묵이 흘렀다.

"태양을 다시 켜……?"

"응, 너도 알잖아. 우리 머리 위에서 열기와 빛을 주는 번쩍거리는 덩어리 말이야. 네가 끄기 전까지는 빛을 내려주던 것."

하지만 너무 충격을 받은 타라는 아무 말도 못했다. 다시 긴장된 침묵이 흘렀다. 어둠 속 여기저기서 마법을 사용한 이들의 딸꾹질 소리가 들렸다.

"해, 해볼게." 타라가 마침내 어물어물 말했다.

"안 되애애애애!"

갑자기 사령관이 소리쳤다.

"우리의 태양을 건드리면 안 돼!"

아차! 이제야 부여제에게 말하고 있다는 걸 깨달은 사령관이 마지못해서 덧붙였다.

"적어도 지금은 안 됩니다, 폐하. 훼손 상태부터 점검해야 합니다."

그리고는 목소리를 높였다.

"옐로우 분대와 블루 분대! 허브글라이더들의 헤드라이트를 켜라. 부상자가 있는지 확인! 모두 랜턴 사용! 움직일 때 덫이 있는지 살펴라!"

아마존 여군들은 복종했고, 랜턴 불빛이 하나둘 어둠 속을 수놓기 시작했다. 사령관의 군대는 필요한 장비를 잘 갖추고 있었다.

도둑의 시커먼 복장 때문에 전혀 보이지 않는 칼이 불렀다.

"타라?"

너무 엄청난 짓을 저질러서 정신을 차릴 수 없는 타라는 파란 반딧불이처럼 여전히 공중에 떠 있었다.

"왜?"

"내려와도 될 것 같은데…… 이젠 걱정할 것도 없고."

사령관은 하마터면 타라만 없으면 이 초원에 위험한 건 없다고 소리칠 뻔했지만 이를 악물었다. 그러고는 넘어지면서 군복에 묻은 흙을 털면서 부하들을 지휘했다.

타라가 땅바닥에 내려섰는데 눈에는 아직 공포의 빛이 역력했다. 용선의 부축을 받고 일어나는 무아노를 보고 칼과 타라가 깜짝 놀라서 뛰어갔다. 무아노와 파브리스는 무사했다. 인간으로 돌아온 무아노가 비틀거렸기 때문에 용선이 재빨리 검을 거두고 무아노를 붙잡아주었다. 무아노는 얼굴이 빨개져서 고마움을 표시했다. 그사이에 파브리스가 깨어났다.

"뭐야, 왜 이렇게 깜깜해?"

부상자 명단을 작성한 보고서가 도착했다. 잠시 후, 그 어느 때보다 머리가 헝클어진 모우르무르는 흙을 만지면서 탄성을 질렀다.

"이렇게 셀 줄이야! 아직까지 매직미터기에 이 정도로 강한 힘이 표시된 걸 본 적이 없었는데…… 타라, 네가 지금까지의 모든 기록을 아주 확실히 깨버리는구나."

모우르무르가 기구를 흔들자 삐삐, 삐삐 요란스러웠다. 타라는 너무 놀라서 사레들릴 뻔했다. 세상에! 매머드에게 깔려 죽을 절체절명의 위기 상황에도 타라가 살아있는 돌에게 도움을 청하는 걸 보고 기구를 뒤져서 마법의 힘을 쟀다니! 정말 못 말리는 발명가였다.

타라는 사령관을 향해 돌아섰다.

"미, 미안해요, 사령관 히글 5. 마법의 방패가 동물들을 보호해준다는 걸 까맣게 잊어버렸어요. 위험에 빠진 친구들과 여군들을 빨리 구해야 된다는 생각이 앞서서 그만……."

"태양이 없으니까 이렇게 캄캄할 줄이야!" 칼이 주위를 유심히 살피면서 불쑥 끼어들었다. "경계 태세로 들어가야 할 것 같아요, 사령관님."

그 말에 사령관이 긴장했다.

"경계 태세?"

"여기 사정은 잘 몰라도, 전략은 내가 좀 아는 편이거든요. 이건 아주 독창적인 살인미수 사건입니다. 매머드 떼를 이용하여 암살을 기도한 최초의 사건으로 기록될 겁니다."

"암살 기도?" 사령관의 목소리가 날카로웠다. "누구, 여제를?"

"여제요? 어이쿠, 그건 절대 아니고요." 칼이 대답했다. "사령관님의 부관, 용선 마법사!"

한국인 용선이 들었는지 흰머리 독수리와 하얀 사자를 데리고 다가왔다.

"이 공격이 나를 죽이려는 것이었다고?"

칼이 고개를 끄덕였다.

"단트릭스와 경쟁 관계에 있잖아요. 단트릭스는 부족 내에서 용선의 영향력을 견제하는 것이 틀림없어요. 그리고 이 초원에 주둔하는 아마존 부대도 마음에 들지 않고. 그래서 두 가지 골칫거리를 단박에 해결하기 위해 매머드 떼를 이용한 겁니다. 여군들이 다치면 아마존 부대가 당연히 매머드들을 공격할 테고, 그러면 보너스로 고기를 챙길 수 있죠. 그뿐인가요, 불을 냈으니 덩달아 매머드 구이까지…… 이름 하여 일석삼조!"

칼이 타라를 돌아보면서 천연덕스럽게 웃었다.

"아주 비뚤어진 인간이야. 단트릭스는 마지스터의 먼 친척이 틀림없어!"

아직도 충격에서 벗어나지 못한 타라는 웃을 수가 없는 반면에 파브리스는 짓뭉개지지 않았다는 것에 안도하며 미소를 지었다.

"마지스터 얘기가 나왔으니 말인데요." 사령관이 뾰족한 어조로 말했다. "오늘 아침, 이런…… 끔찍한 사건이 일어나기 직전 오무아 궁정에서 메시지를 받았습니다. 메시지에는 마지스터, 폐하와 검은 여왕에 대해 언급이 되었고…… 즉각 체포하라는 명이 포함되어 있었습니다."

아마존 여군들은 엉망이 된 주변을 정리하느라 너무 바빠서 사령관과 부여제의 대화를 들을 수 없었다. 이를 틈타 칼은 아솜무스 주문으로 히글과 부관 용선을 제압하고 어둠 속으로 달아날 궁리를 했지만, 타라가 선수를 쳤다.

"좋을 대로 해요. 하지만 좀 기다려요. 어둠 때문에 식물과 동물이 모두 죽기 전에 내가 태양을 다시 켜야 하니까."

사령관은 헤드라이트 불빛 속에서 타라를 뚫어져라 처다보다 약간 긴장을 풀었다.

"네, 폐하, 맞는 말씀입니다. 가장 큰 문제부터 하나씩 풀어야겠습니다."

사령관은 여전히 타라에게서 눈길을 떼지 않고 조심스럽게 물었다.

"그 검은 여왕은…… 여전히 여기 있습니까?"

"사용할 수 있는 악마의 마법이 남아 있는 한 검은 여왕은 이 안에 있지요." 타라는 손가락으로 몸을 가리키면서 대답했다. 그러자 타라의 안에서 검은 여왕이 웃음을 터뜨리면서 외쳤다. '그건 네 생각이고!'

타라는 무시해버리고 아무런 내색을 하지 않았다.

사령관은 한숨을 내쉬었다. 이 모험은 인사기록 카드에 아주 나쁜 영향을 줄 거란 느낌이 들었다.

"자, 이제 부상자들을 치료해요. 한 사람도 비욘드월드로 떠나지 않기를 바랍니다. 그런 일이 없도록 나도 도울게요. 아침 먹고 나서 태양을 켜는 데 전념할게요."

"단트릭스에 대한 문제도 도와주실 겁니까?" 사령관이 물었다.

"물론이에요." 타라는 부드러운 목소리로 말했다. "무엇을 도와주면 좋을지 말해요."

사령관이 절도 있게 턱을 탁 올리는 것으로 알았다는 표시를 한 다음 부대를 지휘하러 가자 불안한 표정으로 서 있던 용선이 뒤따라갔다.

부서진 텐트와 부상자들로 아수라장이 된 캠프는 한 시간 만에 깨끗하게 정리되었다. 불행히도 아마존 여군 세 명이 희생되었다. 시신을 아더월드로 이송할 것이기 때문에 장례식은 없었다. 하지만 타라는 이를 악물고 시신을 보존하는 주문을 날렸다. 그런데 이상하게도 토할 것처럼 속이 울렁거리지 않았다. 마치 초원에 걸린 마법이 훨씬 강력한 타라의 마법에 납작 엎드린 것처럼.

하루에 1000킬로미터씩 가면 공간이동의 문까지 앞으로 나흘이 걸리지만, 사령관은 하루빨리 타라를 더 강력한 군대에 인계하기 위해 이동 속도를 높이고 싶었다. 그래서 휴식을 위해 정지했을 때 허브글라이더의 엔진을 응급용으로 변경했다. 기계 부속이 너무 빨리 마모되는 문제가 있지만, 하루에 3000킬로미터를 강행하면 하루하고 반나절이면 가능했다.

새파랗게 질린 타라를 보면서 무아노가 걱정스러운 듯 물었다.

"할 수 있겠어?"

"저기 반구형 천장, 가짜 하늘을 뚫어버릴까 봐 두려워." 타라가 꺼진 태양을 향해 고개를 쳐들면서 대답했다. "이제는 타공에서도 멀리 떨어진 해저에 와 있다고 생각해. 익사는 내 계획에 들어 있지 않은데……."

"내 계획에도 없어." 무아노는 솔직하게 말했다. "하지만 너는 파브리스와 나의 목숨을 구해줬어. 따라서 나는 불평할 입장이 아냐. 고마워, 타라."

그렇게 말하고 무아노가 킥킥거렸다.

"오, 타라. 사방으로 내동댕이쳐질 때의 매머드들을 봤다면……. 끔찍했지만 한편으로 정말 우스웠어! 그 놀라는 꼴이라니!"

마법사들이 이런 반응을 보일 때마다 타라는 너무 당황스러워 입술을 깨물었다. 비뚤어진 인간의 욕심 때문에 희생된 여군 세 명을 생각하며 침통해 있는 타라와 달리 무아노는 여군들의 혼령이 비욘 드월드로 떠난다는 걸 알기 때문인지 별로 걱정하지 않는 것 같았다.

타라는 건성으로 무아노에게 미소를 지었지만 이렇게 공감할 수 없을 때는 소외감이 들었다.

누군가 팔로 허리를 두르면서 단단한 어깨로 받쳐주었을 때 타라는 소스라쳤다.

친구가 외로워하는 걸 느낀 칼이 물었다.

"괜찮아, 타라? 넌 혼자가 아냐, 우리가 있잖아."

타라는 고마워하면서 칼의 어깨에 기대었다. 칼은 타라가 몸을 많이 기대는 데도 끄떡없이 받쳐줄 수 있는 자신에게 놀랐다. 그래서 이번만은 키를 크게 해준 검은 여왕이 고마웠다.

"너무 두려워." 타라는 나직한 소리로 대답했다.

칼은 혼자가 아니니까 떨지 말라고 용기를 주고 싶지만(조금이라도 잘못될 경우, 쏟아지는 물에 휩쓸릴 걸 생각하면 선뜻 말할 수 없었다) 일단 우스갯소리로 긴장부터 풀어주기로 했다.

"이거 왜 이러시나? 태양을 다시 켜줄 사람이! 어디 그뿐이야? 공간 이동의 문으로 가서 마지스터와 담판까지 지을 사람이면서! 서둘러야 해. 일주일 후에 있는 카니발에 초대를 받았는데 안 가면 마라가 내 심장을 파버릴 거야."

칼이 부르르 떨면서 타라의 귀에 대고 속삭였다.

"너보다 네 여동생이 더 무섭다고 하면 나를 원망할 거야?"

그런데 막상 타라가 웃음을 터뜨리자 칼은 안도해야 할지 슬퍼해야 할지 알 수가 없었다.

"오, 칼. 정말 고마워. 이런 때에 나를 웃게 해줘서. 네가 정말 좋아."

칼은 가상의 모자를 벗는 시늉을 하면서 허리를 깊이 숙였다.

"언제든 분부만 내리세요, 공주님!"

타라는 심호흡을 했다. 그 순간 긴 금발이 바람에 휘날렸다.

"당장 시작하는 것이 낫겠다. 히글 사령관에게 준비가 됐다고 알려야겠어."

타라는 단호하게 걸어갔다. 파브리스가 탐색하는 눈초리로 칼을 살폈다. 타라를 따라가려다 시선을 느낀 칼이 눈살을 찌푸리면서 말했다.

"왜? 나한테 무슨 할 말 있냐, 파브리스?"

"응? 있긴 한데 지금은 안 할래."

그렇게 말하고서 의아해하는 칼에게 개의치 않고 파브리스는 미소를 머금은 채 타라를 뒤따라갔다.

무아노도 이상한 표정을 짓고 있어서 칼은 꺼림칙했다. 로빈만 손바닥으로 칼의 등을 탁 쳐주는 것으로 타라에게 신경을 써줘서 고맙다는 표시를 했다.

다가오는 타라를 보면서 사령관은 심정이 복잡했다. 한편으로는 망가뜨린 것을 고쳐주려는 것이 고마우면서, 또 한편으로는 결코 만나지 않았으면 좋았을 거라고 생각했다. 사령관은 모르고 있었다. 같은 생각을 하는 사람이 헤아릴 수 없이 많다는 걸.

그리고 그 사람들이 모두 아직 살아 있다는 걸.

"전혀 준비가 되지 않았어요!" 타라는 억지로 활기차게 말했다.

사령관은 깜짝 놀라는 얼굴로 타라를 쳐다봤다.

"슬루르크! 빌어먹을 진실 주문! 준비가 됐다고 말하려고 했는데……. 너무 두려워서 사실은 엄두가 안 나지만 그래도 하려고요. 미안해요."

사령관의 입술이 눈곱만큼의 미소로 아주 미세하게 떨렸다. 타라 일행은 자꾸 진실 주문을 잊는 경향이 있었다.

"우리가 뭘 해드리면 됩니까?" 사령관이 물었다.

"없어요." 타라가 대답했다. "살아있는 돌과 내가 저지른 짓이니까 우리 둘이서 해낼 수 있을 거예요. 물론 나의 희망 사항이지만. 내 마법의 힘이 매머드들의 방패와 충돌했던 지점으로 가야겠어요. 거기서 내 마법의 힘을 하늘로 보낼 거니까."

"어떤 주문을 사용하실 겁니까?"

"레푸수스. 알 수 없는 이유로 태양이 꺼졌으니까요. 그다음 레파루스를 사용할 생각이에요. 그 방법밖에 없어요."

사령관은 반신반의하는 얼굴이지만 반대하지 않았다.

"좋습니다. 하십시오, 폐하."

타라가 살아있는 돌을 불러냈고, 타라의 머리 위에 자리를 잡은 살아있는 돌이 백열전구처럼 반짝였다. 허브글라이더에 오른 아마존 여군들이 멀찍이 떨어져서 지켜보고 있었다. 매직갱과 모우르무르는 지상에 있기로 했다. 타라를 잘 아는 친구들은 엄청나게 흔들릴 가능성이 있는 기계에 타고 싶은 마음이 전혀 없었고, 모우르무르는 기구를 꺼내놓고 이 장면을 녹화할 준비를 하고 있어서였다.

타라는 눈짓으로 인사한 다음 붕 떠올랐다. 손에 이어서 몸 전체가 번쩍거리더니 두 눈이 파란 태양처럼 빛나고 흰 머리털이 지지직거렸다. 그런데 체인지라인이 웬일로 타라에게 반바지와 구명조끼를 입혀놓은 상태였다. 납작한 배와 긴 다리, 아름다운 금발, 타라의 섹시한 모습을 보면서 로빈은 뛰어난 미모를 자랑하는 엘프녀들과 비교해 전혀 손색이 없다고 생각했다. 물론 어디까지나 로빈의 생각이지만.

이런, 체면을 많이 잃었으니 이제 로빈은 침을 그만 흘려야 할 텐데.

로빈이 이런 생각을 하는 사이, 타라는 정신을 집중하면서 마법을 작동했다. 파란색 거대한 검처럼 생긴 것이 허공을 뚫고 태양을 후려치자 반구형 천장에서 종소리 같은 것이 아주 길게, 길게 울렸다.

대애애애애애애애애애애애애앵…….

어찌나 쩌렁쩌렁 울리는지 모두 귀를 틀어막아야 했다.

"맙소사! 저 정도로 강력하다니!" 모우르무르는 눈이 동그래진 사령관을 쳐다보면서 소리쳤다.

사령관은 너무 놀라서 말도 못하고 고개만 끄덕였다.

태양이 깜박거리자 안도의 함성이 울렸다. 타라가 좀 더 힘을 쏟아내자 태양이 켜졌다.

그리고 꺼졌다.

사령관이 이맛살을 찌푸렸다.

"슬루르크! 이럴까 봐 불안했는데. 가봐야겠어요."

그 말에 깜짝 놀란 모우르무르가 사령관을 쳐다보는 사이에 타라는 난처한 얼굴로 지상에 내려왔다.

"친애하는 사령관, 어디로 가겠다는 거요?" 모우르무르가 물었다.

"당연히 태양에 가봐야지요!"

타라 일행은 머리가 잘못된 사람을 쳐다보듯 사령관을 응시했다. 몹시 흥분한 모우르무르는 불편한 다리인데도 펄쩍펄쩍 뛰었다.

"아, 그러니까 태양이 기계라는 말이오? 기계라면 수리하면 되는데! 흠, 마법으로부터 보호되는 주문이 걸려 있었군. 그래서 타라가 태양을 수리할 수 없었던 거야. 타라의 마법이 매머드들의 방패를 맞고 튕겨 나간 것과 같은 원리의 주문이 틀림없어. 태양/기계는 빛이 꺼진 걸 모르기 때문에 타라의 마법을 공격으로 받아들인 것이고⋯⋯. 흠흠, 그렇다면 태양에 걸어놓은 주문을 제거하면 되지. 그렇지요, 친애하는 사령관?"

히글이 감탄하는 얼굴로 모우르무르를 쳐다봤다.

"아, 발명가가 맞긴 맞나 보네요."

"아니요."

"네, 아니라고요?"

"네. 나는 최고 수준의 발명가니까 그냥 발명가와는 엄연히 다르지요. 나는 무엇이든 수리할 수 있고, 무엇이든 창조할 수 있어요. 당신의 작은 태양도 나한테는 오래 반항하지 못할 거요. 나를 믿으시오. 하지만 태양을 수리해주는 대가로 원하는 게 있는데⋯⋯."

사령관의 표정이 굳어졌다.

"협박인가요?"

"태양을 수리해주는 대가로 내가 원하는 건······ 데이트요. 브리양트[24] 불빛 아래 당신과 마주 보고 앉아서 근사하게 저녁 식사를 하는 진짜 데이트 말이오."

씩씩한 사령관이 모우르무르를 쳐다보는데 파란 눈에 즐거워하는 빛이 역력했다.

"저녁 식사, 좋죠. 아무튼 나도 그럴 생각이었어요."

모우르무르는 깜짝 놀랐다.

"아, 정말이오?"

"네, 이 초원에 진실 주문이 걸려 있으니 거짓말이 아니라는 건 아실 테고."

싱글벙글해진 모우르무르는 어찌나 기쁜지 사령관을 뜨겁게 포옹하고 싶은 걸 간신히 참았다.

"내 소원을 꼭 들어줘야 합니다."

사령관이 미소를 지었다. 물론 책임이 막중한 지휘관의 무표정한 얼굴로 이내 돌아가서 긴가민가했지만, 타라는 그의 왼쪽 입꼬리가 살짝 올라가는 것을 분명히 보았다.

"허브글라이더의 엔진을 바꿔서 비행기로 변형시킬 생각이오. 그래야 저 위로 올라갈 수 있으니까."

뜻밖의 모험을 하게 된 칼은 완전히 들떠 있었다. 반면에 파프니르

· · · · · · · · · · · · ·

24. 아더월드에서 브리양트는 전구 역할을 하며 샹들리에로도 사용된다.

는 불안한 얼굴로 하늘을 쳐다보며 오만상을 찌푸렸다. 드래곤, 비행기, 글라이더, 양탄자…… 뭘 타고 날아가는 거라면 아주 질색인데.

"빌어먹을!" 파프니르가 벨제부트에게 말했다. "왜 걸핏하면 날아야 하는 걸까? 날아다니는 건 난쟁이들의 취향이 아닌데. 우린 너무 무겁거든!"

준비는 그리 오래 걸리지 않았다. 풀밭에 어지럽게 널린 엔진 사이를 이리 뛰고 저리 뛰는 모우르무르를 보면서 사령관은 실험 중인 물건에 손대면 안 된다고 말한 이유를 알 것 같았다.

모우르무르가 뿌루퉁한 얼굴을 하자 히글이 아주 재미있어했다.

"저런 잡동사니들을 주물럭거리는 걸 정말 좋아하나 봐요?" 사령관이 타라에게 속삭이듯 말했다.

사령관은 두 다리를 벌리고 떡 버티고 서서 뒷짐을 진 채, 모우르무르가 여군들에게 이거 가져와라, 저거 가져와라 들볶으면서 엔진을 조립하는 모습을 지켜봤다.

"사령관, 나의 삼촌할아버지와 사귄다면……." 타라는 아주 진지하게 말했다. "획기적인 가사 도구들을 경험하게 될 거예요."

사령관이 군대식으로 아주 조금 킥킥대다 말았다.

"발명품 때문에 아내가 사망했다고 들었습니다."

타라는 무슨 일이 있었는지 사실대로 설명해주고 싶지 않았다.

"사실과 다르게 와전된 얘기예요. 삼촌할아버지가 말씀하시겠죠, 직접 들으세요."

사령관은 알겠다는 표시로 고개를 끄덕였다.

허리를 숙이고 뭔가를 만지던 모우르무르는 작은 불꽃이 일어나자 소스라쳤다. 그러고는 불에 덴 손가락을 입에 갖다 댔다. 타라와 사령관이 시선을 주고받았다.

"와우, 날마다 저러면 곤란한데." 사령관이 중얼거렸다.

잠시 침묵이 흘렀고, 타라는 먼저 말하지 않으려고 입을 꾹 다물었다.

"나를 감전사시키지만 않으면 잘되겠지요." 사령관이 약간 주저하는 어조로 덧붙였다.

그때 모우르무르가 놓친 열쇠가 발등에 떨어지자 욕설을 뱉으면서 펄쩍 뛰었다.

사령관은 부대를 감독해야겠다면서 자리를 떴다.

불에 덴 손가락을 빨면서 동시에 발등을 문지르는 모우르무르를 보면서 타라는 한숨을 내쉬었다.

"모우르무르 발명가와 사귀면 감전은 가장 사소한 일일 텐데!"

용선이 타라에게 다가왔다. 약간 경계하는 눈치였다. 타라가 혼자 중얼거리는 모습이 이상해 보였던 것이다.

"단트릭스와 나의 일 때문에 문제를 일으켜서 정말 죄송합니다, 폐하." 용선이 정중하게 허리를 숙이면서 말했다. "폐하를 위험에 빠뜨리는 용서받지 못할 죄를 지었습니다."

"당신에게는 아무 책임이 없어요." 타라는 부드럽게 말했다. "단트릭스가 제거하려던 사람은 내가 아니라 당신이었으니까 그런 생각할 필요 없어요. 나는 늘 위험에 노출되어 있으니까요. 권력에 욕심을 부리는 폭군, 광적인 사람들……. 그런 사람들은 하나같이 죽일 생각만 하죠. 러시아 태생으로 미국으로 귀화한 작가 아이작 아시모

프는 『파운데이션』이란 책에서 폭력은 무능력의 마지막 도피 수단 이라고 했죠. 반군의 단트릭스는 지휘자로서 무능력하기 때문에 폭력으로 감추는 거예요. 아주 구태의연한 방법이죠."

용선이 미소를 지었다.

"나이도 많지 않은데 아주 지혜로우십니다. 나의 조국 한국은 유교의 영향으로 여자를 업신여기고 깎아내리는 경향이 있지요. 다행히 남녀 지식인들의 노력 덕분에 지금은 예전에 비해 아주 많이 달라졌지만, 아직은 나보다 힘이 세거나 능력이 뛰어난 여자를 받아들이는 것에 익숙하지 않습니다."

명령을 내리는 히글 사령관의 목소리가 들리자 용선은 미간을 찡그렸다.

"하지만 나의 상관을 본받으려고 합니다. 폐하도 귀감이십니다."

타라는 쪽빛 눈으로 용선의 눈을 응시하면서 말했다.

"무아노도 당신보다 강해요. 파프니르도 그렇고요. 인간은 누구나 나름의 능력이 있어요. 여자라고 업신여기는 것은 결국 인류의 절반을 업신여기는 겁니다. 반군 부족을 지휘하게 될 때 지금 내가 한 말을 잊지 마세요."

용선의 검은색 눈이 동그래졌다.

"반군 부족을 지휘해요?"

"당연하지요. 악마들과 싸운 영웅들의 후예들인데 내가 단트릭스 같은 살인자의 지배를 받게 내버려둘 거라고 생각해요? 오무아 제국의 여군을 세 명이나 죽인 대가를 치러야지요. 가서 할 일을 하세요. 나도 내 일을 할 테니까."

용선은 얼떨떨한 표정으로 인사를 하고 사자와 독수리를 데리고 황급히 돌아섰다.

　돌아서자마자 뛰어가려던 용선은 표범을 데리고 조용히 다가와 있던 무아노와 맞닥뜨렸다. 무아노는 다정한 목소리로 말했다.

　"멍청한 단트릭스와 담판을 지으러 떠나기 전에 시간 좀 내줄래요, 용선? 내가 할 얘기가 좀 있는데…….

　어둡지만 타라와 칼은 용선의 얼굴이 빨개지는 것을 봤다.

　"그…… 그러지." 용선은 어물어물 대답하고는 상관을 만나러 뛰어갔다.

　텐트 정리를 끝낸 칼이 웃음을 터뜨렸다.

　"타라, 너 방금 용선에게 뭐라고 했는지 알아?"

　타라가 칼을 돌아보면서 눈을 부릅떴다.

　"뭐?"

　"가서 할 일을 하라는 건 악당을 제거하라는 뜻인데……. 단트릭스의 머리를 가방에 넣어서 돌아와도 난 놀라지 않을 거야. 용선이 멋진 장검을 지니고 있는 걸 봤거든."

　타라는 소름이 끼쳤다. 무아노도 비위가 상했다.

　"칼! 제발 부탁인데 자세히 얘기 좀 하지 마! 허브글라이더를 비행기로 만든다더니 다 됐나? 태양을 빨리 켜야 하는데!"

　아마존 여군들은 허브글라이더의 엔진들을 재조립해놓은 상태였다. 모우르무르가 성능을 향상시키는 데 성공한 허브글라이더들을 보면서 파프니르가 질겁했다. 맙소사, 하필이면 돌진하는 샤트릭스의 형상이라니!

"위험하지 않을까?" 파프니르는 땋아 늘인 빨간 머리를 비비 꼬면서 타라에게 물었다. "평생을 찌그러진 깡통 같은 모습으로 살고 싶진 않은데."

타라는 어깨를 으쓱했다.

"파프니르, 문제가 생기면 레비투스 주문을 읊으면 돼. 우리는 전혀 위험하지 않아!"

난쟁이는 타라를 유심히 쳐다보다 대꾸했다.

"마법에 대해 한마디 할게. 먼저 여기서는 아더월드보다 마법의 힘이 약해. 그리고 저 위 태양까지 거리가 1, 2킬로미터는 될 것 같은데…… 그 높은 데서 문제가 생기면 내 마법으로는 자신 없어. 아! 우리 난쟁이들이 마법을 좋아하지 않는다는 건 말 안 해도 되지? 그리고 내가 진짜로 아주 무겁다는 것도?"

파프니르는 정정했다.

"아 참, 실버의 표현으로 하면 비중이 아주 커."

타라는 짓궂은 미소를 지었다.

"그렇게 날아가는 게 싫어?"

"싫어한다는 표현으로는 약해. 혐오해. 아주 심하게, 본능적으로."

"그럼 저 위로 올라가지 말고 넌 그냥 여기 있으면 되잖아?"

난쟁이가 턱을 쳐드는데 모욕이라도 당한 것처럼 초록색 눈빛이 이글거렸다.

"내가 고소공포증이 있다는데 그렇게 말해도 되는 거야? 올라가지 말고 여기 남아 있으라니! 너와 친구들을 다 버리라는 뜻이야? 나는 대장장이일 뿐만 아니라 기계도 좀 만지기 때문에 아주 결정적인 도움을 줄지도 모르는데!"

"오, 당연히 그런 뜻이 아니니까 도끼는 뽑아 들지 마, 제발! 파프니르 너를 위해서 한 말이었어. 네가 높은 데 올라가는 걸 얼마나 싫어하는지 아니까. 그리고 네가 필요한 일은 없을 거라고 생각해서 한 말인데 내가 실수한 것 같다."

파프니르가 여전히 화난 얼굴로 빤히 쳐다보자 타라는 항복했다.

"오케이, 알았어. 같이 가자. 당연히 그래야지. 무슨 일이 생기면 내가 너희 모두를 붙잡아줄 거야."

파프니르는 약간 누그러져서 고개를 끄덕였다.

"아, 맞다." 타라가 또다시 짓궂은 표정으로 덧붙였다. "드래곤으로 변신해서 너희들을 태우면 되겠다. 특히 나의 착륙을 좋아하던 파프니르 네 모습이 기억나는데……."

드래곤으로 변신한 타라는 친구들을 태우고 비행한 적이 있었다. 비행이 서툴러서 타라가 곤두박질칠 때 난쟁이의 얼굴이 어찌나 새파랗게 질렸는지 정말 안쓰러울 정도였다. 타라는 친구의 멍한 얼굴을 보면서 웃음을 참고 있었다.

등 뒤에서 칼이 말했다.

"미리 말해두는데 드래곤으로 변신하더라도 내가 도와줄 거란 기대는 하지 마!"

타라가 웃음을 터뜨리면서 파프니르를 놀리려고 장난쳤다고 말하자 칼은 얼굴이 빨개져서 사과했는데 땀까지 흘리고 있었다.

"어이쿠, 미안해. 나도 모르게 말이 툭 튀어 나갔네. 물론 기쁘게 너를 도와주지. 아, 그러니까 내 말은 드래곤으로 변신한 네가 아니라……."

타라와 파프니르는 얘, 지금 뭐라는 거야? 하는 얼굴로 칼을 쳐다 봤다.

"너는 무슨 말인지 알겠어?" 타라가 파프니르에게 넌지시 물었다.

"아니, 전혀. 웃긴다고 한 말이겠지 뭐. 아무튼 저 기계 중 하나에 올라갈게. 아마존 여군들에게 몸무게의 맛을 보여주는 의미에서."

"이미 여러 번 허브글라이더를 탔는데……"

"내가 직접 확인해보는 게 좋겠어. 혹시 모르잖아." 난쟁이는 단정 적으로 말했다.

파프니르가 멀어져 가자 타라는 참고 있던 웃음이 터졌지만…… 시원하게 소리 내어 웃지는 못했다.

입을 꾹 다물고 있던 칼이 몸을 비비 틀고 있었다.

"이제 끝난 거지?" 타라가 물었다.

"응." 칼이 그래도 너스레를 떨었다. "난 요놈의 입이 문제야. 터무 니없는 말들이 예고도 없이 툭툭 튀어 나간다니까!"

타라는 웃었지만 친구의 태도가 어딘지 좀 이상하다고 생각했다.

둘은 잠자코 허브글라이더들이 있는 쪽으로 갔다. 여군들이 파프 니르를 안심시키느라고 진땀을 빼고 있었다.

"휴, 못 타겠어요." 난쟁이 여전사가 투덜거리자 어깨 위에 앉은 장 밋빛 고양이도 시무룩해서 여군을 쳐다봤다. "꽈당! 떨어져서 묵사 발이 되는 게 당신이 아니라고 쉽게 말하면 안 되죠!"

허브글라이더들을 살피고 있던 여군이 어색한 미소를 지었다. 최 근 들어 묵사발이니, 짓이겨지느니, 이런 말을 왜 이렇게 많이 듣지?

"아무 일 없을 거예요." 여군은 신경이 날카로워진 표정으로 말했다. "아가씨 체중보다 백배쯤 무거운 걸 실어도 이 기계는 끄떡없어요. 전혀 위험하지 않아요."

파프니르가 또다시 툴툴거리는데 '쫘당'이라는 말이 또 나오자 여군의 턱에 경련이 일었다.

난쟁이는 여군이 시키는 대로 두 번째 허브글라이더에 올라섰다. 파프니르의 체중에 허브글라이더가 삐걱거리면서 약간 휘어졌다.

"아하! 봤죠?" 파프니르가 의기양양하게 말했다. "이래서야 이륙할 수 있겠어요?"

짜증이 난 여군이 그만 리모컨을 떨어뜨리고 말았다. 불행히도 리모컨의 '고속' 버튼이 땅바닥과 부딪쳤고, 갑자기 허브글라이더가 엄청난 속도로 수직 상승하는 바람에 파프니르는 공포의 비명을 질렀다.

"아아아아아아아아아아아악!"

질겁한 여군이 리모컨을 보면서 정신없이 눌러댔다. 몇 초 후, 허브글라이더는 마지못해 궤적을 바꾸고 얌전히 여군 앞에 착륙했다.

허브글라이더 안에서 파프니르는 혼이 나간 것처럼 멍한 눈빛으로 입만 벌린 채 동상처럼 뻣뻣하게 굳어 있었다.

앞좌석 등받이가 찌부러져 있는데 파프니르가 얼마나 힘을 줬는지 손가락 자국이 나 있었다. 아니, 정확하게 말하면 등받이가 뚫려서 속이 드러나 있었다.

타라와 칼, 로빈, 파브리스까지 뛰어갔다.

"나……." 난쟁이가 간신히 뭐라고 중얼거리는데 알아들을 수 없었다.

"파프니르?" 걱정스러운 얼굴로 타라가 물었다. "괜찮아? 정신 차려!"

칼이 파프니르의 눈앞에 손가락 두 개를 들이대고 물었다.

"손가락이 몇 개로 보여?"

파브리스가 칼을 밀쳐냈다.

"멍청하기는! 파프니르는 뇌진탕이 아니라 공포에 질린 거야. 파프니르, 숨을 깊이 들이쉬어. 괜찮아지면 내려줄게."

"응."

"그래, 어떻게 하는지 기억나지? 한 발 먼저 내디뎌."

허브글라이더는 자동조종 상태였고, 파브리스가 하라는 대로 복종하는 파프니르의 눈빛이 흐릿했다. 어깨 위에서 아직도 털이 곤두선 벨제부트는 장밋빛의 동그란 털 뭉치 같았다. 고양이는 정말 두려워하는 것이 아니라 파프니르의 공포가 전염되어서 쿵쾅거리는 심장을 진정시키려 애쓰고 있었다.

땅으로 내려서던 파프니르가 마치 다리에 힘이 풀려버린 것처럼 갑자기 푹 쓰러졌다. 떨어지지 않으려고 의자 등받이를 붙잡고 늘어지는 동안 힘을 다 써버린 모양이었다.

"아무래도 애를 데려가는 건 좋은 생각이 아닌 것 같아." 파브리스가 말했다. "고소공포증 때문에 자칫 마비가 일어날 수도 있어."

파프니르의 초록빛 눈이 뿌옇게 되더니 분노로 이글거렸다. 그들이 미처 알아차리기도 전에 난쟁이 전사가 돌변했다. 도끼 두 개를 빙글빙글 돌리던 난쟁이는 공중으로 보내버렸던 여군을 향해 달려들었다. 겁먹은 여군이 권총을 잡았지만 뽑아 들지는 않았다. 타라는 파프니르가 완전히 이성을 잃어버릴 경우를 대비해 마법을 작동했다.

난쟁이의 도끼가 솟구쳐 올랐는데 맙소사, 여군의 목에서 불과 몇 밀리미터 앞에서 멈췄다.

"당신!" 난쟁이가 고함쳤다. "일부러 그랬지?"

진실 주문 때문에 거짓말을 할 수 없으니 그럴 생각이 전혀 없었다는 말을 굳이 할 필요가 없었다.

"전혀 아니에요." 도끼 때문에 아주 조금도 움직이지 않으려고 여군은 목을 꼿꼿이 세운 채 조그맣게 말했다.

"흥!" 난쟁이는 악을 쓰듯 외쳤다. "일부러 그랬죠?"

"도끼가 너무, 너무 가까워서⋯⋯." 여군은 침도 삼키지 않으려고 기를 쓰면서 말했다. "크게 말할 수가 없어. 일부러 그런 건 절대 아니고 리모컨을 놓치는 바람에⋯⋯. 정말 유감스러워. 아주 많이."

"유감스러운 건 나예요!" 파프니르는 여군의 얼굴 높이까지 뛰어오를 수 없는 것이 유감스러운 표정이었다.

파프니르는 도끼를 도로 집어넣은 다음 파랗게 질려서 부들부들 떠는 여군에게서 돌아섰다. 그러고는 저벅저벅 걸어가서 모든 사람을 휙 노려보더니 허브글라이더에 올랐다.

이어서 파브리스와 로빈이 미소를 감추면서 오르자 여군들이 다른 두 개의 허브글라이더에 올랐다. 이제 모우르무르, 사령관(남은 부하들에게 마지막 명령을 내리고 있었다), 샤먼과 부관, 타라와 칼, 무아노가 오르면 출발이었다. 그런데 무아노는 좀 떨어진 데서 용선과 뭔가 심각하게 이야기하고 있었다.

갑자기 열띤 대화가 주춤해지는가 싶더니 용선이 항복했는지 무아노의 주장에 고개를 끄덕이는데 유감스러운 표정이었다.

　무아노와 용선이 나란히 허브글라이더를 향해 걸어왔다. 용선의 어깨에 앉은 흰머리 독수리도, 뒤따라오는 하얀 사자와 무아노의 은빛 표범도 침울해 보였다.

　무아노는 어색한 미소를 짓더니 아주 뜻밖의 말을 했다.

"태양을 켜는 일은 내가 필요하지 않지만, 용선에게는 후위를 살펴줄 사람이 필요해. 내가 용선과 함께 반군 부족의 캠프로 가겠어."

반군 부족

남친이 아닌 다른 남자를 따라
위험천만한 소굴로 들어가는 걸
어떻게 이해해야 하나

*

무아노는 가짜 하늘, 즉 시커먼 반구형 천장을 향해 올라가는 허브
글라이더들을 바라봤다.

초원을 비춰주던 강렬한 헤드라이트들이 확 줄어들자 어두컴컴했
다. 하지만 남은 허브글라이더 두 개가 밝혀주는 불빛이 있어서 시야
확보는 되었다.

질투에 사로잡힌 파브리스는 고함을 질렀고, 다른 친구들도 매직
갱의 일원으로서 필요하지 않다고 말하는 건 도저히 이해가 안 된다
고 소리쳤다. 사령관도 랑코비트의 베어 왕과 티타니아 왕비의 조카
를 위험천만한 반군의 소굴로 보낼 수 없다고 반박했지만, 무아노는
끝내 주장을 관철시켰다. 목소리 큰 사람이 이긴다더니…….

야수로 변신한 무아노가 그 누구보다 목소리를 높였던 것이다. 무아노가 두려운 것은 한 살 한 살, 나이를 먹을수록 야수로 변하는 것이 점점 더 쉬워진다는 것이었다. 무시무시한 야수의 발톱을 드러낼 때마다 몇 년 전만 해도 수줍고 연약하던 소녀는 도대체 어디로 숨어 버렸는지 궁금했다.

무아노가 친구들과 옥신각신하는 동안 막무가내로 따라가겠다는 소녀 때문에 적잖이 당황한 용선도 마음이 몹시 불편했다. 갈등이라는 것 자체를 좋아하지 않는데 마치 삼각관계라도 되는 듯 오해를 불러일으키는 무아노의 태도를 어떻게 받아들여야 할지 몰랐다.

용선은 매력적인 소녀 무아노(솔직하게 말하면 마음이 끌리고 있었다)가 왜 위험한 반군의 소굴로 따라가겠다고 하는지 도무지 이해가 되지 않았다. 함께 가겠다는 남친 파브리스를 단호하게 거절하면서까지.

그래서 용선은 분명히 짚고 넘어가야 할 문제라고 여기고 물었다.

"왜 나를 따라가려고 하지? 남친에게 질투심을 유발시키려고?" 용선은 내심 그렇다는 대답이 나올까 두려우면서도 차분하게 물었다. 더군다나 수틀리면 살상 무기나 다름없는 늑대인간으로 변신할 텐데 그런 소녀에게 쫓기고 싶은 마음은 추호도 없었다.

초록빛과 금빛이 도는 예쁜 눈을 흘기자 용선은 무아노가 야수로 변신하지 않아서 다행이라고 생각했다.

이어서 무아노가 웃었는데 보조개가 활짝 핀 미소에 용선은 다리가 풀리는 것 같았다.

"그건 품위를 떨어뜨리는 어리석은 짓이죠." 무아노가 말했다. "파브리스와 거리를 두고 싶어서 그래요. 질투심을 유발할 필요 따위는 없어요. 나는 암컷 늑대가 아니라서 늑대인간들의 습성에 맞춰줄 수도 없고요. 나를 불행하게 하는 파브리스를 이해할 수 없어요. 인내심을 갖고 다정하게 대했는데 그런 나를 배신했고, 친구들 모두를 배신하더니 결국에는 말도 안 되는 결정을 내렸어요. 그러면 안 되는 건데. 용선을 따라나선 것은 파브리스에게 경고 차원이 아니라 결별 예행연습이라고 할 수 있어요. 바보가 아니니까 느끼겠죠. 그리고 다시 만날 때 우리는 헤어지는 거예요. 물론 쉽지는 않겠죠. 타라를 중심으로 친구들이 단단한 팀을 이루고 있으니까요. 하지만 파브리스는 이제 지구에서 살 거니까 자주 볼 일은 없을 거예요."

용선은 생각에 잠긴 눈으로 무아노를 쳐다보면서 검은색 머리를 젖혔다.

"파브리스가 지금은 어려서 모르지만 머지않아 어른이 되면 무아노가 보물이라는 걸 깨달을 거야."

무아노가 활짝 미소를 짓자 용선은 숨이 멎을 뻔했다.

"보물이요? 내 친구 칼의 말대로 용선은 여자를 어떻게 대할지 아네요. 하지만 나는 지금 여기 있어요. 그리고 이제는 지쳐서 더는 괴롭고 싶지 않아요. 파브리스는 아마 멋진 남자로 성장할 거예요. 하지만 나와는 맞지 않아요. 그럼, 이제 갈까요?"

갑자기 화제를 바꿔버리자 용선은 멍한 얼굴로 무아노를 잠시 쳐다봤다. 그러고는 허리를 굽히는 것으로 공주에 대한 예의를 표한 다음 나란히 걷기 시작했다.

반군이 보면 달아날 것이기 때문에 용선과 무아노는 허브글라이더를 타지 않고 필요한 것은 뭐든 들어가는 마법복 주머니에 집어넣었다(다행히 크리스털 볼과는 달리 마법복은 제대로 작동했다).

어두운 데다 용선과 잘 아는 사이가 아니기 때문에 오히려 마음의 상처를 털어놓기 쉬운 걸까. 무아노는 자신에 대해 이야기했다. 랑코비트에서 살다가 부모님을 따라 난쟁이들의 나라 히믈리아에서 보낸 어린 시절과 아주 소심해서 말을 많이 더듬었는데 타라가 낫게 해주었다는 얘기까지 했다. 지금은 부여제가 된 후계자와 함께한 믿을 수 없는 모험들, 맞서 싸워야 했던 적들, 가까운 사이가 되었던 파브리스가 마법 능력에 대한 욕심 때문에 철천지원수 마지스터를 따라가는 것으로 모두를 배신했던 일, 그렇게 실망을 주더니 자기 아버지 브주아 지롱 백작처럼 유럽 대륙에 있는 공간이동의 문 문지기가 되기로 결정해버렸다는 것까지…….

용선은 말을 자르지 않고 잠자코 들어주면서 한 이야기가 끝났다 싶으면 재빨리 "아아" 하면서 장단을 맞춰주었다. 무아노는 피곤한 느낌이 들 정도로 많은 말을 쏟아내자 진정이 되는 것 같았다. 마치 자신에게 어울리지 않는 것을 완전히 빼내려면 어둠 속의 고요하고 평온한 순간이 필요했던 것처럼.

갑자기 너무 혼자서만 떠들었다는 생각에 무아노는 약간 무안해하면서 물었다.

"반군 부족과 함께 사는 생활은 어때요? 단트릭스라는 대장은 문제가 있는 사람 같은데……."

용선은 고개를 끄덕였다.

"카리스마가 대단하지. 사람들이 자기 말에 맹목적으로 복종하게 만들었으니까. 뛰어난 사냥꾼이라서 먹을 것을 해결해주기 때문에 모두 고마워하고. 그 대가로 30년이나 절대 권력을 휘두르고 있지. 그렇지만 부족 사람들은 먹는 게 부실해서 영양실조에 걸려 있고, 비위생적이기 때문에 아이들과 노인들은 쉽게 병들고 있어. 내가 훔쳐 온 거라고 하면서 약을 제공해주었는데 그 일로 나를 고마워하는 사람이 늘어나자 단트릭스가 아주 못마땅해했지. 나를 부관으로 삼았지만 내 등에 칼을 꽂을 기회만 노리고 있어. 단트릭스가 매머드를 이용하여 저지른 짓이 그걸 확인시켜주었고. 나는 이제 문제를 해결해야 돼. 여제도 단도직입적으로 그렇게 말했고."

무아노는 빙긋이 웃었다.

"그래요, 타라가 좀 직선적이죠. 책임을 피하지 않고 받아들이는 날 타라는 아주 대단한 여제가 될 거예요."

용선이 깜짝 놀라서 무아노를 쳐다봤다.

"부여제가 책임을 피해?"

"얘기하자면 좀 복잡해요." 무아노는 한숨을 내쉬었다. "타라는 권력을 원하지 않거든요. 내 생각에는 마법도 좋아하지 않아요. 제국을 다스릴 생각도 없고요. 타라는 자신과 친구들, 세상을 구하기 위해 끊임없이 싸울 필요가 없는 평범한 여자로 살고 싶어해요. 솔직히 나라면 그러지 않을 것 같은데 타라는 늘 힘든 선택을 하죠."

용선이 머뭇거리면서 물었다.

"부여제와 함께 다니면 어때?"

"역동적이죠. 흥분되면서 무시무시하니까요. '타라'와 '평온함'은 그야말로 모순어법이라고 할 수 있죠. 타라는 늘 불가능한 것에 도전할 일이 생기죠. 지쳐서 쓰러졌다가도 또 오뚝이처럼 일어나는

데…… 용감한 것 못지않게 고집도 세거든요. 타라는 붙잡혀도 적이 먼저 지치고 말 거예요. 하지만 그런 식으로 영원히 싸울 수는 없어요. 그러다가는 정말 쓰러질 거예요."

무아노는 잠시 말을 중단했다가 침울한 얼굴로 덧붙였다.

"그리고 다시는 일어나지 못하겠죠."

용선은 충격을 받았다. 진실 주문 때문에 무아노는 거짓말할 수 없었다. 게다가 그냥 하는 말이 아니라 깊이 생각하면서 하는 말이었다. 용선은 좀 더 자세히 묻고 싶지만 참았다.

"여길 어떻게 오게 됐어요?" 무아노가 물었다.

용선은 아시아 대륙 지킴이에게 발각되었다고 이야기했다. 마법사들은 의식적이든, 무의식이든 능력을 사용하기 때문에 해마다 여러 명의 마법사들이 발각되기 마련이었다. 그해에는 중국인 열두 명, 일본인 다섯 명, 한국인 두 명—인구 비례에 따른 것이다—이 아더월드로 보내졌다. 용선은 인턴 과정을 마친 의사였기 때문에 2년 동안 샤먼 공부를 한 다음 지구의 블랙 섹션, 히글 5의 부관으로 발령이 났다. 하지만 단트릭스가 지배하는 반군 부족이 학대를 받고 있다는 걸 알았다. 그래서 용선은 그들을 돕기로 결심했고, 1년 전부터 위험한 이중생활을 하고 있었다.

"타라와 비슷한 면이 있군요." 무아노가 지적했다. "이상을 위해 목숨을 걸고 있으니까요."

용선이 힐끔 쳐다보면서 말했다.

"무아노는 어떤데?"

"나는 평온하게 살고 싶어요. 어른이 되면 세상을 자유롭게 여행하면서 새로운 것들을 접하고 신 나게 살 거예요. 랑코비트에서 직장을 얻고 즐겁게 일하면서 새로운 사람들과 새로운 친구들을 만나고, 물론 연애도 해야지요. 콤플렉스도 없고 복잡하지도 않은 평온한 남자와."

무아노가 잠시 침묵하다가 덧붙였다.

"걸핏하면 세상의 무게를 어깨에 짊어지는 일 없이 살고 싶어요."

"파브리스처럼."

무아노가 소스라쳤다.

"네?"

"파브리스가 지구로 돌아갈 결심을 한 것이 두려운 게 싫어서, 평온하게 살고 싶어서 아닌가? 그러니까 무아노도 파브리스와 같은 생각이잖아. 부여제도 마찬가지고. 나도 그렇고, 우리 모두 같아. 이 세상에는 파브리스처럼 중압감을 견디지 못하는 사람도 있고, 무아노나 나처럼 얼마 동안은 견뎌내는 사람도 있지. 그리고 내가 들은 바에 따르면 칼처럼 스릴이 넘쳐서 아드레날린이 분비되는 삶이어야 살아가는 맛이 있다고 하는 사람도 있고. 이런 사람들은 위험이 닥쳐도 중압감이 아니라 정상적인 것으로 받아들이기 때문이지. 친구들 중에서 우리의 부여제가 가장 믿을 수 있는 사람은 아마 칼일 거야."

아주 흥미로운 분석이었다. 무아노는 친구들을 이런 각도에서 생각해본 적이 없었다.

"그럼 로빈은 어때요?" 무아노는 호기심이 가득한 얼굴로 물었다.

"하프엘프? 이론의 여지가 없는 전사. 하지만 혼혈이라는 콤플렉스 때문에 내쳐지는 느낌을 받지. 그럴 만한 이유가 있거든. 무엇보다 로빈이 타라를 원하는 것은 여제 후계자이기 때문이야."

"아니. 전혀 그렇지 않아요." 무아노가 반박했다. "로빈은 정직하고 올곧은 성품이에요."

"내 말은 그런 뜻이 아니야." 용선이 말했다. "물론 로빈은 정직하고 올곧지. 온전한 엘프도, 온전한 인간도 아니라는 것 때문에 고통받아온 존재가 황제가 되는 건데 얼마나 통쾌한 설욕이 되겠어? 아더월드에서 가장 강력한 여자, 내가 본 바에 따르면 우리 은하계에서 가장 강력한 여자의 남편이 되는 거잖아. 로빈은 바로 그런 타라를 사랑하는 거야. 그것이 로빈의 문제이고, 우리 부여제의 문제이기도 하지. 정말 사랑해서가 아니라 외적 조건을 보고 사랑했다는 걸 알면 어떻게 될까?"

무아노가 놀랍다는 표정을 지었다.

"젊은 분이 도인처럼 말하네요."

갑자기 용선이 마치 키스라도 할 듯 무아노를 향해 얼굴을 숙였다. 무아노는 눈을 동그랗게 뜬 채 꼼짝하지 않았다. 용선이 귀에 대고 속삭였다.

"거의 다 왔어. 지금부터는 소리를 내면 안 돼."

용선이 뒤로 물러서면서 몸을 숙이라고 손짓한 다음 랜턴을 껐다. 가슴이 콩닥거리는 무아노는 용선이 정말로 입을 맞췄으면 어떻게 했을지 자신도 알 수가 없었다. 그렇게 잠시 몸을 숙이고 있을 때 그리 멀지 않은 곳에서 희미한 불빛이 어른거렸다.

느닷없이 무아노가 변신하는 바람에 용선은 깜짝 놀랐다. 아! 야수의 시력 때문에 무아노는 훨씬 잘 보였다.

둘이 살금살금 다가가는데 싸우는 소리가 들렸다

반군 부족 캠프가 보였다.

분위기가 심상치 않았다.

야수로 변신한 무아노와 용선은 발각되지 않은 채 캠프까지 접근했다. 동물이야 발바닥의 살 덕분에 소리 내지 않는 것이 어렵지 않지만 발소리를 전혀 내지 않는 용선을 보면서 무아노는 혀를 내둘렀다.

"무아노는 여기 있는 게 좋겠어." 용선이 속삭였다.

"아뇨, 같이 가겠어요." 무아노가 우겼다. "나도 탈영했다고 말해요. 나한테 적의를 보이면 변신할게요. 야수를 보고 질겁하는 틈을 타서 달아나면 되니까."

"단트릭스는 뛰어난 사냥꾼이야." 용선이 상기시켰다.

무아노의 목소리가 차가웠다.

"어둠 속에서 나를 추격해요? 누가요? 단트릭스가 나한테 쫓기는 게 아니고요?"

무아노를 향해 무심코 고개를 돌리던 용선은 머리 위에서 내려다보는 야수의 냉랭한 눈빛을 보면서 소름이 돋았다.

"알았어. 하지만 실수하면 안 돼. 단트릭스는 손가락 하나만 까딱해도, 눈짓만 해도 무조건 복종하는 심복들에게 둘러싸여 있어서 아주 위험해."

"내가 더 위험할지도 모르는데…….."무아노는 차분하게 대꾸했다. "이제 토론은 그만하고 들어갈까요?"

용선이 고개를 갸웃하는데 무아노가 수줍은 소녀였다는 것이 전혀 믿기지 않는다는 얼굴이었다. 무아노는 야수의 눈으로 용선을 뚫어져라 쳐다보다 아름다운 소녀의 모습으로 돌아왔다. 인간 모습의 무아노는 확실히 야수보다 덜 위험하고 연약해 보였다. 두 모습 다 고집불통인 건 똑같지만. 하는 수 없다는 얼굴로 일어난 용선은 마치 포로처럼 무아노의 팔을 움켜잡고 캠프로 향했다.

용선이 나타나자 보초 둘이 소스라치게 놀랐다. 트라둑투스 덕분에 무아노는 그들이 하는 말을 알아들을 수 있었다.

"용선? 살아 있……."

옆에 있는 동료가 발을 밟았기 때문에 보초는 말끝을 흐렸다.

"갑자기 나타나서…… 깜짝 놀랐어요. 우리는 용선이 죽었다고 생각했거든요."

"칼려 죽었을 거라고. 매머드 떼 봤어요? 두 마리밖에 못 잡았어요. 그 빌어먹을 마법사들이 매머드를 사방으로 흩어지게 하는 바람에!"

보초 둘이 번갈아 말하는데 입안이 말라서 혀가 잘 안 도는 것처럼 발음이 이상했다.

"봤어."용선이 비아냥거리는 투로 말했다. "너희가 불을 지른 것도 알아. 대장은 어디 있지?"

"들어갔어요. 기분이 아주 안 좋아요. 지금은 안 보는 게 좋아요."

"아니, 만나러 갈 거야."용선이 내뱉듯이 말했다.

누더기를 걸친 꾀죄죄한 두 남자가 아름다운 무아노를 힐끔힐끔 쳐다보거나 말거나 용선은 캠프 안으로 성큼성큼 들어갔다.

바람이 반대 방향으로 불어서 무아노는 냄새를 맡지 못했다. 그런데 갑자기 숨이 턱 막혔다. 캠프에서 찌든 땀과 썩은 음식, 질병, 절망, 오줌, 영양실조가 뒤섞인 냄새가 풍기고 있었다. 여기저기 어슬렁거리는 굶주린 개들, 뼈다귀를 서로 가지려고 싸우는 피골이 상접한 아이들. 무아노는 눈물이 주르륵 흘러내렸다. 아더월드에서는 굶주리는 사람, 다쳐서 아프거나 병든 사람이 거의 없었다. 그나마 가장 문제가 많다는 살테렌스들의 나라나 에드라킨족의 나라도 이 정도로 끔찍하지는 않은데…….**25** 반군 부족의 궁핍하고 비참한 광경에 무아노는 큰 충격을 받았다.

이런 환경에서 사는 인간들을 본 적이 없었다. 울화가 치민 무아노는 분노의 눈빛으로 용선을 쳐다보면서 단트릭스가 이 지경으로 만들 때까지 왜 그냥 내버려두었냐고 소리치고 싶은 걸 간신히 참았다.

다 똑같이 누더기를 입고 있지만 성인 남자들만 그나마 끼니를 거르지는 않는지 상태가 조금 나아 보였다. 그때였다. 한 남자가 노파의 따귀를 갈기더니 고기 조각을 빼앗으려고 넘어뜨렸다. 다른 남자들이 웃음을 터뜨리는 사이에 노파는 몸을 웅크렸다. 모닥불 위에 크기가 매머드의 사분의 일쯤 되는 거대한 고깃덩어리가 지글지글 구워지고 있건만…… 정말 이해할 수 없는 광경이었다.

정체가 들통 나지 않으려면 절대로 나서지 말아야 한다는 걸 무아

---

25. 무아노는 간략하게 표현했지만 에드라킨족의 나라에서는 사람을 죽일 때 한순간에 해치우기 때문에 고통스러워할 겨를을 주지 않는다. 살테렌스들은 노예로 붙잡아두기까지 비싼 대가를 치러야 하기 때문에 노예들에게 공을 들인다.

노는 잘 알고 있었다. 하지만 너무 충격적인 행동을 도저히 그냥 넘길 수 없었다. 행동을 후회할 겨를도 없게 만들어야겠다는 생각밖에 없었다.

용선은 무아노의 근육이 단단해지는 걸 느꼈다.

"가만히 있어." 용선이 속삭였다. "절대 나서지 마. 오히려 노파만 더 힘들어지니까. 사람들에게 두려움을 주는 것이 놈들의 수법이야. 그리고 노파는 전 대장의 아내 살루타야. 그래서 구박할 기회만 노리고 있는 거니까……."

"그래서 모두가 구경만 한다고요?" 무아노는 입술을 움직이지 않으려고 조심하면서 나직하게 말했다.

"응, 단트릭스에게 의존하면서 살아가는 사람들이니까. 단트릭스는 불과 몇 년 사이에 초원에서 아마존 여군들과 조화를 이루며 살아온 앞선 세대를 제거하는 데 성공했지. 이전에는 마법을 조금씩 사용하면서 살았어. 속이 불편하더라도 참으면서. 그런데 단트릭스가 자신의 입지가 좁아질 거란 생각에 마법을 사용하면 너무 위험하다고 사람들을 설득했지. 그렇게 해서 지금 명실상부한 대장으로 군림하는 것이고."

노파가 뭐라고 증오에 찬 말을 던지자 못된 놈이 큼직한 손을 쳐들더니 주먹을 쥐었다. 그 주먹에 맞으면 노파는 살아남을 수 없었다. 하지만 노파는 굴하지 않고 때가 덕지덕지 앉은 얼굴을 쳐들었다. 눈빛이 이글거렸다.

이런 지옥에서 사느니 죽는 것이 낫다고 작정하지 않는 한 나올 수 없는 용기였다.

용선이 붙잡을 겨를도 없이 무아노가 달려들었다. 그러고는 랑코비트의 왕족은 누구나 연마하는 호신술을 사용하여 남자의 가랑이 사이로 발길질을 날려서 넘어뜨렸다. 노파는 놀라울 정도로 날렵하게 몸을 굴러서 충돌을 피했다. 무아노는 냉정하게, 아주 힘껏 남자의 목덜미를 가격했다. 야수의 힘을 썼다면 단숨에 죽일 수도 있지만 그것만은 참았다.

남자가 한동안 정신을 잃을 정도로 충격을 받았기 때문에 그사이에 무아노는 노파를 일으켜주었다.

아연실색한 노파는 부축을 받으며 일어섰다.

무아노는 미소를 지으며 노파의 주름진 얼굴에 흘러내린 희끗희끗한 머리털을 가다듬어주고는 부드럽지만 단호하게 말했다.

"체념은 해결책이 아닙니다. 때로는 싸우기도 해야 합니다. 부인은 강인한 분입니다. 마법을 사용하면……."

눈이 휘둥그레진 노파가 대답하기 전에 용선이 무아노의 팔을 잡아끌었다.

"이게 뭐 하는 거야? 모든 걸 망칠 생각이야?" 용선이 성난 얼굴로 속삭였다.

"부인을 죽이려고 했어요!"

"살루타가 놈들에게 대드는 것이 처음이 아니야."

용선은 무아노의 손을 잡고 캠프를 가로질러서 무두질한 동물 가죽으로 만든 대형 텐트까지 데려갔다. 열어놓은 텐트에서 악취가 풍겨 나왔다. 거구의 남자가 의자에 앉아 있었다. 수염을 길게 기른 근육질의 남자는 인간이라기보다 곰에 가까웠다.

46

악취를 생각하면 오히려 곰을 모욕하는 것이지만.

갈색의 돼지눈에 경계하는 빛이 번득이는데 더부룩한 눈썹은 아주 불결했다. 지금은 무아노가 인간의 눈인데도 단트릭스의 머리털 사이를 기어 다니며 피를 빨아 먹는 이가 보였다. 혐오감에 저절로 몸서리가 쳐졌다.

단트릭스가 길게 늘어진 가죽끈 두 개를 잡아당기자 가려져 있던 것이 드러났다.

뼈다귀와 나무로 만든 의자에 씌워놓은 더러운 털가죽이 보였다. 그리고 의자 양쪽에서 헝클어진 긴 머리에 가냘픈 젊은 여자 둘이 겁먹은 표정으로 걸어 나왔는데 얼굴은 눈물로 얼룩지고 온몸이 피멍이 들어서 불그죽죽했다.

그런데 젊은 여자 둘은 마치 개처럼 뼈다귀가 달린 가죽 줄에 묶여 있었다.

용선이 석상처럼 굳어버렸다. 이번에는 무아노가 진정하라고 속삭였다.

"살루타의 딸들이야!" 용선이 격분했다.

한 여자가 용선을 쳐다봤다. 무아노는 여자의 눈에서 희망과 애원의 빛을 봤다.

그리고 사랑의 빛까지.

용선이 신음했다.

용선이 몸을 꼿꼿이 세우고 다가가자 거인이 일어났는데 키가 2미터에 이르고, 돌처럼 단단한 근육질이었다.

"그 빌어먹을 아마존 여군들이 약이 바짝 올랐던가?" 거인이 우렁

차게 소리쳤다. "몇 명 죽였다고 우리와 한판 붙겠대?"

무아노는 혐오감에도 불구하고 냄새를 맡아야 했다. 아! 땀과 오물의 냄새 외에 너무 잘 아는 냄새를 맡을 수 있었다.

두려움의 냄새.

"구덩이에 빠진 사람은 죽지 않았어요." 용선이 목소리를 내리깔고 미치광이의 얼굴을 뚫어져라 응시하면서 말했다. "그래서 아마존 부대는 우리에게 화가 나 있지 않아요. 하지만 범죄 흔적을 지우기 위해 매머드들을 달아나게 한 것은 정말 어리석었어요."

거인의 눈빛이 분노로 이글거리면서 한 발짝 앞으로 나왔다.

"나한테 어리석다고 했나?"

용선이 정색하면서 응수하는데 말투도 바꿨다.

"어리석고 무모하고 무책임했다. 여군을 셋이나 죽였는데 어떻게 나올 것 같나?"

단트릭스가 터뜨리는 걸걸한 웃음소리에 무아노는 소름이 끼쳤다.

"그까짓 계집년들이 뭘 어떻게 나오겠어! 질질 짜면서 죽은 사람들을 처리하고 있겠지. 우리가 훨씬 세기 때문에 감히 덤빌 생각도 못 할 텐데!"

단트릭스가 고함을 지르면서 말을 끝내자 주위의 심복들이 창과 활을 흔들면서 함성을 질렀다.

단트릭스 일당이 떠들썩하게 웃고 떠드는 사이에 노파가 슬그머니 용선과 무아노 옆에 와 섰다. 살루타였다.

포악한 대장의 눈앞에 나타난 어머니를 보면서 두 딸은 깜짝 놀랐다.

너무 얻어맞아서 만신창이가 된 살루타는 간신히 서 있었다. 관절염에 걸려 두 손이 다 뒤틀려 있지만 강단으로 버티는 것 같았다.

단트릭스가 살루타를 발견하고 경멸의 표시로 침을 뱉었다.

"감히 여길 어디라고 들어와? 용건은?"

살루타는 비웃음을 흘리면서 말했다.

"용선이 당신보고 어리석다고 했는데도 죽이지 않았다. 그건 용선의 도전을 받아들이지 않겠다는 건가?"

용선이 나직하게 말했다.

"왜 이러세요?"

살루타는 아랑곳하지 않았다.

"아니면, 용선의 멋진 장검이 두려운 건가, 단트릭스?"

그러면서 살루타가 느닷없이 용선의 장검 하나를 뽑아 들었는데 드는 것조차 힘겨워 보였다.

용선이 불안한 얼굴로 말했다.

"검을 내려놓으세요. 그러다 다쳐요."

검을 들고 덜덜 떠는 살루타를 보면서 마음이 약간 놓인 단트릭스는 심복들에게 용선이 나설 경우 활시위를 당기라는 신호를 보냈다.

그래서 살루타가 서툴게 잡고 있던 칼날이 느닷없이 자신의 목을 건드렸을 때 단트릭스는 정말 아연실색했다.

무아노와 용선, 다른 사람들도 갑자기 피가 콸콸 쏟아지는 이유를 알지 못했다.

단트릭스는 떨리는 손으로 자신의 목을 만져보고는 믿기지 않는 얼굴을 했다.

살루타는 능숙한 동작으로 칼날에 묻은 피를 뚝뚝 떨어지게 한 다음 용선에게 돌려주었다.

그러고는 무아노를 향해 돌아서면서 말했다.

"위험해질 경우에는 아가씨가 마법을 사용하여 용선을 보호해줄 거라고 생각하고 기회만 엿보고 있었지요. 심복들이 활시위를 당기기 전에 기습해야 되기 때문에."

어안이 벙벙한 심복들이 대장을 멍하니 응시하고 있었다.

단트릭스가 한 발, 두 발 움직이더니 살루타를 뚫어져라 쳐다보는데 늙어빠진 여자에게 이렇게 맥없이 당할 줄은 정말 꿈에도 생각 못했다는 얼굴이었다. 뭐라고 중얼거렸지만 목에서 피가 흘러내리고 있어서 알아들을 수 없었다.

마침내 썩은 나무가 쓰러지듯 단트릭스는 푹 고꾸라졌다.

심복들이 고함을 질러댈 때 무아노는 변신했다. 심복들은 눈 깜짝할 사이에 달려드는 야수에게 속수무책으로 무기를 빼앗겼다. 야수/무아노는 포위하고 있는 40명의 심복 중에서 30여 명을 무력화시켰다. 용선도 단트릭스의 시대는 막을 내렸다는 걸 아직도 깨닫지 못한 심복들을 향해 장검을 휘둘렀다. 하지만 상처를 입히지 않았고, 창과 활만 빼앗아서 사방으로 내던졌다.

무아노는 반항이 제일 심한 세 남자를 골라서 제압했다. 이런 괴물을 본 적이 없는 남자들이 재빨리 항복했다.

그런데 정작 살루타는 단트릭스의 죽음에 별다른 감정을 내보이지 않았다. 가죽 줄에 묶인 딸들부터 풀어주었다. 딸들은 눈물범벅이 되어 어머니를 얼싸안았다. 용선이 다가가자 딸 한 명이 품에 뛰어들었다. 어찌할 바를 몰라서 잠시 머뭇거리던 용선은 여자를 다정하게 안아주었다.

단트릭스의 심복들 이외에 부족의 사람들이 모두 모였다. 권력자가 교체될 때는 늘 그렇듯 무아노는 이들에게서 체념과 경계의 냄새를 맡았다. 오무아에 예부터 내려오는 속담이 있었다. "모르는 사람보다 차라리 잘 아는 악마가 낫다." 이 말은 구관이 명관이라는 뜻이었다.

단트릭스와의 혈전을 생각하던 용선은 이렇게 끝나버린 것이 실망스러우면서도 한편으로는 안도했다. 용선이 갑자기 목청을 높이면서 외치는 바람에 모두 깜짝 놀랐다.

"살루타 만세! 우리의 새로운 대장 만세!"

이번에는 살루타가 속삭였다.

"오, 끔찍한 벤드룩의 내장이여! 지금 뭐 하는 건가?"

"부인을 대장으로 추대하는 건데, 왜요?"

"하지만…… 나는…….."

딸들이 어머니의 말을 막으면서 외쳤다.

"살루타 만세! 결투는 끝났습니다. 살루타가 단트릭스를 물리쳤습니다. 살루타는 우리의 새로운 대장입니다!"

살루타는 주위를 둘러봤다.

"하지만…… 하지만 안 돼, 나는…….."

용선은 살루타 앞에 무릎을 꿇었다. 재빨리 인간으로 돌아온 무아노도 용선 옆에서 무릎을 꿇었다. 두 시간 전, 타라는 용선에게 반군의 대장이 되라고 했었다. 하지만 다른 계획이 있었다.

"이게 가장 이상적인 선택입니다." 용선이 아연실색하는 살루타의 눈을 응시하면서 말했다. "부족이 나를 따르는 것 같지만 내심 경계하고 있는 거 알아요. 단트릭스도 의약품과 의술 때문에 나를 살려두었지요. 이방인이라서 절대로 대장으로 받아들이기 힘든 나보다는 부인이 적격입니다."

살루타는 입을 굳게 다물고 천사 같은 얼굴의 젊은이를 응시하다가 나직한 소리로 말했다.

"용선, 자네는 정말 나를 꼼짝 못하게 하는군. 이 빚은 꼭 갚을 날이 있겠지!"

그렇게 말하고 살루타는 고개를 꼿꼿이 들고 승리의 표시로 두 손을 쳐들었다. 함성이 터지면서 모두 모여들었다. 지금이야말로 무아노가 나설 차례였다.

"이곳에 도착한 뒤로 내내 가슴이 아팠는데 이제 됐군요. *레파루스의 이름*으로 반군 부족은 모두 치료가 되고, 옷은 수선되어라!"

무아노의 마법이 반군 캠프 전체를 후려치는 순간 공포의 비명이 터져 나왔다.

하지만 괜한 불안이었다. 부러지거나 뽑혀나간 이가 다시 자랐고, 뒤틀린 수족이 똑바로 펴졌고, 머리털과 피부에 윤기가 흘렀고, 눈빛이 살아났고, 아픈 사람들은 모두 병이 나았다.

너무 힘을 많이 쓴 무아노는 털썩 주저앉았다가 메스꺼움 때문에 토하기 위해 뛰쳐나가야 했다. 무아노가 돌아오자 건강을 되찾은 사람들이 에워싸면서 놀라움과 기쁨을 감추지 않고 진심으로 고마워했다. 사실 무아노 자신도 어리둥절했다. 마법이 이 정도로 강하지는 않았는데…….

살루타는 이제 기꺼이 반군 부족을 맡기로 결정을 내렸다. 무아노는 마법을 어떻게 사용하는지 보여주는 임무를 맡았다. 그들은 몸에서 기생충부터 없앴고(무아노는 머리에 득실거리는 이를 보면서 잠깐이지만 공포에 사로잡혔다), 살루타의 딸이 솟아오르게 한 샘물로 몸을 씻고, 청소도 말끔히 끝냈다. 얼마 후 반군 부족 캠프는 몰라보게 달라져 있었다. 살루타의 딸이 광장을 만들었고, 무아노는 예쁘게 단장한 텐트들을 만들었다. 이어서 중앙에 피워놓은 모닥불 주위에 편안한 의자들이 놓였다. 침대와 담요, 주방 도구, 조명등(용선이 제공한)……. 사람들은 믿기지 않는 눈으로 두리번거리면서 '왜 진작에 이런 생각을 하지 않았을까' 하는 얼굴이었다.

마법을 사용하는 것은 문제가 좀 있었다. 하지만 무아노와 용선, 살루타가 토하기는 해도 일시적일 뿐 죽지는 않는다는 걸 눈으로 확인했다. 그들은 하나둘 조심스럽게 마법을 시도해봤다.

단트릭스를 추종했던 심복들은 살아남지 못했다. 살루타는 가차없이 그들을 처형했다.

용선과 무아노가 미처 말릴 사이도 없었다.

그들은 시신들을 힐끔 쳐다보고 나서 새로운 대장 앞에서 단결을 다짐했다. 살루타의 딸 수알라가 슬그머니 손을 잡고는 놓아주지 않자 용선은 어찌할 바를 몰라했다. 두 사람의 모습에 무아노는 흐뭇한 미소를 지으면서 중얼거렸다.

"칼이 이 소식을 들으면 아주 기뻐할 거야. 폭군에게 시달리는 사람들을 해방시켰으니까. 우리와 함께하지 못한 것이 분하다며 펄펄 뛰겠지."

"원래 그렇게 혼잣말을 잘해요, 아가씨?"

등 뒤에서 누군가가 말했다.

무아노가 깜짝 놀라서 돌아보니 살루타였다.

"뭐라고 하셨어요?"

"원래 그렇게 혼잣말을 잘하느냐고 물었어요."

"아, 그건 아니고요. 곧 만날 친구들을 생각하다가 그만. 우리가 한
일……, 아니 부인이 한 일에 대해 친구들이 들으면 굉장히 좋아할
거예요."

"좀 더 일찍 하지 못한 게 유감스럽죠. 단트릭스가 워낙 영악한 인
간이라 접근할 틈을 주지 않아서……. 무엇보다 철통 경계를 했지요.
가장 위협적이라고 생각하는 용선에게 온통 신경을 쓰고 있다는 걸
알고 기회를 노렸어요. 그런데 달/태양이 꺼지면서 어두컴컴했기 때
문에 기회가 왔다고 생각했어요. 보초들이 창이나 화살로 나를 겨냥
하기가 쉽지 않으니까요(살루타는 추운 것처럼 팔을 문질렀다). 하
지만 키가 너무 작아서 장검을 휘두르지 못할까 봐 두려웠죠. 용선이
나한테 검을 빼앗길 정도로 어리석은 사람도 아니고, 용케 검을 빼앗
았다고 해도 손이 너무 망가져서 목을 벨 수나 있을지 자신이 없었는
데……."

"네, 많이 아프셨을 텐데." 무아노는 고개를 끄덕였다.

"단트릭스 때문이죠."

살루타가 이젠 힘이 나는 듯 웃으면서 덧붙였다.

"그래요, 고통스러웠지만 이제는 단트릭스가 죽었으니 훨씬 더한

고통도 감내할 거예요."

그렇게 말하면서 살루타의 시선이 두 딸에게 머물렀는데 뼈다귀가 달린 가죽 줄을 불태우면서 환호성을 지르고 있었다. 단트릭스가 저지른 결정적인 잘못은 살루타의 딸들을 개처럼 묶어두어 모멸감을 주었다는 것이다.

살루타가 다시 무아노에게 시선을 옮기면서 말을 계속했다.

"정말 고마워요, 아가씨. 나에게 용기를 줬어요. 꼭 필요한 순간에 나를 도와주었고, 용선과 아가씨가 기가 막히게 교란작전을 만들어주었어요."

갑자기 살루타가 가슴을 쭉 펴면서 자세를 바로 하는데 대장의 위용이 느껴졌다.

"고맙다는 말은 이쯤에서 끝내고 우리의 태양을 어떻게 한 겁니까?"

정색하면서 변하는 살루타의 어조에 무아노는 흠칫했다.

"그게…… 사고였어요."

"네, 우리도 봤어요. 태양, 사방으로 달아나는 매머드 떼, 여러분은 초원을 혼란에 빠뜨렸어요."

이제는 악취가 사라졌기 때문에 무아노는 마음 놓고 공기를 들이마시면서 말했다.

"내 친구 중에 음…… 굉장히 강력한 친구가 있는데요. 단트릭스가 일부러 놓은 불 때문에 매머드 떼가 몰려와 위험에 처했어요. 그래서 아마존 부대를 도와주려고 마법을 사용하다가 태양을 꺼뜨리게 된 거예요. 지금은 저 위에서 수리하는 중이에요."

이번에는 살루타가 흠칫 놀랐다.

"뭘 하는 중이라고요?"

"진짜 태양이 아니라 기계거든요."

무아노는 살루타에게 이 초원의 내력을 자세히 알려주었다.

"악마들이요? 그러니까 우리가 5000년 전에 악마들과 싸웠던 병사들의 후예라고요? 그런 전설을 듣긴 했는데 사실인지는 몰랐어요. 그래서 우리가 피해서 사는 거였군요."

"반군의 대장들이 지금까지는 계속 그랬죠."

살루타가 오랫동안 입을 다물고 있어서 무아노는 화가 나 있는 거라고 생각했다.

"그런 것도 모르고 바보같이 살았으니!" 살루타가 외쳤다. "마법으로 뭘 할 수 있는지 보면서 알았어요. 마법은 해로운 것이 아니라 사용하기가 약간 까다롭고 불편한 도구라는 것을."

살루타가 자세를 바로 하면서 말했다.

"나의 부족에게 선택권을 줘야겠어요."

"어떤 선택인데요?"

"우리는 너무 늙어서 변화보다는 안주하고 싶어하죠. 나는 이곳의 삶을 사랑해요. 하지만 젊은 사람들은 아마 다른 삶을 살고 싶겠죠. 내 딸도 그럴 테고. 내가 보기에는 수알라가 용선을 많이 좋아해요. 매머드 가죽을 썹으며 신발이나 만들며 살라고 할 수는 없어요. 다른 꿈이 있는 걸 아니까요. 딸이 용선을 따라가고 싶어한다면 허락할 거예요. 탈영이니 반군이니 그런 역사는 끝낼 때가 됐어요. 우리는 아더월드인이고 더 이상 비겁하게 살지 않겠어요."

살루타는 무아노를 쳐다보면서 덧붙였다.

"다른 부족들에게 메시지를 보낼 거예요. 떠나고 싶어하는 젊은이들을 아마존 부대로 보낼 테니까 받아주면 좋겠어요. 이제 아가씨도 용선과 함께 어서 떠나세요."

"위험하지 않을까요?" 무아노가 걱정이 되는 얼굴로 물었다.

"네, 괜찮을 거예요. 아직은 충격을 받은 상태지만, 깨끗한 옷이며 음식, 위생적인 생활, 되찾은 건강이 얼마나 중요한지 깨달았을 테니 모두 나를 따를 겁니다. 단트릭스를 따랐던 것처럼."

"동물에게는 마법이 안 통한다는 걸 잊지 마세요." 무아노가 주의를 주었다.

"물론이죠. 그리고 밀을 어떻게 자라게 하는지, 밀가루를 어떻게 만드는지 잘 봐뒀으니까 어려울 것 없어요. 살코기 문제는 다른 부족과 물물교환을 하면 되니까 해결할 수 있고……. 조금 멀긴 해도 철광이 매장된 언덕을 알고 있죠. 단트릭스가 나를 죽이지 않은 것도 바로 그 때문이었죠. 그자는 위치를 모르는데 내가 알려주지 않았으니까……."

그 순간 무아노는 지칠 대로 지친 살루타에게서 온갖 시련에 단련된 강인한 여인이 숨어 있음을 보았다. 그래서 몇 년만 지나면 아틀란티스에 있는 모든 부족을 다스리는 수장이 될 자질을 갖췄다고 높이 평가하면서 살루타에게 용기를 북돋워주었다.

무아노와 용선이 떠나는 순간 살루타의 두 딸이 와서 조심스럽게 인사했다. 몇 시간 사이에 완전히 탈바꿈한 터전에 대해 진심으로 고마워했다. 헤어지기가 못내 아쉬운 수알라는 용선을 뜨겁게 포옹한 뒤에 놓아주었다.

무아노는 용선이 비추는 랜턴 불빛에 의존하면서 어둠 속을 걸었다. 간밤에 잠을 설쳤기 때문에 그들은 몹시 피곤한 상태였다.

"수알라가 용선을 많이 사랑하는 것 같아요."

무아노가 불쑥 말했다.

어두워서 용선의 얼굴이 명확하게 보이지 않지만 빨개지는 걸 무아노는 알 수 있었다.

"대단한 여자지. 고통받는 사람들과 어머니를 도우려고 애를 썼지만 쉽지 않았어. 단트릭스…… 그자가 사람들을 공포에 떨게 했어. 나름대로 저항하려고 했지만 괴물들에게 맞서는 게 쉬운 일은 아니지. 나는 정말 어떻게든 상관의 명에 복종하고 명예를 지키기 위해서 그 몹쓸 인간들을 해치우고 싶은 걸 참고 또 참았는데……."

아! 그러니까 최고 사령관이나 다름없는 타라의 명을 받고 더는 신중할 필요가 없게 된 것이었다. 충분히 이해가 된다는 뜻으로 고개를 끄덕이면서 무아노가 말했다.

"용선은 정말 용감하고, 의로운 남자예요."

용선은 긴 한숨을 내쉬고 깊은 침묵에 빠졌다.

무아노와 용선은 생각에 잠겨서 나란히 걸었다. 용선은 일어난 일을 곱씹어볼수록 실망스러웠다. 고전적 결투 방식으로 단트릭스와 일대일로 맞서 죽이든 죽든 결판을 낼 생각이었다. 그런데 늙은 살루타가 검을 빼앗아서 거인의 목을 베어버릴 줄이야!

용선은 한숨을 내쉬었다. 하지만 중요한 것은 살루타의 부족은 더이상 두려움 속에 살지 않으리란 것이었다.

용선은 다시 한 번 미소를 띠면서 기계적으로 검의 위치를 바로잡았다. 다른 여러 부족의 족장들도 단트릭스 못지않게 잔혹하고 위험했다. 그래도 기회가 오면 아름다운 수알라가 보는 앞에서 멋지게 싸우리라고 다짐했다.

무아노는 왜 갑자기 타라와 파브리스랑 함께 가지 않고 용선을 따라나서고 싶었는지 아직도 의문이었다. 파브리스가 언제부터 그렇게 귀찮고 숨 막히는 존재가 된 걸까? 정말 알 수가 없었다. 몇 년 전, 몇 달 전만 해도 죽을 때까지 함께할 사람은 파브리스라고 굳게 믿었건만. 그런데 타라와 마찬가지로 무아노도 어릴 적 사랑은 영원하지 않다는 걸 깨닫고 있었다.

무아노도 한숨을 내쉬었다. 모든 것이 아주 복잡했다. 얼마 동안은 남자친구 없이 지내면서 마음을 정리하고 싶었다. 파브리스는 지구에서 문지기로 살기로 했으니 어차피 아더월드에 혼자 남을 텐데.

그런데 왜 이렇게 슬플까?

둘은 묵묵히 걸었다.

갑자기 아마존 부대의 캠프에 도착했을 때 머리 위에서 이상한 소리가 들렸다. 무아노가 올려다봤다.

"이게 무슨……." 용선이 어물어물 말했다.

무아노는 손으로 하늘을 가리켰다.

태양이었다. 태양에서 무슨 일이 일어나고 있었다.

태양치고는 이상한 반응이었다.

태양이 지지직거렸다.

그리고 엄청난 폭발이 일었고, 빛이 번쩍였다.

무아노가 눈이 부셔서 고개를 돌리는 순간 뭔가가 보였다. 뭔가가 추락하고 있었다.

손으로 빛을 가리면서 무아노는 뚫어져라 하늘을 쳐다보다 하얗게 질렸다.

사람들이 떨어지고 있었다.

다시 켜진 태양

뭔가를 폭발시킬 때 어떻게 해야 화를 면할 수 있을까

*

　변형시킨 허브글라이더에 자리 잡고 앉은 타라와 친구들은 무아노와 용선에게 손을 흔들어준 다음 돔형의 크리스털 문을 닫았다. 캠프에 남은 여군들의 성원과 인사를 받으면서 허브글라이더들이 시커먼 하늘을 향해 올라갔다.

　파프니르는 지면에서 멀어질수록 하얗게 질렸다.

　그들은 태양을 향해 올라가고 있었다.

　꽤 오래 걸렸다. 허브글라이더들은 올라가는 용도로 만들어진 기구가 아니기 때문에 반구형 천장까지 가는 데 한 시간이나 걸렸다.

　올라가는 내내 파프니르는 창밖을 보지 않으려고 열심히 벨제부트와 정신적으로 교훈적인 대화를 나누었다. 고양이는 기분을 맞춰주려고 애를 썼지만, 파프니르는 기구가 흔들리면 덩달아서 부들부들

떨고, 기구가 요동치면 덩달아서 소스라치게 놀라고, 기구가 덜컹거리면 이를 악물고 좌석을 붙잡고 늘어졌다. 초록빛 눈이 어찌나 공포에 질려 있는지 용기를 주는 말조차 건넬 수 없었다.

너무 힘을 준 나머지 안락의자 팔걸이를 반쯤 뚫고 들어간 난쟁이의 두 손을 보면서 칼은 가슴이 조마조마해 제발 팔걸이들을 그만 괴롭히기를 바랐다.

한편 로빈은 타라의 생각을 알 수만 있다면 영혼이라도 내어주고 싶었다. 그런데 초원에 걸린 진실 주문 때문에 타라의 생각을 알았다. 하지만 악마와 잤다면서 충격적인 말을 쏟아낸 뒤로는 헤어지겠다는 건지, 화해하겠다는 건지 타라는 아무 말이 없었다. 로빈은 어찌나 불안한지 다가갈 엄두가 나지 않았다. 크리스털 볼이 불통이라서 유감이었다. 어머니나 여친 경험이 많은 친구들에게 조언을 구하면 좋을 텐데. 친구들의 조언이 무조건 믿을 만한 것은 아니었다. '너무 걱정 말고 밀어붙여. 잃는 게 있으면 얻는 것도 있으니까!' 지난번에 타라와 말다툼했을 때 친구가 해준 조언대로 밀어붙였다가 지금 이 꼴이 됐는데…….

로빈은 한숨을 내쉬었다. 오, 엘프들! 엘프들은 아주 단순한 것 같으면서도 아주 까다로운 면이 있었다. 타라의 '마음에 들려면' 엘프의 본능을 완전히 버려야 할까? 아니면 타라를 단념해야 할까?

로빈 맞은편에 앉은 파브리스는 더 침울했다.

질투에 사로잡혀 있었다. 멋진 남자와 멀어져 가는 무아노를 보면서 하마터면 늑대로 변신해서 달려들고 싶은 걸 간신히 참아야 했다. 하지만 파브리스가 깨물면 남자는 죽는 것이 아니라 늑대인간이 되는 것이니 알파 늑대가 될 가능성도 있었다.

게다가 날카로운 장검을 두 자루나 지니고 다니는 한국인 전사에 비해 파브리스는 사고를 당한 뒤로 아직 완전히 기력을 되찾은 상태가 아니었다. 늑대인간들은 아주 빠른 속도로 회복되지만 그렇다고 초인간은 아니었다.

타라는 불안했다. 마지스터의 수중에 들어간 어머니의 시신, 마지스터가 꾸미는 음모, 언제 튀어나올지 모르는 검은 여왕, 얼떨결에 한 살을 더 먹으면서 일어나게 될 여러 가지 일들…….

타라는 로빈도 걱정이었다. 하프엘프는 생각에 잠겨서 입술을 깨물고 있었다. 타라는 잘생긴 얼굴, 은빛 머리(인간의 특성을 나타내는 검은 머리털은 사라졌지만), 반짝거리는 크리스털 눈을 응시했다. 다른 엘프들과는 달리 로빈의 눈빛은 마음을 반영했다. 하지만 답 없는 의문이 남아 있었다. 로빈은 타라에게 충분히 인간적이었나? 그럼 타라는? 타라가 로빈에게 좀 더 엘프적일 수는 없는 걸까? 생각지 못한 습관을 받아들일 수는 없는 걸까? 어쨌든 로빈도 많은 걸 양보한 것이 틀림없는데…….

그리고 로빈은 여러 번 타라의 목숨을 구해주었는데! 하지만 생명의 은인이기 때문에 사랑할 수는 없지 않은가. 그런 식이라면 날마다 인명을 구조하는 소방수는 어떻게 해야 되나? 그 모든 사람과 사랑할 수도 없는데. 의사나 영웅들도 마찬가지였다. 아, 물론 이들의 경우 목숨을 살려준 여자나 남자와 맺어지는 일이 종종 있지만.

이런 생각을 하면서 타라는 한숨을 내쉬었다. 인간은 여러 가지 감정 중에서도 두려움에 지배된다는 생각이 들었다. 타인에 대한 두려움, 혼자라는 두려움, 병과 죽음에 대한 두려움, 내처지는 것에 대한 두려움, 친구들이나 부모에 대한 두려움. 그리고 미래에 대한 두려움, 젊음에 대한 두려움, 늙음에 대한 두려움…….

타라는 고개를 흔들었다. 자꾸 이런 생각을 가지면 안 되는데……. 타라의 시선이 파프니르에게 머물렀다. 돌덩어리처럼 굳어 어찌나 힘을 주고 있는지 난쟁이가 앉은 의자가 삐걱거리고 있었다. 온몸의 모공에서 삐질삐질 땀이 나오는 저 두려움은? 타라는 문득 그르룰이 생각났다. 옛 보디가드도 날아가는 걸 완전 싫어했었다.**26**

"파프니르." 타라가 차분한 목소리로 말했다. "좌석 팔걸이를 그만 잡아당겨. 버티지 못할 거야. 그러다 좌석이 뜯겨버리면 바닥에 구멍이 뚫릴 텐데……. 내 생각에 구멍이 뚫리면 허브글라이더가 작동하지 않을 것 같아."

파프니르는 멍한 눈으로 타라를 쳐다봤다. 그러고는 정말 괴로운 얼굴로 천천히 손가락들을 폈고, 다시 주먹을 꽉 쥐고서 자신의 단단한 허벅지를 눌렀다. 그때였다. 우지끈, 좌석에 금이 갔다.

칼이 파프니르 앞으로 자리를 옮기고는 마주 보게 돌아앉았다.

"파프니르, 내 말 잘 들어." 칼이 긴 손가락을 흔들면서 말했다. "네 문제를 해결할 방법이 있어."

난쟁이는 짜증스러운 눈초리로 째려보면서 이를 악물었다.

"난 비행기 타는 게 싫은 것뿐이야. 무슨 문제가 있는 게 아니고!"

• • • • • • • • • • • •

26. 초록 트롤 그르룰은 뱀파이어 대통령의 딸 킬라가 조종하는 양탄자 비행기에서 다 토한 적이 있는데 엄청난 크기의 위생봉지를 보면서 탑승자들이 모두 안도의 숨을 내쉬었던 적이 있었다.

"아니, 문제가 있지. 고소공포증이 있는 거니까. 그건 아주 큰 문제야. 우리는 초원 상공 높이 올라가고 있는데 저 위에서는 더 대처하기 힘들 테니까. 그래서 말인데 계속 그렇게 현기증이 나면 너 때문에 우리 모두 위험해질 수도 있어. 따라서 고소공포증을 없애줄 생각이야."

난쟁이가 칼을 뚫어져라 쳐다봤다.

"나한테 마법을 사용했다가는 내 고양이를 위한 푸딩으로 만들어 버릴 테니까 알아서 해!"

야옹, 벨제부트가 항의의 울음소리를 냈다. 그런 끔찍한 말을 하다니, 난 절대 인간을 먹지 않아!

"오, 천만에." 칼은 두 손을 흔들면서 말했다. "너에게 마법을 사용할 생각 전혀 없어. 난쟁이들이 마법을 싫어하는 걸 아는데 내 목숨을 아껴야지. 아주 간단한 방법이 있어."

난쟁이가 경계하는 시선으로 흘겨봤다.

"간단한 방법이라는 게 뭔데?"

"네가 새라고 믿게 만들 거야."

타라는 웃음을 참았다. 모든 시선이 칼에게 쏠렸다. 무아노가 없어서 짜증이 나 있던 파브리스가 신경질적으로 내뱉었다.

"무슨 말하는 거야, 칼?"

칼은 들은 체도 않고 파프니르에게 집중했다.

"최면술인데 내가 방법을 알거든. 내 직업상 필수적인 것이라서. 이따금 우리 면허 받은 도둑들은 사람들의 머릿속에서 기억을 빼내거나 집어넣어야 할 때가 있거든. 늘 마법을 사용할 수는 없으니까.

으로 허공을 두려워하지 않게 되니까."

"새?" 파프니르가 확인했다.

"응. 짹짹 짹짹, 날개 달린 새."

"지금 나 놀리는 거야?"

칼은 어이없다는 표정으로 말했다.

"내가? 천만에. 나를 믿어."

"꿈 깨시지!" 파프니르가 쏘아붙였다.

"고소공포증을 낫게 해줄 수 있어. 잘될 거야. 그리고……."

"그리고 뭐?"

"넌 선택의 여지가 없어."

"어떤 새인데? 비둘기라면 당장 집어치워."

칼의 눈이 반짝거렸다.

"아니, 훨씬 위엄이 넘치는 의젓한 새!"

"독수리? 매?"

"기대해."

파프니르의 위협적인 눈초리에도 칼은 눈 하나 깜짝하지 않았다. 그렇지 않아도 터져 나오려는 웃음을 참던 타라는 침묵을 지키기로 했다. 입을 열었다가 웃음이 터지면 파프니르가 최면을 걸지 못하게 할 테니. 실은 타라도 칼이 어떻게 하려는 건지 궁금했다.

"나한테는 절대로 안 통할……." 파프니르가 중얼거렸다.

칼이 파프니르 앞에 서서 뚫어져라 쳐다보면서 손가락 퉁기는 소리를 냈다. 난쟁이는 순간적으로 긴장이 풀리면서 주저앉아 눈을 감고 말끝을 흐렸다.

아! 칼의 손가락 퉁기는 소리에 파프니르는 최면에 걸린 것이 틀림없었다.

칼은 전혀 알아들을 수 없는 언어로 무슨 말인가 하더니 풀벌레 소리와 물이 철썩거리는 듯한 소리를 냈다. 파프니르의 얼굴이 잠시 일그러지다가 다시 평온해졌다.

칼이 흡족한 미소를 머금고 몇 걸음 물러서더니 모두 깜짝 놀랄 정도로 크게 말했다.

"잘되고 있어!"

"파프니르가 정말로 자기를 새라고 생각할까?"

"아니." 칼은 유감스러운 어조로 대답했다(정말 놀려먹고 싶지만 파프니르에게는 시도할 만한 것이 그리 많지 않아서 유감스러워하는 것 같았다). "우리의 목숨이 위태롭지 않은 다른 상황이라면 파프니르가 옥수수를 쪼아 먹는 모습을 보고 싶지만 여기서는 그럴 수 없어. 다만 파프니르는 허공으로 떨어질 때 날개를 펼치기만 하면 날수 있다고 생각할 거야. 새들은 현기증을 못 느끼니까 파프니르도 그럴 텐데 문제는 시간이 제한되어 있어. 지금부터 몇 시간 후에 최면 효과가 사라지면 다시 고소공포증을 느끼니까."

사령관이 아주 흥미롭다는 얼굴로 칼을 지켜보았다.

"우리에게도 최면술로 환자를 치료하는 샤먼이 있어. 몸과 상관없이 뇌만 세뇌한다는 것은 정말 대단한 기술이야. 하지만 공포증이 감소하는 걸 본 적은 전혀 없는데…… 아주 흥미롭군."

파프니르를 응시하는 사령관의 눈빛을 보면서 타라는 앞으로 최면술이 아마존 부대의 훈련 프로그램에 들어갈 거라고 생각했다.

칼이 다시 파프니르 앞에 서더니 휘파람을 불었다. 휘파람 소리가 점점 작아지다 멎자 파프니르가 번쩍 눈을 뜨고 칼을 멀뚱히 쳐다보다가 말했다.

"……어쨌든 너의 최면술인지 뭔지는 나한테 안 통해."

"파프니르?" 칼이 불렀다.

"왜?"

"저 밑을 내려다봐."

파프니르는 기계적으로 멀리, 아주 멀리 떨어진 땅 쪽을 내려다봤다.

"그래서 뭐? 뭘 보라는 건데?"

"아무것도 안 보여?"

"칼, 나는 시력이 아주 좋은데 아무것도 안 보여. 어둡고, 땅은 아주, 아주 멀리……."

두렵지 않다는 걸 깨달은 파프니르가 입을 다물었다. 아주 작은 떨림도 없었다. 그리고 느낌도 아주 좋았다. 마치 활동 영역에 있는 것처럼 아무렇지도 않았다. 파프니르는 안전벨트를 풀고 벌떡 일어나서 유리창 쪽으로 몸을 숙였다. 허브글라이더가 한쪽으로 기울어졌다.

"파프니르!" 칼이 말했다. "조심해! 넌 너무 무거워서…… 이러다 큰일 나!"

"전혀 어지럽지 않아!" 난쟁이가 감탄했다. "이제는 떨어질까 봐 무섭지도 않아! 믿을 수 없어!"

파프니르는 아래쪽의 어두컴컴한 풍경을 응시하다가 칼을 향해 고개를 홱 돌리고 미심쩍은 얼굴로 물었다.

"나한테 마법을 사용한 거 아니겠지?"

"요만큼도 사용하지 않았으니까 걱정 마." 칼이 말했다. "다행히 네가 최면에 잘 걸리는 편인지 금방 잠들었어. 나머지는 암시 작용이고, 그 이상은 아무것도 하지 않았어."

"제발 그러길…… 부엉, 부엉……."

모두 의아한 얼굴로 파프니르를 쳐다봤다. 난쟁이는 눈이 동그래져서 손으로 입을 막았다.

칼도 깜짝 놀란 얼굴로 물었다.

"내가 잘못 들었나? 너 방금 부엉부엉 한 거 맞아?"

"칼, 나한테 무슨 짓을 한 거야?" 난쟁이가 위협적인 어조로 으르렁거렸다. "나는…… 부엉부엉!"

잠시 침묵이 흘렀다. 난쟁이가 부엉이 울음소리를 내는 것이 틀림없었다.

타라는 도저히 참을 수가 없었다. 웃음이 터지고 말았다.

"파프니르, 부엉부엉……. 무아노가 이걸 못 봤으니 펄쩍펄쩍 뛰겠어. 칼? 부엉이를 선택한 무슨 특별한 이유가 있는 거야?"

"아니." 칼은 난쟁이를 유심히 살펴보면서 대답했다. "어둡기 때문에 야행성이면 좋겠다는 생각은 했지만……."

질겁한 파프니르는 두 손을 입에 댄 채로 이를 악물고 말했다.

"오, 내 어머니의 수염이여! 그럼 내가 말할 때마다 부엉부엉……."

격분한 파프니르가 이글거리는 눈초리로 칼을 쏘아봤다.

"내가아아아, 부엉, 내가아아아아아, 부엉, 당장!"

칼이 깔깔대고 웃다가 파프니르의 얼굴을 보면서 헛기침으로 목소리를 가다듬었다.

"으흠, 웅얼거림, 중얼거림, 기타 등등에 대한 우리의 공식 통역사 무아노가 없는 관계로." 칼이 짐짓 점잔을 빼면서 외쳤다. "두 손을 입에 댄 채로 했는데도 불구하고 의사소통에 성공한 파프니르의 말을 내가 추측해보겠어요."

파프니르의 손 하나가 입을 떠나 눈 깜짝할 사이에 도끼를 움켜잡았다. 칼은 잽싸게 타라 뒤로 숨어 도끼 공격을 가까스로 모면했다.

"야아! 너를 도와주려고 했을 뿐인데 이런 식으로 하면 안 되지." 칼이 항의했다. "내가 최면을 풀면 너는 다시 현기증을 느낄 텐데…… 선택해. 부엉부엉 울래, 새파랗게 질려서 비틀거릴래?"

파브리스가 칼에게 핀잔을 주었다.

"내가 너를 아는데 사람들을 놀리는 일에 있어서는 절대 물러설 애가 아냐, 넌!" 파브리스는 조롱당하는 것에 이골이 난 어조로 내뱉었다. "우리는 미션 중이야. 파프니르를 웃음거리로 만드는 건 아니라고 봐. 상태가 최고인 파프니르가 필요해."

평소에 그토록 천진한 얼굴의 칼이 상처받은 표정을 지었다. 타라는 미소를 지었다. 어처구니없는 짓을 저지를 때도 칼이 정말 좋았다. 아마 타라를 가장 잘 이해하는 친구가 칼이고, 유령들의 습격으로 의기소침해 있는 동안 변함없이 끝까지 돌봐준 친구도 칼이었다.

칼이 두 손을 내밀고 말했다.

"도둑들의 명예에 걸고 말하는데 파프니르의 부엉부엉은 나와 상관없어."

"부엉부엉이 너와 상관없어?" 파브리스가 못마땅한 얼굴로 따졌다. "그럼 파프니르가 왜 갑자기 그런 이상한 소리를 내는데?"

"그거야 나도 모르지! 최면술은 대가들이 하는 건데 나는 면허 받은 도둑이 된 지 이제 3년밖에 안 된 초급이니까."

파프니르의 눈이 동그래졌다.

"뭐? 내가 그러니까…… 부엉…… 초보의 최면에…… 부엉…… 걸렸단 말이야? 너를 죽여버리겠어! 창자를 다 뽑아버릴 테야! 부엉 부엉!"

"쯧쯧, 최면술이 그리 좋은 생각이 아닌 것 같군." 사령관이 중얼거렸다. "그래도 아주 흥미롭단 말이야. 아, 도착했군."

부엉이 사건으로 그들은 허브글라이더들이 태양에 착륙한 것도 모르고 있었다. "태양이라면 굉장히 뜨거울 텐데요?" 파브리스가 두려워하는 목소리로 물었다.

"온도계를 확인해봤는데 현재 온도는 섭씨 40도야." 허브글라이더를 조종하는 사령관이 말했다. "그리 쾌적한 온도는 아니지만 그래도 이전의 1만 도에는 비할 바가 아니지."

"1만 도?" 웃음이 싹 달아난 타라가 물었다.

"크기는 얼마나 돼요?"

"원둘레가 100미터니까 그리 크지 않아." 이미 계산을 끝낸 모우르무르가 대답했다. "근데 흥미로운 건 도시가 있다는 거야."

"도시요?" 파브리스는 깜짝 놀랐다.

"저기 봐." 모우르무르가 손가락으로 가리켰다.

그들은 허브글라이더의 유리창 앞으로 다가갔다. 정말 놀랍게도 돔형의 둥그렇고 거대한 반투명 유리관 너머로 도시가 보였다.

거꾸로 된 버섯 모양의 파랗고 하얀 집들이 옹기종기 모인 파란색 도시. 이제껏 타라가 본 가장 희한한 모습의 도시였다. 스머프들의 이미지가 머릿속에 떠올랐다. 이 희한한 도시의 주민들이 설마 키가 아주 작고, 파란 피부에 흰 모자를 쓴 스머프는 아니겠지…….

"태양을 관리하는 사람들이 살고 있는 게 틀림없어." 모우르무르가 지적했다. "태양열이 도시 안으로 들어가면 모두 타 죽으니까 저 유리관이 열기를 반사시켜서 지상으로 보내는 거야. 대단한 냉각 시스템을 갖추고 있는 것이 틀림없어. 아하 저거 봐, 내 추측이 맞았군."

정말로 도시를 둘러싼 유리관에 연결된 어마어마한 파이프들이 보였다.

책을 많이 읽어서 상식이 풍부한 파브리스가 눈을 반짝이면서 중얼거렸다.

"압력과 냉기가 지배하는 심해, 비등점……. 지구의 심해잠수정에 엄청난 정보를 제공할 수 있겠어. 내가 연구원이라면 이걸로 이름을 날릴 수 있을 텐데."

"여기 아틀란티스를 나가는 즉시 기억상실증에 걸릴 텐데?" 타라가 말했다. "지구 지킴이들이 네가 발설하게 내버려두지 않을 거야."

초원에서 도시나 파이프가 보이지 않았던 것은 파란색 돔이 가리고 있어서였다. 사령관이 태양을 떠나 도시로 들어갈 거란 표시를 했다. 파리처럼 주위를 맴도는 작은 기구들, 대형 글라이더들도 보였다.

"여기 사람들과 교류가 있나요?" 타라가 물었다. "오무아에서 온 사람들인가요?"

"오무아가 아니라 스파니비아 출신입니다." 사령관 히글 5가 대답했다. "약 500년 전, 아더월드 대전 때 에드라킨족의 탄압을 피해 공간이동의 문을 이용하여 도망치다 영문도 모른 채 이곳에 이르렀다고 합니다. 처음에는 초원에 정착했고, 반군 부족과는 달리 우리와 좋은 관계를 유지했습니다. 최근에, 그러니까 20년 전쯤 스파니비아 사람들이 '우리의 태양' 주위에서 사는 데 필요한 기술력을 갖게 되었고, 그때부터 우리는 마법 기술과 과학기술을 교환하면서 살고 있습니다. 스파니비아족은 원래 대단한 기술자들이죠. 그래서 스파니비아 사람들이 태양을 책임지고, 우리는 그들에게 생필품을 공급해 주기로 협정을 맺었지요. 뿐만 아니라 스파니비아족이 설립한 환상적인 연구소는 오무아 제국에도 큰 도움을 주고 있지요. 여러분이 사용하는 신기한 기구들의 절반이 그 연구소에서 만든 것이니까요. 하지만 태양을 고장 낸 사건으로 화가 많이 나 있을 겁니다."

깜짝 놀란 타라는 이해가 되지 않았다.

"기술자들이라면 우리가 없어도 태양을 수리할 수 있을 텐데…… 왜 우리를 여기까지 올라오게 했어요?"

"마법으로 태양을 꺼뜨렸으니까요." 히글 5는 솔직하게 대답했다. "과학기술만으로는 수리할 수 없는 데다 마법 기술은 사고 친…… 마법을 사용한 당사자만 수리할 수 있기 때문에……."

부엉부엉! 타라는 허리쯤에서 나는 소리에 내려다봤다. 파프니르가 무슨 말을 하려다 말고 샐쭉한 얼굴로 칼을 쩌려봤다. 그러거나 말거나 딴 데 정신이 팔려 있는 칼(여기서도 수집할 정보가 있나? 아니면 슬쩍할 기술/무기가 있나?) 때문에 파프니르는 약이 바짝 올라 있었다. 어깨에 앉은 벨제부트는 진지한 낯짝이지만, 웃음을 참고 있는 것이 역력했다. 잔뜩 골이 난 난쟁이의 얼굴로 보아 귀에서 연기가 풀풀 날 것 같았다.

'버섯 집'이 옹기종기 모인 곳에 착륙장들이 보였다. 허브글라이더들이 착륙하고 엔진을 끄자마자 한 무리의 사람들이 달려왔다.

타라는 심상치 않은 분위기의 사람들을 보면서 혹시 모르기 때문에 마법을 작동했다. 어두컴컴하지만 랜턴 불빛 속에서 키가 작은 사람들이 드러났다(파프니르보다는 크고, 땅신령들의 키와 비슷했다). 다행히 피부는 파랗지 않았다. 하나같이 주머니마다 연장으로 불룩한 작업복 차림에 머리를 두 갈래로 땋았고, 잔뜩 골이 나 있는 얼굴이라서 누가 여자고 남자인지 구분이 가지 않았다.

"오, 위대한 기술자의 연장들이여!" 왕관 모양의 은빛 헬멧을 쓴 남자가 앞으로 나와서 소리쳤다. "대체 우리 태양에 무슨 짓을 한 겁니까?"

히글 5는 정중하게 인사한 다음 위엄 있게 글라이더에서 내렸다.

"안녕하세요. 근데 우리가 그랬다는 걸 어떻게 알았습니까?"

콘스트럭터는 짜증스럽게 한숨을 내쉬었다.

"나 그렇게 멍청하지 않습니다! 태양이 꺼지고 몇 시간 뒤에 당신들이 이렇게 우르르 나타났는데! 그렇지 않아도 정신없이 기계들을 살피고 다니다 마법의 공격이 아닌가 의심하던 차에! 협약을 무시하고 대체 무슨 짓을 한 겁니까? 데미데루스께서 나를 와작와작 씹어먹을 텐데!"

히글 5가 미소를 지었다.

"네, 우리에게 책임이 있는 거 맞아요. 우리의 여제(사령관은 타라가 부여제라고 밝히지는 않았다)께서 매머드 떼가 돌진해올 때 우리를 구해주려고 마법을⋯⋯.”

여제라는 말을 못 들었나? 콘스트럭터는 거리낌 없이 내뱉었다.

“두 종류가 얽힌 마법이 강타했는데 방벽 주문이 에너지의 사인을 알아보고 마법을 통과시킨 겁니다. 비오트!**27** 차단기가 타버렸단 말이오!”

“아, 네. 수리할 수 있겠죠?” 기계에 대해 모르는 히글 5가 물었다.

“물론 수리할 수야 있지요. 시간이 오래 걸리는 게 문제지⋯⋯.” 콘스트럭터는 허리를 쭉 펴면서 말했다. “필요한 부품을 만들려면 1, 2년은 걸린단 말이오!”

“1년이라면 초원 전체가 죽는 거잖아요.” 사령관이 걱정스러운 듯 말했다. “초원이 죽으면 동물이 죽고, 그럼 모조리 죽는 건데⋯⋯.”

“마법으로 만든 부품들은 크게 도움이 안 돼요.” 콘스트럭터가 응수했다. “오래가지 못하니까요. 게다가 구리가 많이 필요한데 여기서는 구할 수가 없어요.”

“부품을 제조하는 시간을 단축하도록 내가 필요한 것들을 만들어줄게요.” 타라가 말했다.

콘스트럭터는 70센티미터의 키로 거만하게 타라를 올려다봤다. 오무아의 여제를 상대하고 있다는 걸 잊은 건지, 아니면 아예 무시해버리는 건지 도무지 알 수가 없었다.

“우리에게 필요한 것을 모두 만들어주려면 마법의 힘이 엄청나야 해요, 어린 아가씨. 특히 그놈의 마법이 갑자기 사라지는 바람에 우

⋯⋯⋯⋯⋯⋯

27. 기술자들이 흔히 사용하는 욕설. 좋은 연장이 아무리 많아도 수리하기가 아주 까다로운 사고가 일어났기 때문에 몹시 화가 나 있다는 뜻이다.

리가 벌거벗고 있을 때 느닷없이 떨어질 수도…….”

콘스트럭터는 아차, 소녀 앞에서 할 말은 아니지, 하는 얼굴로 정정했다.

“그러니까 내 말은 기름 범벅 상태로 떨어질 수도 있는데…….”

“아, 네.” 타라는 재미있다는 얼굴로 말했다. “하지만 내 마법은 여러분을 떨어뜨리지 않아요. 나는 현존하는 마법사 중 가장 강력해서 내가 만든 사물들에 대해 그런 걱정은 하지 않아도 돼요. 오무아의 접견실에 가면 몇 년 전에 내가 만든 크리스털 페가수스가 있는데 지금도 온전하거든요. 여러분이 필요하다는 것들은 훼손될 경우 자동으로 교체되도록 만들어줄 수도 있어요.”

콘스트럭터는 초콜릿을 발견한 아이처럼 타라를 쳐다봤다. 이마 위로 흘러내리는 왕관형 헬멧을 뒤로 젖히면서 외쳤다.

“정말 그럴 수 있어요? 그렇다면 경이로운 일이지만…….”

그러고는 주위를 둘러보고 나서 덧붙였다.

“그게 정말이라면, 그래서 우리가 떨어지는 일만 없다면……!”

“나를 믿으세요.” 타라가 말했다.

좀 전에 칼에게 같은 말을 들었던 파프니르가 이맛살을 찌푸렸다. 마법사들이 믿으라는 말은 정말 믿을 게 못 되는데, 하는 얼굴이었다.

사령관이 불안한 얼굴로 타라를 쳐다보고 있었다. 모우르무르도 타라를 잠시 쳐다보다 손을 풀 듯 손가락을 가볍게 흔들더니 마법복 주머니에서 많은 걸 꺼냈다.

“여러분에게 필요할 만한 연장이 있지요.” 모우르무르가 신이 나서 말했다. “나도 발명가라서 수리해줄 수 있는…….”

콘스트럭터는 경계하는 시선을 던지면서 말을 끊었다.

"발명가라고 했소? 우리 태양에 발명가가 접근하게 놔두지 않겠소. 이번 사고로 자기장까지 작용하지 않기 때문에 떨어질까 봐 가슴을 졸이면서 살아야 한단 말이오."

"돔형 유리관이 있잖아요?"

"유리관은 태양과 우리를 분리시켜주는 것이고, 추락을 막아주는 건 자기장의 역할입니다. 다시 말해서 자기장이 작용하는 유리관은 태양열로부터 도시를 보호해주지요. 그리고 자기장을 도시 아래쪽으로 확장시켰기 때문에 초원의 사람들이 우리를 보지 못할 뿐만 아니라 사람들이나 연장 등이 떨어지지도 않았던 겁니다. 자기장은 다리, 길, 통로, 도로의 역할도 해주지요. 그런데 이제는 자기장이 없기 때문에 집들 사이의 공중에 구름다리를 걸쳐놓았습니다. 도시가 반구형 하늘에 단단하게 매달려 있기에 망정이지 벌써 초원에 떨어졌을 텐데……. 요컨대 수리할 수 있는 상황이 아니라는 겁니다. 알아들었소?"

"네, 알았어요." 사령관이 얼른 모우르무르를 흘겨보며 말했다. "지켜보다가 필요한 경우에만 도울 테니까 신경 쓰지 마세요."

콘스트럭터는 약간 긴장을 풀었다. 타라는 스파니비아 사람을 보면서 키가 작아도 얼마든지 위엄을 보일 수 있으며, 당당한 자신감은 소인을 거인으로 보이게 할 수도 있다는 걸 깨달았다.

"그럼 나를 따르시오. 이 사람들에게 헬멧을 가져다줘. 추락할 수도 있으니까!"

타라는 헬멧이 너무 작다고 말하려다가 그만두었다. 대번에 알아차린 체인지라인이 재빨리 타라의 머리에 딱 맞는 황금 헬멧을 씌워 주었다.

타라는 한숨을 내쉬었다. 주민들은 호기심 가득한 눈으로 쳐다볼 뿐 입을 여는 사람이 아무도 없었다.

무아노가 없어서 아쉬웠다. 이 도시에 관해 내려오는 전설이나 일화를 알고 있을지도 모르는데……. 주거지역 밑으로 커다란 그물이 쳐 있는데, 자기장이 사라졌다는 걸 잊은 주민들이 그물로 떨어지는 사고가 일어났다. 깜짝 놀란 사람들이 눈이 동그래져서 조심스럽게 다른 구름다리로 올라갔다. 그런가 하면 아주 재미있는 놀이라고 생각했는지 일부러 그물로 떨어지면서 장난치는 아이들도 있었다. 처음에 아이가 떨어질 때 타라는 심장이 멎을 뻔했다. 조명 불빛으로는 아래쪽에 쳐놓은 그물이 보이지 않아서 아이가 허공으로 떨어지는 줄 알고 가슴이 철렁했던 것이다.

콘스트럭터는 가는 동안 내내 구시렁거렸고, 아이들이 깔깔대면서 즐거워하는 모습이 조금도 재미있지 않았다. 파프니르는 다른 사람들이 두려움을 느끼는 고도에 아랑곳없이 발걸음이 가벼웠다. 칼은 자신에게 최면술을 걸고 싶은 심정이었다. 현기증이 나지는 않지만 그래도 너무 높은 데라서 두려움이 앞섰다.

물론 남자이기 때문에 두려움을 이겨내고 싶었다. 그래서 사령관이나 모우르무르, 콘스트럭터가 알아채지 못하게 그물이 없는 데에서 공중 곡예를 하자고 로빈에게 제안했다. 스트레스와 불안에 휩싸여 있던 로빈은 기꺼이 대결을 받아들였다(오, 끔찍한 벤드룩의 내장이여! 얼떨결에 무모한 제안을 해버린 칼은 로빈이 자기보다는 이성적으로 판단하길 내심 기대했건만!). 칼과 로빈이 흔들거리는 구름다리에서 펄쩍펄쩍 뛰기 시작하자 파브리스의 눈이 동그래졌다. 칼의 패밀리어 블롱딘도 비난하는 눈초리로 영혼의 동반자를 쳐다보면서 바보 같은 행동에 동참하길 거부했다.

"너희, 죽고 싶어서 그래?" 파브리스가 나직한 소리로 나무라는 순간 칼이 비틀거리면서 떨어질 뻔했다. "당장 멈춰! 그러다 떨어지면 어쩌려고!"

타라도 싸늘한 눈초리로 노려봤다. 로빈은 한숨을 쉬면서 내려왔고, 칼도 마지못해 파브리스 옆으로 갔다.

히글 5를 수행하는 아마존 여군들은 칼과 로빈의 바보 같은 짓에 너무 놀라 미처 말리지 못했지만 사고를 방지하기 위해 주위를 에워쌌다.

타라가 버섯 모양의 집이라고 생각한 이유는 흰색 몸통에 머리가 파란색인 집의 지붕이 반구형 천장…… 다시 말해서 하늘에 거꾸로 매달려 있기 때문이었다. 떨어지는 것을 막으려는 것이었다. '우산 버섯 집'들 주위에는 이동을 위한 구름다리, 그물, 밧줄 사다리들이 있었다. 콘스트럭터가 도시 주위와 아래쪽에 작용했다고 한 자기장 덕분에 태양열에 타 죽는 일도 사람들이 추락하는 일도 없었다. 그리고 세월이 흐르면서 주민들은 놀라운 평형감각을 얻었다. 하지만 타라와 친구들은 밧줄 사다리에 있던 사람들이 아무것도 붙잡을 것이 없는 허공으로 미끄러질 때마다 가슴이 철렁철렁했다.

사람들이 많았는데 체격이나 모습이 모두 똑같았다. 작달막한 키에 두 갈래로 짧게 땋은 머리(남녀 똑같이). 바빠 보이는 사람들이 도시를 방문한 키다리들을 향해 원망 섞인 눈길을 던졌다. 타라는 충분히 이해할 수 있었다. 이제는 따뜻한 음식을 해먹을 수도 없고, 도시 전체가 정전이라서 기술자들로 이뤄진 스파니비아 사람들은 반쯤 미쳐 있으니…….

친구들과는 달리 파브리스는 무아노가 뭘 하는지 보기 위해 늑대인간의 시력으로 어둠 속의 초원을 내려다보고 있었다. 물론 보일 리가 없기 때문에 파브리스는 미칠 지경이었다. 눈이 빠져라 살피다가 열 번쯤 헬멧을 떨어뜨릴 뻔했기 때문에 결국 마법복 주머니에 집어 넣었다.

태양 통제실은 도시 외곽에 있었다. 그리 먼 거리는 아니지만 벨트 컨베이어가 작동하지 않아 시간이 좀 걸린다고 콘스트럭터가 말했다.

무아노에 대한 생각에서 벗어나려고 애쓰면서 파브리스가 물었다.

"왜 태양에너지에만 의존하고 자가발전 설비를 하지 않으셨어요? 정전에 대비하는 비상용 발전기가 있으면 좋았을 텐데요."

콘스트럭터는 계속 걸어가면서 말했다.

"당연히 대비해놨는데 그마저도 과부하에 걸려서 파괴되고 말았지. 비상용 발전기도 포함해서."

아! 당연히 그랬겠지. 타라의 초강력 마법에 얻어맞았는데! 파브리스는 더 이상 캐묻지 않았다. 타라는 입술을 깨물었다. 타라가 지닌 마법의 힘은 너무 파괴적이었다. 세상을 방어하는 문제일 때는 마법이 강력할수록 만족스럽지만…….

파프니르는 미소를 지으면서 타라를 쳐다봤다. 난쟁이 전사는 고소공포증이 느껴지지 않기 때문에 아주 편안해 보이는 반면에 벨제부트는 불편한지 몹시 예민해 있었다.

로빈의 히드라 소우르브도 뿌루퉁해 있었다. 고도를 느끼지 않는 엘프들과 달리 히드라들은 어지러움을 느꼈다. 그리고 좋아하는 것도 공기가 아니라 물인데 호수도 강도 보이지 않으니 물고기를 구경할 수도 없지 않은가. 일곱 개의 머리로 로빈의 목을 휘휘 감은 히드라는 허공 위를 지날 때마다 열네 개의 눈을 감았다. 그리고 좀 전에 로빈이 공중 곡예를 중단했을 때 얼마나 안도했는데.

사령관과 모우르무르는 크게 불안해하는 것 같지 않았다. 모우르무르는 추락할 경우 날거나 헤쳐나갈 수 있는 기구들이 호주머니에 잔뜩 들어 있었고, 사령관은 중력 문제 외에도 생각할 게 많았다.

마침내 태양 통제실에 도착했다. 타라와 파브리스의 예상과는 달리 구름다리와 같은 높이에 유리로 된 원형 방이었다. 곳곳에 기계와 부품들을 그린 화려한 색상의 추상화들이 걸려 있었다. 누가 그렸는지 모르지만 멋진 그림이었다.

그림에 관심이 없는 칼이 휘파람을 불었다.

불에 타서 훼손된 기계와 전자기구, 전기 설비에서 아직도 연기가 나고 있었다. 그을음이 시커멓게 앉아 있지만 원상 복귀가 안 될 정도로 훼손된 것 같지는 않았다. 파브리스는 구시렁거렸다. 늑대의 후각이 플라스틱 탄 냄새에 민감하게 반응했다. 사령관의 호랑이(히글5는 다른 패밀리어들을 초원에 남겨두었다)가 재채기를 하는 것으로 보아 아주 싫은 모양이었다.

"무슨 말인지 알겠소." 모우르무르가 미소를 머금고 말했다. "전부다 복원해야 되는군요. 오랜만에 실력 발휘……(콘스트럭터의 성난 시선과 마주친 모우르무르는 얼른 표현을 바꿨다) 정말 비통한 일이 군요. 내가 수리하는 걸 원치 않는다고 했지만 솔직히 상태가 이 모양인데 그럴 상황이 아닌 것 같소."

모우르무르는 너무 흡족한 표정을 짓지 않으려고 노력했다. 사령관은 태연하지만 눈빛에서 콘스트럭터가 모우르무르의 도움을 어느 순간에 받아들일지 기대하는 것이 엿보였다.

"현재 가장 큰 문제는 이 기계들이 아니에요."콘스트럭터는 마지못해서 말했다. "이 기계들은 태양의 활동을 통제하는 역할을 하는데…… 코일에 문제가 생겼어요. 코일들을 교체해야 합니다. 따라오세요, 보여줄 테니."

그들은 콘스트럭터를 따라갔다. 커다란 창고에 수십 개의 전기회로가 보이고 코일들이 다리미에 짓눌린 것처럼 납작해져 있었다. 타라는 헛기침을 하면서 목소리를 가다듬었다.

"이걸 교체하면 되는 건가요?"

"네, 모조리 타버렸어요. 레파루스로는 복구가 안 되거든요. 다시 만들려면 옮겨야 하는데 전력이 없어서 엘리베이터를 사용할 수 없으니……."

말하다 말고 콘스트럭터는 입을 멍하니 벌린 채 쳐다봤다. 커다란 코일 하나가 천천히 공중으로 둥둥 떠올랐던 것이다.

"어디로 옮길까요?"타라가 경쾌하게 물었다.

타라는 기술자를 안심시키기 위해 허세를 부렸다. 엄청나게 무거운데!

파프니르와 칼, 파브리스, 로빈은 웃음을 참고 있었다.

"저쪽이요······. 네, 거기입니다, 폐하. 우리도 나중에 그렇게 하겠습니다."

타라는 코일을 내리기 전에 주문을 읊었다.

"*레콘스트룩투스의 이름*으로 손상되기 전의 기구로 원상 복귀될지어다!"

콘스트럭터의 눈길을 받으면서 타라의 손에서 솟구치는 파란색 마법의 빛이 손상된 코일을 후려치자 방금 빠져나왔던 자리에 새 코일이 교체되었다.

"이제 됐어요." 타라는 흡족한 목소리로 말했다. "접속하면 될 거예요. 내가 접속하지 않는 것은 태양에 전력을 공급하기 전에 모든 사람이 안전한지 확인해야 하기 때문이에요."

콘스트럭터는 아연실색했다.

"마법을 사용했는데······ 멀쩡하다니, 괜찮으십니까?"

"여러분의 태양을 꺼뜨린 뒤로는 마법을 사용해도 아무렇지도 않아요. 데미데루스가 걸어놓은 주문이 나를 알아봤는지 메스껍지도 않고 편안해요."

"정말 다행입니다." 콘스트럭터가 말했다. "우리는 끔찍한 알레르기 때문에 고생해야 되는데······. 모두 교체해주실 수 있습니까?"

그러면 마법의 에너지를 너무 많이 소모하는 건데······. 타라는 솔직하게 물었다.

"내가 일부분을 수리해주면 여러분이 작동할 수 있는 거 아닌가요? 지금까지 코일에 문제가 생겼을 때 어떻게 했는데요?"

"코일이 10퍼센트만 남아 있어도 아무런 문제가 발생하지 않습니다. 그런데 모든 코일이 동시에 파열되는 사고가 발생할 줄이야 정말 생각도 못한 일이었습니다."

이건 마법을 다 소모하라는 얘기잖아. 콘스트럭터는 타협할 뜻이 없어 보였다.

"네, 알았어요." 타라는 나오려는 한숨을 억누르면서 말했다. "내가 다 교체해줄게요."

물론 친구들이 돕겠다고 나섰지만 타라는 사양했다. 친구들이 마법을 사용하면 당연히 다 토해내면서 힘들어할 텐데…….

시간이 오래 걸리는 아주 피곤한 작업이었다. 칼은 시간을 쟀다. 두 시간 동안 타라는 372개의 코일을 교체했다. 하지만 어쩌겠는가, 타라 때문에 일어난 대형 사고인데.

콘스트럭터의 기술자들이 접속해나가자 전기 케이블에서 전류 흐르는 소리가 나기 시작했다.

콘스트럭터는 먼저 중력장과 자기장 같은 에너지장부터 가동시킨 다음 태양에 연결할 거라고 말했다. 코일들이 절반쯤 접속되었을 때 갑자기 울리는 사이렌 소리에 도시의 주민들을 제외하고 모두 소스라치게 놀랐다. 유리벽 너머로 부리나케 집으로 뛰어 들어가는 주민들이 보였다. 그물에서 놀던 아이들도 순식간에 사라졌다. 불과 몇 초 사이에 그물이며 구름다리도 모조리 납작하게 접혀 있었다.

"이런 훈련으로 사람 놀라게 하지 마세요. 간 떨어질 뻔했잖아요."

칼이 너스레를 떨면서 아직도 털이 곤두선 블롱딘을 쓰다듬었다.

"태양과의 거리가 50미터 이하일 때 빨리 서둘러야 해. 이 사이렌은 에너지장이 곧 복원될 거란 신호야." 콘스트럭터가 손가락을 꼽으면서 설명했다. "넷, 셋, 둘, 하나…… 접속!"

둔탁한 소리가 윙윙거리더니 파란빛의 보호 장막이 도시를 에워쌌다.

"완벽해. 이제 남은 코일을 접속하면 끝나는 거야."

타라 일행이 이 도시에 발을 들여놓은 뒤로 콘스트럭터가 처음으로 미소를 지었다. 녹초가 된 타라는 비틀거리면서 미소를 지어 보였다.

타라는 한 기술자가 가져다준 물을 단숨에 들이켰다. 그들은 스파니비아 사람들이 파란 개미 군단처럼 분주하게 움직이는 창고를 나와 통제실로 돌아갔다.

타라가 전기회로의 코일들을 복원하는 동안, 신이 난 모우르무르는 콘스트럭터의 묵인 아래 기계들을 손보기 시작했다. 그야말로 눈 깜짝할 사이에 컴퓨터들을 연결하는 모우르무르를 보며 기술자들은 놀라서 눈이 동그래졌다.[28] 이어서 모우르무르는 통제실의 모든 컴퓨터를 자신의 컴퓨터에 연결시켰다. 두 개의 눈이 튀어나와 있고(하나는 파란색, 다른 하나는 밤색), 마를린 먼로의 육감적인 입술로 〈해피 버스데이 미스터 프레지던트〉를 노래하는 모우르무르의 컴퓨터를 보고 어떤 사람이 놀라지 않을까. 모우르무르는 기술자들에게 이제부터는 자신의 컴퓨터가 다 알아서 처리할 것이라고 안심시켰다.

정말인지 확인하다 감전된 기술자 한 명이 쓰러져 동료들의 보호

∙∙∙∙∙∙∙∙∙∙∙∙∙

28. 모우르무르는 마법복 호주머니에 많은 마법 기구를 지니고 다니지만, 마법을 거의 사용하지 않는 스파니비아 사람들은, 눈과 입이 있어서 빤히 쳐다보며 "안녕, 친구?" 하고 말하는 컴퓨터에 익숙해 있지 않기 때문이다. 그중 기술자 둘은 얼마나 놀랐으면 커다란 입을 내민 컴퓨터들이 웃음을 터뜨리면서 쫓아오는 꿈을 꾸다 사고를 당해서 입원할 정도였다.

를 받고 있었다. 모우르무르도 손가락을 빨면서 애꿎은 컴퓨터에 대고 가만두지 않겠다고 위협했다.

한쪽 구석에서 지켜보던 사령관이 웃지 않으려고 애를 쓰고 있었다. 붉어진 관자놀이와 상기된 얼굴로 보아 모우르무르는 컴퓨터와의 기 싸움에서 지고 있었다.

모우르무르는 컴퓨터에게 일을 시작하라고 사정했다. 그제야 컴퓨터는 오무아 대륙의 먼바다 블루 대양의 섬사람들인 라찌 부족의 노래가 되면서 아더월드에서도 아주 유명해진 앙리 살바도르의 샹송을 노래했다.

주인을 닮아서 반항적인 컴퓨터였다. 지쳐 있지 않다면 깔깔대고 웃을 대목인데……, 타라는 안락의자에 주저앉았다.

"이제 태양을 가동시킵시다." 콘스트럭터가 노래하는 컴퓨터를 향해 회의적인 눈길을 던지면서 말했다. "모우르무르 선생, 자신 있는 겁니까?"

"물론이오!" 모우르무르가 헝클어진 머리를 마구 흔들면서 말했다. "이 컴퓨터가 아직 연결되지 않은 기계들까지 마저 작동시키길 기대해봅시다. 하지만 에너지 파동은 충분히 통제할 수 있지요. 자, 시작합시다. 절대 위험하지 않으니까."

타라는 불안해하는 콘스트럭터를 보면서 미소를 참았다. 그때 모우르무르가 마법복 주머니에서 커다란 갈색 가죽 모자 두 개를 꺼내더니 하나는 사령관에게 건네고, 또 하나는 자신의 머리에 썼다. 그러고는 너무 작아서 귀를 가리지 않는다면서 빌려 썼던 헬멧과 히글 5의 헬멧을 콘스트럭터에게 돌려주었다.

그 순간 불현듯 위험할지도 모른다는 느낌이 든 히글 5는 허브글라이더 안으로 아마존 여군들을 피신시켰다. 그래서 타라와 파브리스, 로빈, 파프니르, 칼, 모우르무르, 히글 5, 콘스트럭터와 기술자 셋이 남아 있었다.

파브리스는 이맛살을 찌푸렸다. 어디서 오는 자신감일까. 위험천만한 일에 뛰어들면서도 '위험하지 않아' 하고 쾌활하게 외치는 사람들이 정말 끔찍했다. 마치 머피의 법칙에 걸린 듯 일이 풀리지 않고 갈수록 꼬여서 되는 일이 하나도 없는데도……

모우르무르는 컴퓨터에게 모든 것을 접속하라고 지시했다. 컴퓨터는 복종했다. 밖에서 태양이 켜졌다가 꺼졌다. 그리고 뒤쪽에서 태양이 돌아오는 신호인지 엄청난 폭발이 일었다. 그러자 폭발에 대한 방어라도 하듯 컴퓨터가 태양에너지를 바닥 쪽으로 보냈다. 바닥에 뻥 뚫린 구멍에서 먼지가 뿌옇게 일었다.

어찌나 강렬한 폭발인지 구멍에서 가장 멀리 떨어진 데에 있는 사람들은 절반쯤 정신을 잃었고—모우르무르, 사령관, 파프니르와 타라—, 가장 가까이 있던 콘스트럭터와 기술자들, 로빈과 파브리스(헬멧을 마법복 주머니에 집어넣은 뒤로 다시 쓰지 않고 있었다)는 완전히 기절했다.

정신을 차린 타라는 칼이 보이지 않자 가슴이 철렁했다. 혹시나 하는 생각에 엉금엉금 기어서 구멍을 내려다보던 타라는 비명을 질렀다. 구멍으로 빠지면서 많이 다친 칼이 허공으로 떨어지고 있었다. 마법을 사용할 겨를도 없이 여우와 함께 의식을 잃은 것이 분명했다.

방전 때문에 자기장이 뚫렸으니 칼은 속수무책이었던 것이다.

타라는 칼을 붙잡을 생각으로 마법을 작동했다. 하지만 한 줄기의 파란 광선이 희미하게 반짝하다가 꺼져버렸다. 맙소사, 타라는 아연실색했다. 마법을 너무 많이 소모해서 친구를 구할 힘이 없으니…….

비칠거리면서 구멍으로 다가간 파프니르가 타라에게 외쳤다.

"걱정 마, 내가 날 수 있으니까 칼을 붙잡을게!"

질겁한 타라가 말릴 겨를도 없이 난쟁이는 두 팔을 흔들면서 자이언트 닭처럼 뛰어내렸다.

바로 그 순간 끔찍한 일이 일어났다.

태양이 다시 켜졌다.

파프니르

깃털도 날개도 없는데
나는 것과 떨어지는 것이
근본적으로 무슨 차이가 있을까

*

태양이 진짜 태양이었다면, 부분적으로나마 도시의 그림자와 자기장의 보호를 받지 못했다면, 파프니르와 칼은 통닭구이 신세로 끝났을 텐데.

난쟁이는 자신을 부엉이라고 생각하고 있었다.

그래서 두 팔을 열심히 흔드는데도 날기는커녕 곤두박질치는 이유를 알 수가 없었다. 게다가 칼보다 훨씬 무거워서 아주 빠르게 떨어지는 중인데 이 속도라면 몇 초 후에는 추월할 것 같았다.

발톱에 온힘을 실어서 파프니르의 어깨에 딱 달라붙은 벨제부트는 공포 때문에 뇌가 마비된 것처럼 아무 생각도 할 수 없었다.

칼에게 가까워지면서 파프니르는 두 가지 사실을 깨달았다.

하나는 부상당한 칼이 의식을 잃었다는 것.

또 하나는 자신의 최면 효과가 사라졌다는 것.

그래서 부엉이가 아니라는 걸 알게 된 파프니르는 공포의 비명을 지르면서 허공으로 떨어지고 있었다. 너무 빠르게 가까워지는 땅을 보면서 난쟁이들이 가장 싫어하는 것, 마법을 사용하기로 결정했다.

파프니르 자신을 위해서가 아니라 칼을 위해서.

파프니르 다음으로 뛰어내린 사람이 아무도 없는 것 같았다. 난쟁이는 속으로 외쳤다. 내가 미쳤나? 이게 뭐 하는 짓인지! 빌어먹을 칼, 지금 이대로 죽는 게 아니면 결국 칼을 죽일 거면서!

아무튼 칼을 붙잡아야 하니까 냉정해져야 했다. 파프니르는 밑을 내려다보다 얼른 눈을 감았다. 집중. 파프니르는 장시간 레비투스 주문을 사용할 정도로 마법이 강력하지 않았다. 따라서 다른 방법을 찾아야 했다. 눈을 다시 뜬 난쟁이는 묘안이 떠올랐다. 아, 아더월드의 동물 영화에서 본 불비*! 아더월드에 사는 회색과 보라색의 다람쥐 불비는 옆구리부터 발가락까지 이어지는 비막(조류를 제외한, 활공 또는 비행을 하는 척추동물에서 주로 앞다리, 몸 쪽, 뒷다리에 걸쳐 처진 막. 박쥐, 하늘다람쥐류에 있다―옮긴이)을 이용하여 이 가지에서 저 가지로 날 수 있었다. 파프니르는 주문을 읊어서 만든 붉은색의 커다란 날개로 방향을 잡을 수 있었다. 그리고 주머니에 넣어주자 벨제부트가 고마움을 표시했다. 그러고는 마법을 사용했기 때문에 구토증을 느끼면서 칼을 향해 날아갔다.

이런 상황이 일어난 것은 여러 가지 요인이 복합적으로 작용한 것이었다. 파프니르가 난생처음으로 해본다는 것, 구토 때문에 허리를 구부리고 있다는 것, 그리고 심하게 어지럽다는 것. 칼을 따라잡았지만 돌풍과 통제되지 않는 움직임 때문에 빙빙 돌다가 난쟁이의 단단한 이마와 칼의 무릎이 충돌했다. 그 순간 퍽, 하는 소리가 들렸다.

파프니르가 정신을 잃으면서 날개가 엉키는 바람에 둘은 곤두박질 쳤다. 내가 이렇게 죽으면 엄마가 절망할 텐데! 파프니르가 마지막으로 한 생각이었다.

한편 위에서는 파프니르가 허공으로 몸을 던질 때 너무 순식간에 벌어진 일이라서 아무도 붙잡을 겨를이 없었다. 불안해서 제정신이 아닌 타라는 살아있는 돌의 도움을 받아 끌어당기는 아트락투스 주문을 날리려고 했지만 불가능했다. 살아있는 돌은 보내줄 에너지가 충분히 남아 있지만, 타라가 탈진한 상태라서 사용할 수 없었다. 다른 사람들은 쓰러져 있거나 그로기 상태였다. 아무것도 할 수가 없었다. 타라는 현기증과 싸우면서 체인지라인에게 두 친구가 떨어지지 않게 튼튼한 그물이 달린 갈고리를 만들어달라고 부탁했다. 하지만 체인지라인은 그렇게 먼 거리에 사용할 수 있는 밧줄이 없었다. 타라는 갈랑을 이용할 생각을 했지만, 페가수스라도 너무 빠른 속도로 떨어지는 칼과 파프니르를 따라잡을 수는 없었다.

속수무책인 타라는 파프니르가 마법을 사용해서 칼을 구해주길 기도하는 수밖에 없었다.

갑자기 칼 옆에서 커다란 날개가 펼쳐지는 것을 보면서 타라는 안도했다. 그리고 친구들이 살았다는 생각에 웃기까지 했다!

위에서는 아래에서 무슨 일이 일어나고 있는지 상황을 정확하게 알 수가 없기 때문이었다. 타라는 날개를 통제하지 못한 파프니르가 칼의 무릎에 부딪혀서 정신을 잃었을 줄은 전혀 생각도 못했다. 콘스트럭터가 뭐라고 말했지만 폭발음 때문에 귀가 먹먹해져서 들리지 않았다.

과도한 힘을 배출하고 난 모우르무르의 컴퓨터가 이제는 노래를 부르고 있었다.

"저러다 으스러지겠어!"

로빈의 고함소리에 타라는 깜짝 놀랐다. 하얗게 질린 하프엘프가 구멍까지 엉금엉금 기어가서 내려다봤다. 엘프의 시력이기 때문에 끔찍한 상황이 벌어지고 있는 걸 볼 수 있었다.

절망에 빠진 타라는 선택의 여지가 없었다. 그래서 속만 태우고 있느니 트란스미투스를 이용하여 두 친구가 있는 데까지 내려갔다가 다시 트란스미투스를 한 번 더 사용하여 초원으로 내려설 생각이었다.

로빈이 단호하게 말했다.

"아니, 너는 마법을 너무 많이 소모했기 때문에 안 돼. 내가 할게. 트란스미투스에 이어서 레비투스(아, 타라는 그 생각을 못했는데 그게 좋겠네)를 사용하여 조심스럽게 초원에 착륙시킬게. 그리고 너는 오무아의 후계자, 아니 부여제인데 목숨을 걸면 안 돼."

"하지만……."

"나한테 맡겨. *트란스미투스의 이름으로* 칼과 파프니르를 붙잡을 수 있는 위치로 이동시킬지어다!"

타라가 말릴 겨를도 없이 하프엘프는 사라졌다.

아연실색한 콘스트럭터가 타라 옆에 엎드리고 누워서 확대경을 건네주었다. 확대경 덕분에 구멍 밑이 잘 보였다.

로빈이 의식이 없는 친구들 옆에 유형화되었는데 파프니르가 어찌나 무거운지 두 친구를 들쳐 업느라고 몹시 힘들어하는 것이 보였다. 이어서 친구들이 떨어지는 속도를 늦추기에 이르렀다. 하지만 초원에서 마법을 사용하는 것은 대가를 치러야 했다. 하프엘프는 구토증 때문에 배를 움켜잡았다.

셋이 다시 추락하기 시작했다.

물론 떨어지는 속도는 많이 느려져 있었다. 하프엘프가 미친 듯이 애를 쓰지만 추락사를 피할 정도는 아니었다.

그들이 지면에서 100미터 높이에 이르렀을 때 타라는 결단을 내렸다. 기진맥진한 상태지만 달리 방법이 없어 타라는 살아있는 돌을 사용하기에 이르렀다. 갈랑이 항의의 울음소리를 냈지만 타라는 모른 척했다. 성난 페가수스는 타라가 죽으면 자기도 죽는다고 상기시켰다. 하지만 타라는 망설이지 않았다.

살아있는 돌의 도움을 받는데도 마법의 빛이 희미했다. 타라는 갈랑을 본래의 크기로 만들고, 강력해진 페가수스에 올라탔는데 어찌나 힘든지 반쯤 실신한 상태였다.

"폐하, 그 몸으로 안 됩니다." 질겁한 콘스트럭터가 벌떡 일어났다.

"*트란스미투스……*" 타라는 주문을 읊을 힘도 없었다.

마치 허약한 몸에서 피가 흘러나오듯 두 손에서 마법이 흘러나왔다.

타라와 페가수스는 사라졌다.

콘스트럭터가 다시 엎드려 구멍으로 내려다봤다. 타라와 페가수스가 로빈과 칼, 파프니르 옆에 다시 나타났다.

그런데 페가수스는 날갯짓을 하지 않았다. 다른 친구들처럼 타라와 페가수스도 떨어지고 있는 것이었다. 콘스트럭터는 타라와 패밀리어가 충격으로 기절했다는 걸 알아차렸다.

맙소사, 저러면 죽음을 면할 수 없는데…….

콘스트럭터는 덜컥 겁이 났다. 이러다 내가 오무아의 부여제를 죽게 했다는 덤터기를 쓰는 거 아냐?

콘스트럭터는 머릿속으로 어떤 처벌을 받을지 생각했다. 리스베스 여제에 대한 소문이 사실이라면 가차 없이 가혹한 판결을 내릴 텐데…….

지면과의 거리가 10미터에 이르는 순간 로빈이 친구들을 구하려고 필사적으로 애쓸 때, 갑자기 보이지 않는 끈끈이에 걸린 것처럼 수풀 위 공중에서 옴짝달싹하지 않았다.

콘스트럭터가 벌떡 일어나더니 주민들과 함께 기적을 자축하는 춤을 추기 시작했다. 그 순간 깨어난 모우르무르와 사령관은 두 팔과 두 다리를 흔들면서 사방으로 미친 듯이 뛰어다니며 고함치는 콘스트럭터를 보았다.

"젤리소르의 충치여! 또 무슨 일입니까?" 히글 5가 일어나려고 오만상을 찌푸리면서 물었다.

모우르무르가 정신을 차리려고 애쓰면서 엉금엉금 기어갔다.

"폭발이 일어났소."

사령관이 피식 웃었다.

"그건 나도 알죠. 왜 폭발이 일어났을까요?"

"태양이 돌아왔기 때문에 내 컴퓨터가 태양에너지를 바깥쪽으로 유도한 게 틀림없어요. 아니면 우리가 타 죽을 게 뻔하기 때문에. 그래서 에너지를 흩어 없어지게 하려고 바닥을 폭발시킨 겁니다. 그렇게 하지 않으면 우리 모두 죽으니까.”

“컴퓨터가 우리 목숨을 구해준 거예요?”

“물론이죠.”

“그럼 콘스트럭터는 왜 저렇게 펄쩍펄쩍 뛰죠? 미친 걸까요?”

모우르무르와 사령관은 여전히 호프호프* 춤을 추는 소인을 응시
했다.

“그건 나도 모르겠소.” 가까운 벽에 기대어 간신히 일어난 모우르
무르가 말했다. “여기 풍습인 모양인데 우리도 따라하는 건 어때요?”

“일어나기도 힘든데…….” 사령관이 솔직하게 말했다. “나는 펄쩍
펄쩍 뛸 힘이 없어요. 아무튼 지금은.”

모우르무르는 신사답게 손을 내밀었다.

“자, 내 손을 잡아요, 히글?”

사령관은 손을 잡았다가는 모우르무르도 넘어질 거라고 말할 뻔했
지만 입을 다물었다. 사령관은 모우르무르의 손보다 벽과 자신의 근
육에 더 의지하면서 힘겹게 몸을 일으켰다. 하지만 손바닥에 전해지
는 따뜻한 남자의 손에서 전혀 생각지 못한 전율을 느꼈다.

모우르무르가 불쑥 나타난 뒤로 사령관은 지금까지 살아오는 동안
겪었던 것보다 훨씬 많은 모험을 하고 있었다. 이번에는 무언가 새로
운 일이 일어날 것 같아 가슴이 설레기까지 했다.

그때 모우르무르가 소리를 질렀다.

“다 어디 갔지?”

콘스트럭터가 마침내 춤을 멈추었다. 활짝 웃는 얼굴로 눈물까지
흘리는 소인을 보면서 모두 깜짝 놀랐다.

"우리 여제가 보이지 않아요." 히글 5가 자세를 바로 하려고 애쓰면서 말했다(군복에 그을음이 잔뜩 묻어서 폼은 안 나지만) "어디 계신지 알아요?"

콘스트럭터는 잘 알고 있었다. 그의 설명을 들으면서 모우르무르와 히글 5는 얼굴이 창백해졌다.

콘스트럭터는 칼이 어떻게 구멍으로 빠졌는지, 파프니르가 두 팔을 흔들면서 뒤따라 뛰어내린 데 이어 로빈과 타라가 두 친구를 구하러 뛰어내렸는데 어떻게 실패했는지, 그리고 정말 믿기지 않는 기적으로 죽음을 면했다는 것까지 상세히 묘사했다.

모우르무르와 히글 5는 불안한 시선을 주고받았다.

"몇 분 사이에 그 모든 일이 일어났단 말이오?" 모우르무르가 깜짝 놀라서 물었다. "내가 정신을 잃었던 게 차라리 다행이군. 그런 서스펜스는 내 심장이 감당하지 못했을 텐데. 아이들을 누가 어떻게 구한 건지 아시오?"

"전혀 모릅니다. 이제 태양이 다시 작동하고 있으니." 콘스트럭터는 느긋하게 노래를 부르는 컴퓨터를 향해 차가운 눈길을 던지면서 말했다. "우리 기계들을 다시 접속하고 선생의 컴퓨터를 차단하는 즉시 모든 것이 통제될 겁니다."

그리고 정직하게 덧붙였다.

"선생의 컴퓨터가 과전압을 잡아주면서 우리의 목숨을 구해주었다고 생각합니다."

그을음과 먼지 뒤범벅이 된 모우르무르의 얼굴이 싱글벙글했다. 이 천재 발명가도 잦은 폭발 사고 때문에 사람들이 자기를 신뢰하지 않는다는 걸 잘 알고 있었다. 그래서 폭발 사고에도 불구하고 목적을 달성하면 정말 날아갈 듯 기분이 좋았다.

모우르무르의 매직컴이 차단되고 수리된 컴퓨터들로 완전히 대체된 것을 확인한 뒤에 그들은 허브글라이더를 향해 달려갔다. 파브리스는 쓰러져 있는 사이에 친구들의 목숨이 위태로웠다는 걸 알고 분노했지만 초원으로 돌아가는 것은 기뻤다.

태양이 완벽하게 작동하는 것 같았다. 콘스트럭터는 어떤 마법의 공격에도 끄떡없을 정도로 안전장치에 문제가 없는지 확인했다. 물론 타라처럼 강력한 마법사는 거의 존재하지 않지만, 소인은 어떤 위험도 무릅쓰고 싶지 않았다. 모우르무르가 같이 초원으로 내려가서 살자고 제안했지만 콘스트럭터는 거절했다.

"수풀의 키가 너무 큰 데다 동물도 너무 많은 위험한 곳에서 살고 싶은 마음이 없어요." 콘스트럭터는 부르르 떨었다. "나는 여기가 좋습니다. 그리고 지금은 할 일이 태산 같아요. 선생의 연장이 튼튼하기를!"

"당신의 기계들이 절대로 녹슬지 않기를!" 모우르무르도 기술자들 사이에서 나누는 의례적인 인사말로 화답했다.

그들은 올라갈 때보다 훨씬 빠른 속도로 내려갔다. 이렇게 속도를 내면 브레이크가 튼튼할까 걱정하던 파브리스는 허브글라이더에는 브레이크가 없다는 걸 깨닫고 이마를 탁 쳤다. 하지만 아래에서 무슨 일이 일어났는지 너무 궁금한 히글 5는 속도를 늦추지 않았다.

그들은 마침내 히글 5가 처음 보는 이상한 무리에게서 몇 미터 떨어진 곳에 착륙했다.

반군 부족이 눈을 감은 채 원을 이루고 있었다.

하지만 이상한 건 그게 아니었다.

정말 이상한 것은 원을 이룬 무리에 초원에 남았던 아마존 여군들이 섞여 있었다. 허브글라이더들도 반군 부족 캠프에 착륙해 있었다.

허브글라이더에서 황급히 뛰어내린 히글 5는 제일 가까운 아마존 여군에게 달려가다가 보이지 않는 벽에 쾅, 부딪쳤다. 깜짝 놀란 사령관은 혹이 날 게 틀림없는 이마를 문질렀는데 코피까지 흘러내렸다.

모우르무르는 깨끗한 손수건을 내밀면서 말했다.

"히글, 그래도 습관이 되면 안 되는데!"

사령관이 눈을 흘기면서 손수건을 거들떠보지도 않았다.

"당신이 이 초원에 나타나기 전까지는 멍청한 부하가 내 발에 총을 떨어뜨리는 바람에 딱 한 번 다쳤단 말입니다. 당신이 여기 있으면서부터 이렇게 자꾸 사고를 당하는데 지금 무슨 소리하는 거예요?"

모우르무르는 서글픈 표정으로 코를 찡그렸다.

"미치광이니 위험한 사고뭉치, 시시한 발명가 취급은 당했어도 폭력을 쓴다는 말은 처음 듣는데……."

"하하!" 히글이 짤막하게 말했다. "당신은 정말 당해낼 수가 없군요."

히글이 코를 세게 틀어쥐자 코피가 멈췄다.

"아무래도 우리는 문제가 좀 있는 것 같아요."

"아니, 그렇지 않아요!" 모우르무르는 가슴에 손을 얹고 말했다. "내 사랑은 영원하오. 내 영혼과 뇌를 당신에게 바치겠소."

"당신의 뇌는 그냥 내버려두고…… 저기 저 사람들 이상하지 않아요?" 히글이 틀어쥐고 있던 코를 놓고 손을 닦으면서 물었다. "내 부하에게 다가가는데 힘의 장막 같은 것에 부딪치면서 밀려났어요. 저들을 봐요. 꼼짝하지 않아요."

모우르무르는 아마존 여군들과 반군 부족들 쪽으로 시선을 옮겼다. 정말로 장막 속에 갇힌 사람들이 눈도 깜빡하지 않고, 숨도 쉬지 않는 것 같았다. 수풀은 바람결에 휘지만 장막은 끄떡도 하지 않았다.

"정상이 아니야." 모우르무르가 중얼거렸다.

"그렇죠? 왜 저럴까요?" 히글 5가 불안한 표정으로 물었다.

모우르무르가 호주머니에서 반짝거리는 기구를 꺼내더니 보이지 않는 벽을 향해 내밀었다. 잠시 후, 고개를 끄덕이면서 버튼 몇 개를 누르고 윙윙거리는 소리에 귀를 기울였다.

마침내 모우르무르가 히글과 방금 합류한 파브리스와 아마존 여군들에게 말했다.

"봉쇄되어 있는 건데……."

"저기 공중에 타라와 친구들이 있어요!" 파브리스가 아연실색한 얼굴로 외쳤다. "반군 부족 캠프에서 왼쪽으로 20미터쯤 떨어진 곳으로 떨어지는 중이었나 본데……."

원을 이루는 사람들을 살피던 파브리스의 시선이 갑자기 멈췄다.

"무아노…… 무아노!"

모우르무르는 주의를 기울이지 않았지만, 용선이 무아노의 손을 잡고 있었다. 파브리스의 얼굴이 일그러지더니 송곳니를 드러내고 으르렁거렸다.

"저것 좀 봐요! 무아노와 용선이 손을 잡고 있어요!"

"그래 봤으니까 진정해. 그렇게 흥분하면 사람들이 놀라잖아. 저기 흉터가 많은 뚱뚱한 사람도 무아노의 손을 잡고 있는 걸 보면 네가 그렇게 질투할 상황은 아닌 것 같다. 친구들의 추락을 막으려고 모두 마법을 결합하여 원을 만들고 있는 거야. 그런데 초원에 걸어놓은 주문이 저렇게 많은 사람이 결집하는 걸 위험으로 간주한 게 틀림없어. 아마 이런 이유로 반군 부족이 마법을 사용하지 않았을 거야. 마법을 사용하면 다 토해내는 문제 말고도 많은 사람이 한꺼번에 마법을 사용하면 저렇게 굳어버리기 때문에. 흠, 기발해!"

"그럼 이제 어떡하죠?"원을 이룬 무리에서 무아노를 끌어내고 싶은 파브리스가 물었다.

"대충 감이 잡히기는 하는데……."모우르무르는 흡족한 얼굴로 말했다. "데미데루스의 주문은 아주 강력해. 네 명의 최고 마구스들과 함께 날린 게 틀림없어. 그렇지 않다면 이토록 오랫동안 지속될 수 없지. 5000년이 넘도록 여전히 작동하고 있으니까. 정말 대단해!"

"그래서요?"

"내가 해보려고, 결과에 대해 보장은 못하지만."

히글 5가 갑자기 불안해하는 것 같았다. 지상에서 1미터 위 공중에 정지해버린 부여제가 눈앞에 있는데 어찌 불안하지 않을까.

"모우르무르?"

"왜요, 나의 천사?"

히글 5는 나의 천사라는 말에 깜짝 놀라는 눈치였다. 그녀처럼 만만치 않은 사람은 소화하기 좀 힘든 말이었다.

"내 부하들 앞에서는 그렇게 부르지 않았으면 좋겠어요."히글이 속삭였다.

"아, 그럼…… 알았어요."모우르무르는 오히려 모두가 들리게 큰 소리로 외쳤다. "나의 천사가 마음에 안 들면 '내 사랑'이나 '당신'은 어떻소?"

"그냥 '당신'이라고 하세요." 히글 5가 단호하게 대답했다. "나는 어떻게 부를까요?"

"글쎄." 모우르무르는 차분하게 말했다. "좀 전처럼 다정하게 내 이름을 불러줘요."

히글은 침을 간신히 삼켰고, 아마존 여군들은 웃지 않으려고 애를 썼다.

"으흐흠, 알았어요. 이 초원은 용암호 위에 있다는 걸 알려주고 싶군요. 융해된 용암이라 가능하면 폭발이 일어나지 않도록 조심해야 합니다."

모우르무르는 실망한 표정을 지었다.

"정말이오? 폭발이 일어나면 안 된단 말이오? 유감천만이군!"

"이제부터 내가 당신이 왜 그렇게 폭발을 좋아하는지 이유를 알아봐야겠어요."사령관이 자신의 가슴과 모우르무르의 가슴을 손으로 연결하는 표시를 하면서 말했다.

그러고는 모우르무르의 말을 기다리지 않고 공중에 떠 있는 이들을 향해 걸어갔다.

서로 엉켜 있지만 표정은 평온했다. 정신을 잃은 상태인데도 두 날개로 타라를 포근하게 감싸고 있는 페가수스, 두 다리로 칼의 다리를 받쳐주고 있는 파프니르, 좀 더 밑에서 어떻게든 추락을 저지하려고 애쓰는 로빈, 공포에 질린 로빈의 크리스털 눈만 빼고 모두 눈을 감고 있었다. 하프엘프는 추락사의 공포를 느끼는 순간 굳어버렸기 때문일까? 히글 5는 몸서리쳤다. 아니면 추락에 제동이 걸리는 걸 알아차린 상태에서 저렇게 됐을까?

모우르무르는 번쩍번쩍하고 윙윙거리는 여러 가지 기계, 잡다한 사물들, 연장들을 꺼내놓고 바쁘게 손을 놀렸다. 사랑하는 히글을 기쁘게 하고 오무아의 부여제를 구하려면 무언가를 파괴하더라도 폭발시키지는 말아야 하는데…….

파브리스는 모우르무르가 깜짝 놀랄 정도로 많은 도움을 주었다. 파브리스는 마법의 힘을 얻기 위한 필사적인 노력 덕분에 엄청난 경험이 축적되어 있었다. 비록 데미데루스가 걸어놓은 주문을 깨뜨릴 힘은 없지만 어떤 원리인지 완벽하게 파악하고 있었다. 게다가 사랑하는 무아노가 그 주문에 갇혀 있기 때문에 발명가를 열심히 도왔다.

하지만 시간이 많이 걸렸다.

늦은 오후, 모우르무르가 일그러진 얼굴로 일어났는데 마법복이 기름으로 얼룩져 있었다.

"진실 주문과 마법 방지 주문을 깨뜨려도 괜찮겠소? 조수 파브리스와 내가 내린 결론은 두 개의 주문이 결합되어 있기 때문에 하나만 깨뜨리는 것이 불가능하다는 것이오. 굳어버린 사람들을 구하기 위해 두 개의 주문을 깨뜨리고 나면 더 이상 작동하지 않을 텐데 괜찮겠소?"

히글 5의 눈이 동그래졌다. 모우르무르가 이 정도로 능력 있는 사람일 줄이야.

그녀는 군인이었다. 군인답게 좋은 점과 나쁜 점을 면밀히 검토했다. 그리고 생각에 잠긴 목소리로 말했다.

"우리는 기계와 총기가 있어서 반군 부족보다 우위에 있어요. 여기서는 마법을 사용할 수 없기 때문에 침입자들이 우리한테 꼼짝 못한다는 것도 이점이죠. 반면에 우리의 부여제가 주문에 걸린 상태로 시간이 너무 오래 흐르면 건강에 해로울 수 있으니 그건 나쁜 점이죠. 그렇지만 확실한 방법이 없는 건 아니에요. 데미데루스가 잿빛 시간에서 돌아오면 되니까요. 잿빛 시간 속에 있으니까 쉽게 접촉할 수 있을 겁니다. 주문을 깨뜨렸다가 다시 거는 것이 데미데루스에게는 그리 어려운 일이 아닐 거예요. 그래서 내 대답은 찬성이에요. 두 개의 주문이 깨뜨려져 있는 시간이 기껏해야 몇 주일 정도로 끝난다는 조건이라면. 내가 여기 있는 목적은 악마의 사물들을 지키기 위해서예요. 마법 방지 주문은 이 초원을 보호하기 위한 것인데 아무런 대책 없이 방치할 수는 없습니다."

모우르무르는 고개를 끄덕였다. 무슨 말인지 이해되었다.

그들은 달빛에 자리를 넘겨주기 위해 태양이 꺼지는 순간에 첫 번째 실험을 했다. 파브리스는 지쳐 있지만 낙관적이었다. 그렇지만 힘의 장막을 향해 '에너지총'을 발사했는데 아무 일도 일어나지 않았다.

"아하!" 모우르무르가 말했다. "우리가 생각하는 게 바로 이거야."

흡족한 모우르무르가 손바닥으로 어깨를 탁 때렸지만, 파브리스는 애써 놀란 표시를 하지 않았다. 늑대인간이 된 뒤로 파브리스의 생활은 평온한 날과 잠 못 자는 긴장된 날이 연속으로 교차되었다. 그런데 몇 달 전부터는 평온한 날보다 긴장된 날의 주기가 점점 잦아지고 길어지고 있었다.

그래서 파브리스는 이성적이고 온화하고 이해심 많은 무아노가 지구로 돌아가겠다는 자신의 생각을 누구보다 찬성해줄 거라고 믿었다. 하지만 타라와 함께 친구들이 모두 태양을 수리하러 올라가는데 용선을 따라가겠다며 초원에 남은 무아노를 보면서 완전히 잘못 생각한 것임을 깨달았다. 갑자기 번쩍하고 정신이 드는 것처럼.

파브리스는 갑옷 차림의 믿음직하고 강인한 아마존 여군들을 둘러보면서 미소를 지었다.

그리고 곰곰이 생각하기 시작했다.

파브리스가 인생을 새로운 각도에서 돌아보는 사이에 부지런히 기계를 만지던 모우르무르는 마지막 작업을 끝냈다. 태양이 다시 켜졌을 때 모우르무르는 소스라치게 놀랐다. 아마존 여군들은 가짜 달빛과 가짜 별빛에도 불구하고 켜놓았던 헤드라이트들을 껐다. 갑자기 바람이 불자 모우르무르는 눈살을 찌푸렸다.

"바람이라……." 모우르무르는 생각에 잠긴 목소리로 중얼거렸다. "이건 아닌데……."

히글이 다가갔다.

"왜 그래요? 무슨 문제가 생겼어요?"

"아니, 아니, 그건 아니고……. 좀 이상한 걸 봐서요. 저기!"

히글은 모우르무르의 손가락이 가리키는 방향을 쳐다봤다. 바람결에 키 큰 수풀이 휘어져 있었다.

"뭘 보라는 거예요, 특별한 게 없는데?" 사령관이 말했다.

모우르무르는 부드러운 눈길을 보내면서 말했다.

"아! 성질 급한 것도 죽은 아내와 똑같군요."

"모우르무르."

"네?"

"우리 둘이 잘되길 바란다면 지금처럼 당신의 아내와 나를 비교하는 건 그만두는 게 좋을 거예요."

히글이 어찌나 부드럽고 차분한 어조로 말하는지 모우르무르는 최후통첩이라는 걸 대번에 알아차리지 못했다. 모우르무르는 히글을 멀거니 쳐다보다 얼굴을 찌푸렸다.

"이런, 내가 바보 같은 말을 했군요! 정말 예의에 어긋난다는 걸 깜박 잊고 그만…… 여자를 만난 지 너무 오래돼서 주책을 부렸군요."

히글 5는 빙긋이 웃으면서 손으로 수풀을 가리켰다.

"그래서요?"

"네? 아, 바람 때문에."

"바람이 왜요? 바람이 불면 안 되나요?"

"안 된다기보다 좀 의외라서. 초원에 바람이 부는 이유를 압니까?"

"코리올리힘 때문이에요." 히글 5가 대답했다. "지구의 과학자가 발견한 건데……."

모우르무르는 미소를 지었다. 비록 잘못 알아들었지만, 과학에 대해 이 정도로 말이 통하는 똑똑한 여자를 만나다니!

"그래요. 바람은 지구의 자전에 의한 코리올리힘(운동 방향과 직각으로 작용하고, 질량과 속도에 비례하는 크기의 힘―옮긴이)을 받아 진행 방향이 변하게 되죠. 그런데 동굴 속이나 다름없는 이 초원에 공기가 움직이고 바람이 분다는 게 이상해서 묻는 겁니다."

"당신 말을 들으니까 정말 그러네요. 동굴 속에서는 외부의 영향을 거의 받지 않으니까 바람이 불 수 없는데……. 그리고 송풍 장치 같은 것도 본 기억이 없어요. 태양을 위한 것은 있지만, 공기를 위한 것은 없었어요. 공간이동의 문을 제외하고는 어디에도 입구가 없어요. 균열이나 구멍도 없고요. 악마의 사물들이 있는 신전 외에도 여기는 보이지 않는 주문의 보호를 받고 있는 곳이죠."

모우르무르와 히글이 시선을 교환했다.

"따라서 바람도 마법!" 두 사람은 동시에 결론을 내렸다.

모우르무르는 이맛살을 찌푸렸다.

"신선한 공기와 부드러운 바람을 주는 주문, 옴짝달싹못하게 사람들을 굳어버리게 하는 주문, 마법을 사용하지 못하게 하는 주문, 이 세 개가 같은 주문일까요?"

사령관도 똑같이 이맛살을 찌푸리며 대답했다.

"글쎄요, 잘 모르겠어요."

"그래서 말인데 주문을 깨뜨릴 경우 어쩌면 산소가 없어질지도 모르겠소."

침묵이 흘렀다.

"맙소사!" 사령관이 한숨을 내쉬었다. "이젠 정말 최고 사령관에게 연락해야겠어요. 우리의 부여제를 가두라는 명을 받았는데 흡족해 하실 겁니다. 명대로 옴짝달싹 못하는 셈이니까요!"

모우르무르는 어깨를 으쓱하며 말했다.

"몇 사람을 구하자고 수천 명에 이르는 인명을 위태롭게 할 수는 없소. 자, 불러내요. 이 문제를 해결하려면 데미데루스를 불러야 해요. 우리가 해결할 수 있는 문제가 아니오."

히글은 안도하면서 최고 사령관을 불러내기 위해 전력을 다했다. 더 유능한, 아니 훨씬 높은 위치에 있는 능력자에게 문제를 넘기는 것이 홀가분한 눈치였다. 어차피 데미데루스 외에는 누구도 해결할 수 없는 문제인데.

이번만은 타라를 비롯한 매직갱이 외부의 도움 없이는 이 난관을 벗어날 수 없었다.

데미데루스

아무리 최고 마구스라도
자칫 행성 전체를 위험에 빠뜨리는
엄청난 실수를 저지를 수도 있는데

*

　그리 오래 걸리지 않았다. 반나절쯤 지났을 때 캠프 부근에 허브글라이더들이 무더기로 유형화되었다.

　말 그대로 난데없이 나타났기 때문에 모두 소스라치게 놀랐다. 마법을 자유자재로 사용하는 것 같았다. 보통 키에 지성의 빛이 번뜩이는 눈, 흰 머리털이 두드러진 금발의 남자가 허브글라이더에서 내리자 수행하는 오무아 군대의 장교들이 뒤따랐다. 악마들로부터 세상을 구한 데미데루스, 살아 있는 전설을 대면하게 되다니. 히글 5 사령관은 침을 삼키면서 앞으로 나섰다.

　입대한 뒤로 말로만 수없이 들었지 한 번도 본 적이 없는 위대한 인물이었다.

　바짝 긴장한 히글 5는 차례 자세를 취했다.

데미데루스는 근엄하게 인사를 받았다.

"사령관, 그대의 마법이 빛나기를!"

"마법으로 세상을 지켜주시기를!"

데미데루스가 빙긋이 웃었다.

"이곳에 무슨 문제가 생긴 모양인데 내 주문과 관련된 일인가?"

히글 5는 원을 이루고 있는 사람들, 공중에 떠 있는 상태로 굳은 타라와 친구들을 가리키면서 태양 주위에 정착한 스파니비아 사람들, 과학기술의 변화 등 상황을 자세히 설명했다.

신중한 히글 5는 기절하거나 나자빠지는 경우를 대비하여 타라 일행 밑의 땅바닥과 원을 이루는 무리의 뒤쪽 땅바닥에 두꺼운 매트를 깔아놓은 상태였다. 물론 앞으로 넘어지는 이들도 있겠지만 나름대로 최선을 다한 것이었다. 데미데루스는 미심쩍은 표정으로 매트를 쳐다봤지만 아무 말도 하지 않았다.

이번에는 모우르무르가 굳어버린 사람들을 구할 생각으로 주문을 깨뜨리려고 하다가 모두 질식시킬 뻔했다는 걸 뒤늦게 깨닫고 중단했다고 설명했다. 그러자 데미데루스가 말했다.

"우리는 여기를 지구인들이 접근할 수 없는 곳으로 만들었다. 악마의 사물들을 발견한 지구인들이 지킴이들에게 걸려서 목숨을 잃을까 두려웠기 때문이다. 마법을 함부로 사용하지 못하게 하는 주문은 여러 개가 얽혀 있다. 우리는 지구의 해저 속에 거대한 버블을 만들어놓았다. 해저 기반의 중앙에 직경 150킬로미터의 움푹한 곳에 신전이 잠겨 있으며, 신전 지킴이들이 영양을 섭취할 수 있도록 대양과 곧장 통하게 만들어 놓고, 암반에 비옥한 흙을 덮어놓았다. 그리고 매머드처럼 오래전에 멸종된 동물을 포함하여 여러 종의 동물이 살게 했다. 방어 시스템을 만들고 아마존 부대를 창설했다. 악마의 사물들을 지키기 위한 대책은 5단계이다. 아마존 군대, 대양, 지킴이들과 심판관들……."

"그런데 대양은 약점입니다." 히글 5 사령관이 지적했다. "대양이 신전과 통해 있기 때문입니다."

"당시에는 물속을 다닐 수 있는 잠수함이라는 기계가 존재하지 않았다." 데미데루스가 말했다. "그리고 지구에서는 마법이 약하기 때문에 물속의 신전은 아주 훌륭한 방책이 되었다. 악마들에게 바닷물은 술이나 다름없어서 마시지 않고는 배길 수가 없지. 게다가 잠수 상태로는 200미터도 못 가서 익사해버리는 것도 간과하면 안 되고."

"하지만 바로 그래서 악마가 아닌 마지스터는 습격할 수 있는 겁니다. 그런데 마지스터가 첫째 단계인 우리를 피했다는 것은 오무아 궁정 최고위층에 스파이가 있다는 증거입니다."

"그게 아니면 오무아 부대의 존재를 어떻게 알겠소?" 모우르무르는 한술 더 떴다.

데미데루스는 고개를 끄덕이면서 주문에 걸려서 옴짝달싹 못하는 마법사들을 둘러봤다.

"아무튼 긴긴 세월의 풍상에도 이 모든 것이 변함없는 걸 보니 아주 기쁘다. 나는 악마들이 더 빨리 쳐들어올 거라고 생각했다. 따라서 여기는 필요할 경우 포기할 수 있는 임시 거처일 뿐이었다."

모우르무르는 생각에 잠겼다. 데미데루스는 4단계까지만 말했는데…….

"그럼 5단계는 무엇입니까?"

"보이지 않는 것이다." 데미데루스는 자신의 발을 가리켰다.

모우르무르는 데미데루스의 발이 어떻게 악마들로부터 세상을 지켜준다는 건지 이해가 안 되는 얼굴로 쳐다보다가 발이 아니라 땅바닥을 가리키고 있음을 알아차렸다.

"아, 용암호!" 모우르무르는 탄복했다. "악마들에게도 통할까요?"

"나의 직계 후손이 아닌 자가 악마의 사물을 신전에서 사용할 경우 용암이 분출해서 모든 걸 집어삼키는 장치가 되어 있다. 우리는 악마들이 4단계까지는 돌파할 수 있다고 생각했으니까. 하지만 5단계에서 허를 찔리게 되지. 대응할 겨를도 없이 악마들은 타 죽고, 사물들은 파괴되니까."

데미데루스는 이마를 찡그렸다.

"한 가지 미지수는 용암호 분출을 지구가 견딜 수 있을지 그걸 전혀 알 수가 없다. 거대한 화산들을 깨워서 지구의 모든 생명체를 죽일 위험이 있으니……. 당시에는 선택의 여지가 없었지만, 오늘날이라도 악마들의 침략에 직면하면 악마의 사물들을 빼앗기지 않기 위해 수많은 인명이 희생될 수밖에 없을 것이다(데미데루스는 말을 중단하고 유감스러운 표정을 지었다). 악마들이 최상의 상태라면 우리는 모두 잡아먹히고 말 테니까. 그러면 최악의 사태가 벌어지는 것이지."

모두 부르르 떨었다. 모우르무르가 외쳤다.

"오, 슬루르크! 방금 뭐라고 하셨습니까?"

"최악의 사태가 벌어지는 것이다."

"아니, 거기 말고요."

"수많은 인명이……."

몹시 흥분한 모우르무르는 발을 굴렀다.

"그 부분 말고…… 무슨 장치에 대해서 말씀하셨지요? 그 부분을 한 번만 더 말씀해주십시오."

"나의 직계 후손이 아닌 자가 악마의 사물들을 신전에서 사용할 경우는……."

"네! 거기! 악마의 사물들을 파괴하면 절대 안 됩니다!"

"뭐라고?"

"직계 후손이 아닌 마지스터가 악마의 사물들을 손에 넣으려고 합니다." 모우르무르가 마음이 급한 나머지 두서없이 설명했다. "그래서 우리가 여기 온 겁니다. 사랑하는 여자를 비욘드월드에서 돌아오게 하려고 악마의 사물을 사용하려는 걸 막아야 하기 때문입니다. 타라가 악마의 사물을 파괴하면 속에 남은 마법을 림보로 돌려보내는 것이라고 주장했는데 조각상 재판관이 타라의 생각이 맞다는 걸 확인해주었습니다."

데미데루스는 파랗게 질렸다.

"뭐라고? 대체 그게 무슨 말인가?"

지성이 번득이는 쪽빛 눈의 차분하던 데미데루스가 갑자기 몸집이 커졌다. 모우르무르는 본능적으로 한두 발짝 물러서서 자초지종을 이야기했다. 검은 여왕과 아르칸즈의 출현, 림보의 변화 등.

"악마들이 인간의 모습으로 변신을 해?" 데미데루스는 전혀 모르고 있었던 게 분명했다.

5000년 동안 단 두 번 잿빛 시간에서 빠져나왔는데 모르는 게 당연한 것 아닌가. 데미데루스는 모우르무르에게 들은 말을 이해하려고 애를 쓰는 눈치였다.

"완전히 미쳤군!" 데미데루스가 마침내 말했다. "그러니까 악마의 마법이 그걸 만든 주인에게 돌아간다는 말인가?"

"네, 타라가 확인한 사실입니다. 크라에토비르의 반지를 파괴할 때 속에 남아 있던 마법이 아르칸즈 마왕에게 돌아가는 것을 타라와 칼이 목격했습니다. 애석하게도 타라가 실루르의 옥좌를 파괴했을 때도 그랬던 게 틀림없습니다. 재판관이 타라에게 준 흑요석 조각 덕분에 비욘드월드와 연결되었을 때 재판관도 악마의 사물들을 파괴하면 안 된다고 했습니다."

데미데루스는 갑자기 몹시 피로한 듯 턱을 만졌다.

"나는 악마들과 싸우는 데 일생을 보냈다. 악마의 사물들을 파괴하고 싶었지만 다행이었는지 당시에는 우리에게 그럴 힘이 없었다. 우리의 마법은 오늘날의 자네들보다 강력하지 않았지. 그래서 우리는 악마의 사물들을 나누어서 숨겨둘 생각을 한 것이다. 일부는 여기 아틀란티스에, 나머지는 다른 두 곳에 있다."

더는 자세히 말하지 않으려는 듯 데미데루스가 갑자기 화제를 바꾸었다.

"마지스터에 대해 자세히 알고 싶다. 좀 전에 받은 상황 보고에 따르면 마지스터가 드래곤들이 숨겨두고 있던 악마의 셔츠를 손에 넣었고, 정신적으로 불안정한 인간이며 셀레나를 사랑한다던데……."

"네, 맞습니다. 그런데 셀레나는 사망했습니다."

"아, 이제야 무슨 말인지 알겠네." 데미데루스가 중얼거렸다. "그러니까 셀레나를 비욘드월드에서 돌아오게 하려고 악마의 사물들을 사용하겠다, 그거로군."

"네, 맞습니다. 미친 듯이 사랑하기 때문에 셀레나의 죽음을 받아들이지 않는 겁니다."

모우르무르는 마지스터가 악마의 사물들에 접근하기 위해 검은 여왕을 이용하고 있다고 설명했다.

"완전히 비논리적이군." 데미데루스가 중얼거렸다. "악마의 마법으로 타라를 감염시키면 사물에 접근할 수가 없어! 지킴이들이 악마의 마법에 감염된 타라를 통과시키지 않을 테니까! 게다가 악마의 마법이 아주 조금이라면 몰라도 검은 여왕이 출현할 정도라면 에너지가 상당할 테고, 그러면 지킴이들은 당연히 적으로 간주하게 되어 있다!"

"아니, 아주 논리적입니다." 모우르무르가 말했다. "타라에게 따귀를 얻어맞는 바람에(데미데루스를 쳐다보고 얼른 표현을 바꿨다)……, 아니 타라에게 번번이 패배하다 보니 마지스터는 마침내 타라를 통해서는 사물을 손에 넣지 못하리라는 걸 깨달은 듯합니다. 내 생각이지만, 악마들이 지구를 침략했을 때처럼 지킴이들은 힘으로 물리치고, 타라는 악마의 마법에 감염시켜서 무력화하겠다는 것이 마지스터의 계획인 것 같습니다. 지킴이들의 저지 때문에 타라가 자기를 추적하지 못할 거라 계산한 거죠. 하지만 데미데루스께서 악마의 사물들을 지키기 위해 지구 전체에 함정을 놓았다는 것은 꿈에도 생각하지 못할 테니 뜻을 이루지 못할 겁니다!"

데미데루스는 이글거리는 눈초리로 모우르무르를 쳐다봤다.

"놈을 체포해야 한다! 그렇게 대비를 했는데도 사물들이 있는 데까지 가다니. 우리 인간들이 악마들의 밥이 되는 건 시간문제야! 용암 분출로 인해 지구가 파괴될 뿐만 아니라 아더월드도 위험해지니까!"

모우르무르는 고개를 끄덕이면서 끈끈이에 걸린 듯 옴짝달싹 못하는 사람들을 가리켰다.

"그러니까 무엇보다도 타라 덩컨을 풀어주어야 합니다. 타라 자체가 핵폭탄인데……."

"핵폭탄이 무엇인가?"

"아, 아닙니다. 굉장히 강력해서 타라가 필요하다는 뜻입니다."

"물론이지. 내가 잊고 있던 것을 일깨워줘서 고맙다."

데미데루스가 하늘을 향해 소리쳤다.

"이들을 놓아주어라!"

잠시 후, 타라와 친구들은 충격을 흡수하는 매트 위로 떨어져서 천만다행이었다. 하지만 갈랑이 파프니르와 칼의 몸 위로 떨어져 둘은 깨어나자마자 비명을 질렀다.

"'이들을 놓아주어라', 이렇게 간단한 주문일 줄이야!" 모우르무르가 혼잣말처럼 중얼거렸다.

한마디 말로 주문을 깨뜨릴 수 있다는 것에 많이 당황한 눈치였다.

"나는 간단한 걸 좋아한다." 데미데루스가 타라를 살피러 가면서 말했다. "주문 때문에 시간을 낭비하고 싶지 않고."

데미데루스의 대꾸가 너무 싱거워서 히글 5는 웃음이 나오지만 용암 분출이라는 말이 불안하여 눈살을 찌푸리면서 데미데루스를 따라갔다.

타라와 갈랑, 칼, 파프니르, 로빈이 한데 얽혀 있었다. 샤먼은 구토 중에도 불구하고 즉시 치료를 시작했다. 파프니르의 단단한 머리에 부딪혀서 탈구된 칼의 팔과 무릎, 떨어지는 갈랑과 부딪치면서 부러진 로빈의 두 다리와 페가수스의 부러진 날개, 파프니르의 이마에 난 혹. 마법을 너무 많이 사용해서 그로기 상태에 있는 타라는 다행히 다친 데가 없었다. 페가수스가 날개로 감싸준 덕분이었다. 모우르무르가 영혼의 동반자 가까이 데려다 놓자 블롱딘은 몸뚱이를 한 번 부르르 털더니 칼의 얼굴을 핥기 시작했다. 정신이 든 칼은 위에서 기절했는데 초원에 내려와 있는 걸 알고 깜짝 놀랐다.

데미데루스는 마법을 사용해도 구토증이 일어나지 않는 것 같았다. 강력한 레파루스 주문에 이어서 타라에게 마법의 에너지를 넣어주기 위해 레제네루스 주문을 날렸다. 몇 분 동안 응급처치를 하고 나자 마침내 타라가 눈을 떴다. 타라는 데미데루스를 단박에 알아보지 못했다. 아마존 부대가 주둔하는 초원에서 그 유명한 조상을 만날 줄이야! 하지만 차츰 의식이 돌아오면서 정신이 번쩍 들었다. 데미데루스가 틀림없었다. 그리고 데미데루스를 수행하는 오무아 군대의 장교들이 포위하고 있는데 경계 태세로 무기를 겨누고 있는 것이 아닌가.

"안녕, 타라." 데미데루스는 다정하게 말하면서 병사들에게 무기를 내리라는 손짓을 했다. "좀 어떠니?"

"30톤쯤 되는 뭔가에 깔렸던 것 같아요."

아, 톤이라는 현대적 무게 단위를 모를 수 있겠구나. 눈이 동그래지는 데미데루스를 보면서 타라는 표현을 바꿨다.

"드래코-티라노사우루스에게 깔렸던 것 같아요."

"응? 아, 그래. 짐작이 가는구나. 너는 마법이 거의 고갈된 상태야. 그 정도로 마법을 많이 사용하면 죽을 수도 있다는 걸 알 텐데! 이성적으로 행동해야지!"

"내 친구들이 죽게 생겼는데 구경만 할 수 없었어요."

데미데루스는 눈살을 치켜 올렸다.

"그래서?"

"구할 생각도 안 하고 친구들이 죽게 내버려둘 수는 없었어요. 그런데 어떻게 된 거죠? 누가 우리를 구해준 겁니까? 정신을 잃기 전에…… 마지막으로 본 것은 땅이 아주 빠르게, 정말 빠르게 가까워지고 있었어요."

"용선이 구해줬어." 등 뒤에서 힘없는 목소리가 말했다.

그들이 돌아보자 무아노가 파브리스의 부축을 받으면서 비틀비틀 다가오고 있었다.

"너희들이 떨어지고 있는데 추락을 막을 게 아무것도 없는 걸 보면서 용선이 아마존 여군들에게 허브글라이더를 타고 달리게 했고, 반군의 족장 살루타에게 부족들을 합류시키라고 한 다음 모두 손에 손을 잡고 서 있었어. 너희들을 받아내기 위해서. 그랬는데 갑자기 끈끈이에 걸린 듯 옴짝달싹 못하게 되었지."

타라는 힘겹게 일어나서 무아노를 끌어안았다.

"고마워, 우리를 살려줘서."

"천만에." 미소 짓는 무아노의 눈빛이 반짝였다. "선견지명이 있어서 초원에 남아 있었나 봐. 태양을 다시 켜놓은 거 축하해."

칼과 로빈은 서로 도우면서 일어났다. 혼자서 일어난 파프니르는 칼에게 퍼붓기 시작했다. 최면을 걸었던 것, 날 수 있다고 믿게 한 것, 구멍으로 떨어진 것, 뒤따라 뛰어내리지 않을 수 없게 만든 것에 쏘아붙였다. 그런데 완전 뒤죽박죽이라서 정확하게 무엇을 비난하는지 알기 힘들었다.

아무튼 화가 아주 많이 나 있다는 증거인데 다행히 파프니르는 도끼를 뽑아 들지는 않았다.

아직 눈빛이 흐린 칼이 고개를 끄덕였지만 한마디도 알아듣지 못한 눈치였다.

모두 무사히 깨어났으니 이제 할 일은 마지스터가 악마의 사물들을 손에 넣지 못하게 막아야 할 뿐만 아니라 파멸할 위기에 처한 지구를 구하는 것이었다.

"이상한데……." 칼이 중얼거렸다. "이런 상황을 이미 경험한 것 같은 느낌이야. 아주 많이."

그때 데미데루스를 수행하는 한 장교가 타라는 검은 여왕 문제로 체포령이 떨어져 있는 상태라고 지적했다.

데미데루스는 손사래 치면서 성난 목소리로 말했다.

"검은 여왕이 타라를 지배하고 있다면 친구들이 떨어져 죽거나 말거나 그냥 내버려뒀을 것이다. 내 후손은 사악한 마법을 제거하는 중이니까 며칠 지나면 아마 검은 여왕에게서 완전히 벗어날 것이다."

아, 데미데루스는 타라가 후손이라는 걸 강조하면서 자신은 오무아 제국을 건국한 사람임을 넌지시 상기시키고 있는 것이었다!

무슨 말인지 알아들은 장교는 더 이상 반박하지 않았다.

118

"자, 이제는 마지스터와 담판을 지으러 가자." 데미데루스가 말했다. "인간들을 위험에 빠뜨리는 작자에게 짜증이 나기 시작했다. 그 미치광이를 파멸시켜야 완전히 문제가 해결될 것이다."

타라는 침을 삼켰다. 아버지 단비우나 데미데루스나 문제를 해결하는 방식은 어쩌면 그렇게 한결같이 과격한지……

타라는 데미데루스가 명령권을 가로챈 것을 리스베스 여제가 어떻게 받아들일지 궁금했다.

아직도 공포에 사로잡힌 얼굴로 다가온 로빈이 타라 옆에 섰다. 타라는 용기를 주기 위해 아무 생각 없이 손을 잡아주었다. 하프엘프는 놀란 시선으로 쳐다봤다. 타라는 속으로 한숨지었다. 엘프는 정말 상대하기 힘들었다. 손잡아준 걸 특별한 의미로 받아들인 건가? 파브리스나 칼의 손을 잡는 것과 다름없는데 로빈은 진전된 사랑의 표시로 이해한 것이 틀림없었다. 타라는 손을 놓고 데미데루스에게 정신을 집중했다.

데미데루스는 타라에 대한 체포령을 거두게 하려고 버뮤다 삼각지대의 사건 현장과 통화하는 중이었다(타라와 친구들의 크리스털 볼과는 달리 작동하고 있었다). 리스베스 여제가 못마땅해하리라는 걸 알지만 어쩔 수 없었다. 몹시 난처한 얼굴로 명을 거둬도 되는지 여제에게 확인하겠다고 버티던 티그족은 스파슌이나 두꺼비로 둔갑될까 벌벌 떨고 있었다.

"현재 상황은?" 데미데루스는 눈앞에서 몸을 비비 꼬는 이미지에게 물었다.

미국 해군복 차림(팔이 네 개라서 모습이 좀 이상했다)의 티그족이 대답했다.

"여기는 미국의 최첨단 항공모함 'USS 조지 H.W. 부시호'가 보이는 곳입니다. 미국 대통령은 악마의 사물들이 있는 아틀란티스 신전 바로 위에 항공모함을 배치하고 있습니다. 하지만 힘의 장막이 가로막고 있어서 폭발이 일어난 현장으로 접근할 수 없습니다. 우리 요원들을 침투시키려고 했지만 불가능합니다. 현장을 촬영하는 지구인들의 카메라 때문에 마법을 사용할 수 없는 여제께서 격분한 상태입니다. 트리톤과 사이렌들을 파견했지만 역시 접근할 수가 없습니다. 마지스터의 군단이, 믿을 수 없을 정도로 강력한 힘의 장막이 작용하는 바닷속으로 내려가는 파이프를 에워싸고 있기 때문입니다. 우리가 아는 것은 막강한 무기를 지닌 미군 병사 수백 명이 심해에 파견되어 있다는 것입니다. 최첨단 무기로 공격한다면 지킴이들도 오래 버티지는 못할 겁니다. 지킴이들은 강하지만 그렇다고 절대로 물리칠 수 없는 건 아닙니다. 그리고 심판관들도 그렇게 많은 군인이 한꺼번에 공격하면 막아내지 못할 겁니다."

티그족이 목소리를 낮추었다.

"여제께서 몹시 불안해하십니다."

데미데루스의 대답은 간단했다.

"우리가 간다."

데미데루스는 그렇게 말하고 크리스털 볼을 끊었다.

타라는 자세를 바로 했다. 아무리 미운 사람이라도 죽일 생각은 없었는데 이제는 정말 아니었다. 사랑하는 여자를 소생시킬 수만 있다면 세상 사람들이 모조리 죽어도 상관없다는 미치광이를 과감하게 제거할 때가 된 것이다. 타라가 그런 생각을 전하자 파프니르는 등을 토닥여주면서 난쟁이의 피가 흐르는 것이 틀림없다고 말했다. 파브리스는 아연실색했다.

"뭐? 설마 농담이지, 타라? 싸우고 싶어서 안달이 난 사람처럼 말하다니! 그냥 하는 말이 아니라면 미친놈들 때문에 너까지 미쳐가는 거야. 발톱 손질까지 하면서 예쁘게 꾸미던 소녀, 성적이 떨어질까 걱정하던 예쁜 소녀는 어디로 간 거지?"

"파브리스, 분명히 말하는데 난 발톱 손질 같은 건 하지 않았어. 그리고 성적이 떨어질까 걱정한 건 할머니한테 야단맞기 싫어서였어. 할머니가 얼마나 무섭게 했는지 너도 알잖아. 그리고 나는 싸우고 싶어서 안달이 난 게 아냐. 마지스터를 상대로 싸워서 다시는 내 인생에 끼어들지 못하게 하려는 거야. 내 어머니의 인생도 마찬가지고."

파브리스는 항복했다.

"그래, 알았어. 무슨 말인지 알겠는데 그래도 나는 아더월드가 너를 이렇게 만들었다고 생각해. 너도 나처럼 지구에서 사는 게 좋을 것 같아. 지구가 훨씬 평온하다고 확신해."

타라가 반박하기 전에 파브리스는 무아노를 돌아보면서 말했다.

"너를 놓아줄게."

무아노가 어안이 벙벙한 얼굴을 하자 파브리스는 미소를 흘렸다.

"뭐라고?"

"너를 놓아준다고. 내가 이기적이었어. 너처럼 자유로운 영혼을 붙잡을 수 있다고 생각하다니. 내가 어리석고 자만했어. 너는 마법이 강해서 아무것도 두려울 게 없어. 하지만 나는 약하고 비겁한 겁쟁이야. 우리는 전혀 어울리지 않아. 그래서 놓아주려고. 용선과 사귀고 싶으면 그렇게 해. 난 이해해. 그는 아주 용감한 남자니까."

무아노는 입을 다물었다. 이렇게 중요한 때에 모두가 지켜보는 앞에서 이런 식으로 결별을 선언하다니. 무아노는 정말 어이가 없었다. 그리고 파브리스가 비겁한 겁쟁이라는 생각은 한순간도 하지 않았다. 오히려 두려움을 억제하고 위험에 맞서 싸울 때마다 그 용기에 감탄했는데.

근데 방금 파브리스가 뭐라고 했지? 뇌리에 박힌 마지막 말 때문에 무아노는 눈살을 찌푸렸다.

"우리 문제에 왜 용선 얘기를 하는데?"

"용선과 떠났고……."

파브리스는 말끝을 흐렸지만 무슨 말을 하려는지 표정으로 충분했다. 무아노는 얼굴이 빨개졌다.

"파브리스, 너 대체 무슨 생각하는 거야? 어떤 남자와 사귀고 싶다는 이유로 미션을 함께 떠나지는 않아. 그런 식이면 행성에 있는 절반의 남자와 사귀었게?"

히플리아에 살 때 난쟁이들에 대한 정보 때문에 랑코비트에서 받은 임무를 빼면 지금까지 그렇게 많은 미션을 수행한 게 아니니까 좀 많이 과장된 표현이었다.

"용선과 사귀고 싶은 거 아니었어?"

무아노는 대꾸도 하지 않았다.

"타라?"

걱정도 되고 놀랍기도 한 표정으로 두 친구의 대화를 듣던 타라는 이름 부르는 소리에 소스라쳤다. 어이쿠, 사랑싸움에 끌어들이지 않으면 좋겠는데.

"여자는 만난 지 10분밖에 안 되는 남자와 사귀는 일은 없다고 파브리스에게 말 좀 해줄래?"

이런, 진짜 끌어들이네.

"그런 식으로 남자를 사귀지는 않지. 그리고 무아노, 네가 직접 말하고 나는 빼주면 안 될까?"라는 발뺌이라도 하려는 듯 말했다. "나는 지금 마지스터를 생각하는 것만으로도 머리가 너무 복잡해."

"아, 그래?" 로빈이 호기심을 보였다. "10분밖에 안 되는 사람과는 왜 사귀지 않는데? 우리 엘프들은……."

타라의 냉랭한 시선과 마주치자 로빈은 말을 잇지 못했다.

"로빈, 무슨 말을 하고 싶은데?" 타라는 노려보면서 물었다.

"나? 아니, 아무것도 아냐." 로빈이 얼른 대답했다. "아 참, 짐을 싸야 하는데……. 당장 시작해야겠다."

로빈은 로미네트보다 빠르게 달려갔다.

"휴!" 타라가 한숨지었다.

"무아노, 하지만 난 네가……." 파브리스가 힘없는 목소리로 말했다.

"네가 잘못 생각한 거야." 무아노는 파브리스를 응시하면서 말했다. "이번에도 너는 추측만 하고 나한테 묻지 않았어. 하는 수 없지. 내가 너를 놓아줄게."

무아노는 모두를 증인으로 삼았다.

"우리는 이제 자유야!"

파브리스는 주저앉았다. 이게 아니었는데…… 예상이 빗나갔다.

"음, 잘 봤다!" 멍하니 지켜보던 데미데루스가 박수를 쳤다. "연극 한 편을 보는 것 같았어. '나도 너를 사랑하지 않아' 타령은 그만두고 이제 우리의 미션에 정신을 집중할까? 지구를 구해야지."

그때 반군 부족의 족장(살루타가 변화의 바람을 불러일으키기 위해 대장 대신에 족장을 택한 것이 분명했다)이 와서 인사하는 바람에 파브리스는 창피를 당할 겨를이 없었다.

끈끈이에 걸려 있었다는 사실 때문에 마법을 사용하고 싶은 의욕이 꺾인 것은 아니지만 족장은 이따금 경계하는 눈길로 하늘을 쳐다보는 것 같았다. 데미데루스는 세 명까지는 동시에 마법을 사용해도 큰 문제가 생기지 않는다고 알려주었다. 물론 구토증은 여전하지만. 구토증도 악마의 사물들을 지키기 위한 방책의 일부였던 것이다. 족장은 상황을 완전히 파악했다. 다른 부족들도 교육을 시키겠다고 단언했다. 반군 부족 족장 살루타와 사령관 히글은 악수를 했다. 군복 차림의 튼튼한 여자와 가죽옷 차림의 가냘픈 여자가 이상할 정도로 비슷했다. 사령관과 족장은 능력 있는 철의 여인들이었다. 모우르무르는 완전히 들떠 있는 게 역력했다. 벌써 콩깍지가 씌었나, 히글 5만 눈에 들어왔다.

"그렇게 대단한 주문을 걸어놨을 줄이야!" 모우르무르가 흥분해 있었다. "그 주문을 깨뜨릴 기회가 없어서 정말 유감입니다. 엄청난 폭발을 보여줄 수 있었는데. 하지만 나야 이제 곧 마지스터를 상대할 테니 또 기회가 있겠죠. 놈이 무슨 짓을 했는지, 이유가 뭔지 대충 알 만하니까. 보통 영리한 놈이 아닙니다."

모우르무르는 히글 5를 향해 윙크를 했다.

"물론 나만큼은 아니지만!"

사령관 히글은 무슨 뜻으로 하는 말인지 궁금했지만 설명은 나중에 자세히 듣기로 하고 참았다. 히글은 아마존 부대의 일부를 반군 부족과 함께 있게 했다. 그들은 서로에게 필요하기 때문이었다. 특히 체계가 아직 정립이 안 된 반군 부족은 여군들의 도움이 절실했다. 지난번에 서로에게 호감을 보이던 아마존 여군 실빈이 칼에게 크리스털 볼의 번호를 알려주었다. 타라는 흐뭇하게 지켜봤다.

이윽고 역사적인 순간을 함께하고픈 사령관의 인솔을 받으며 타라 일행은 목적지인 아틀란티스 신전을 향해 출발했다. 하지만 곧장 신전으로 갈 수 없었다. 데미데루스가 살테렌스를 모델로 삼아 비행이 불가능한 사막을 만들고 그 주위에 트실을 살포해놓았기 때문이다 (아더월드의 치명적인 벌레 트실이라는 말에 타라는 오만상을 찌푸렸다). 도착 지점은 신전을 에워싸는 방벽으로부터 한 시간쯤 떨어진 사막 앞이었다. 타라의 부탁을 들어주려면 아직 만들 것이 많기 때문에 모우르무르는 정신없이 바빴다. 호기심이 생긴 데미데루스가 뭘 만드느냐고 묻자 모우르무르는 힐끔 쳐다보면서 막연하게 대답했다. "최고 마구스의 후손, 타라를 위한 것들입니다." 다행히 데미데루스는 캐묻지 않았다.

허브글라이더에 오른 무아노와 친구들은 떨어져 있는 동안 일어난 일을 서로 이야기했다. 무아노는 위에서 있었던 얘기를 들으면서 아주 재미있어했다. 타라가 새처럼 두 팔을 휘저으면서 뛰어내리는 파프니르를 흉내 낼 때는 배꼽을 잡고 웃었다.

"왜 그랬어?" 무아노가 물었다.

"날 수 있다고 믿었으니까!" 파프니르는 차갑게 내뱉었다. "멍청한 도둑의 멍청한 생각을 철석같이 믿다니!"

칼은 재미있어 죽겠다는 듯 눈을 반짝였다.

"그래, 나도 후회해. 정말 후회가 막심해!"

난쟁이는 약간 부드러워졌다.

"사과는 받아줄게."

"아니, 그러지 마." 칼이 말을 끊었다. "나 때문에 모두 추락사할 뻔했는데……. 자책감에서 벗어날 수 없을 거야!"

"아, 그래? 걱정 마, 내가 죽여줄 테니까." 파프니르가 신랄하게 받아쳤다. "얼마 전부터 몸이 근질근질했는데 내가 해결해줄게."

"내 허브글라이더에서는 안 된다." 사령관 히글이 말했다. "핏자국을 없애려면 시간이 많이 걸려서 안 돼. 얘들아, 장난은 밖에서 해."

'얘들'이라는 말에 칼과 파프니르는 얼굴을 찌푸렸지만, 타라와 로빈, 무아노는 웃음을 터뜨렸다.

'놓아주겠다'고 선언하면서 내심 성공을 확신하던 파브리스는 의도했던 것과 달리 처참하게 끝나버리자 정신이 멍했다. 정말 끝내야 하는 건가? 아무튼 무아노의 비난은 근거가 있었다. 무아노를 괴롭게 했지만 그건 악해서가 아니라 서툴기 때문이었다. 마지스터를 따라가는 엄청난 배신으로 충격을 준 것으로도 모자라서 마지스터의 지시대로 때리기까지 했던 순간을 떠올리자 몸서리가 쳐졌다.

파브리스는 생각에 잠겼다. 무아노를 더는 힘들게 하지 말아야 해. 좀 물러서서 지켜보자. 지구와 아더월드에서 각자 떨어져 있다 보면, 그리고 시간이 좀 흐르면 감정 정리가 되겠지. 파브리스는 한숨을 내쉬었다.

파브리스가 얼마나 괴로워하는지 알 길이 없는 타라와 무아노는 계속 수다를 떨고 있었다.

"정말 대단했어!" 무아노가 말했다. "부인이 단트릭스의 목을 단칼에 베어버리는데…… 내 눈이 믿어지지 않더라고."

"나이도 많고 몸도 그렇게 가냘픈 분이?" 로빈이 놀랐다. "검을 들기도 힘들 텐데 어떻게 그랬지?"

"육체적 힘보다 의지와 믿음이 더 강하니까." 타라가 말했다. "딸들을 위해서 필사적으로 싸운 거야. 힘없는 노파라고 얕보다가 단트릭스는 큰코다친 거지."

무아노와 타라는 미소를 주고받았다. 용기와 고집에 있어서는 닮은 데가 많아서 둘은 말이 잘 통했다.

갑자기 아마존 여군들이 허브글라이더를 착륙시켰다. 더는 전진할 수 없는 사막 앞에 이른 것이었다. 그들은 허브글라이더에서 내려서 복사열로 뜨거운 초록 사막을 살폈다. 모래에 숨어서 동물이 지나가기를 기다리는 트실들 때문에 모래언덕이 물결치고 있었다. 트실들이 사막을 벗어나지 못하게 막는 주문이 걸린 경계에 서 있기 때문에 모래 소리가 나는 즉시 달려들 기세로 초록 벌레들이 잔뜩 집결해 있었다.

"애들이 아주 반갑게 맞아주네요." 칼이 야유했다. "내가 스파슌이라면 트실의 공격을 받고 알들의 밥이 되기 전에 바짝 구워서 완전히 쪼아버릴 텐데. 왜 이런 끔찍한 벌레들을 풀어놓으셨어요?"

데미데루스는 미소를 지었다.

"사람들은 신전 주위에 우리가 이런 환경을 만들어놓았다는 걸 전혀 예상하지 못하지. 오랫동안 방어할 정도로 마법이 강력하지 않으면 트실을 당해내지 못하니까."

"여기서부터는 초원에 걸어놓은 주문이 통하지 않나요?"

"어떤 의미에서는 그렇지. 허브글라이더든 양탄자든 이 지역에서는 상공을 날지 못하기 때문에 걸어서 가야 한다. 밤에는 주문이 작동하지 않는 살테렌스 사막과는 달리 이곳은 밤낮으로 작동하기 때문에 무조건 걸어야 한다. 마법사들을 지치게 하려는 계략이니까."

"마법사가 녹초가 되어 쓰러질 때까지 힘을 빼는⋯⋯." 칼이 부르르 떨었다. "슬루르크! 그래도 초록 벌레는 정말 싫은데 미치겠네."

"게다가 지구에서는 아더월드보다 마법이 약하기 때문에 더 빨리 힘을 못 쓸 테고⋯⋯." 모우르무르가 지적했다. "따라서 악마의 사물을 훔치려고 들어온 마법사들을 막는 아주 기막힌 방법이야!"

모우르무르의 말을 증명하듯, 사막 가장자리에 방심하다 봉변을 당했는지 하얀 뼈다귀들이 널려 있었다.

파브리스는 두려워하는 표시를 내지 않으려고 노력했다. 칼은 식은땀을 흘리면서 예전에 금빛 트실에게 공격을 받았던 자국이 보이게 목을 드러냈다. 금빛 트실의 자국이 있으면 다른 트실의 공격을 피할 수 있기 때문이었다.

하지만 데미데루스는 이미 준비하고 있었다는 듯 하늘을 향해 고개를 쳐들고 크게 외쳤다.

"잠들지어다!"

즉시 죽음 같은 침묵이 흘렀다. 용암 분출이 수그러들었고, 회오리치던 모래바람이 잦아들었다.

"엄청나게 간단한 주문인데 효과는…… 와!" 칼이 탄성을 질렀다.

"다시 시작하라는 명을 내리지 않는 한 이 상태로 있을 것이다. 공격받는 일은 없을 것이야. 이제 얼마 남지 않았다. 길어야 하루 반나절 정도 걸으면 도착한다."

"죄송합니다만 허브글라이더가 날지 못하게 하는 주문을 거두지 않는 무슨 특별한 이유가 있습니까?" 무아노가 의문점을 지적했다.

데미데루스는 유감스러운 듯 미소를 지었다.

"그건 아주 복잡한 주문이지. 그 주문을 거두려면 나와 함께했던 네 명의 최고 마구스들이 있어야 한다. 시간이 좀 걸려서 그렇지 걸어가도 되는데 주문을 깨뜨리고 싶지는 않다."

"아, 실망입니다." 걷는 걸 끔찍이 싫어하는 칼이 툴툴거렸다.

데미데루스는 수행하는 장교들을 아더월드로 돌아가게 했다. 아마존 여군들도 돌려보냈다. 작전에 도움이 되지 않을 뿐만 아니라 데미데루스가 가능한 한 최소 인원이 악마의 사물들에게 접근하길 바라기 때문이었다.

그래서 모우르무르는 히글 5에게 작별 인사를 해야 했다. 두 사람은 다시 만날 약속을 하면서 크리스털 볼 번호를 교환했다.

타라는 바캉스에서 만났다가 헤어지는 연인을 보는 것 같았다.

그들은 모두 숨 막히는 더위와 싸우기 위한 장비를 갖추었다. 흰색의 헐렁한 마법복, 챙이 넓은 모자, 초록빛 모래가 들어오지 않게 할 장화.

칼은 일행의 머리 위로 커다란 우산을 펼쳐주었다. 패밀리어들에게도 우산을 씌워주고, 뜨거운 모래로부터 동물들의 발바닥을 보호하기 위해 보강한 가죽 토시를 제공해주었다. 각각 타라의 어깨와 파프니르의 어깨에 앉아서 여행할 생각을 하는 페가수스와 고양이에게도.

만반의 준비가 끝나자 그들은 사막으로 들어갔다.

미지의 세계를 향해.

초록 벌레의 사막

동물 알레르기가 있으면
둥지에 잠자리를 만들지 않는 것이 상책인데

*

　사막에 들어서기가 무섭게 발밑에서 용암의 열기가 느껴졌다. 타라는 어렸을 때 외할머니 이사벨라를 따라 이탈리아의 베수비오 산에 간 적이 있었다. 당시 이사벨라는 신고되지 않은 젊은 여자 마법사를 추적하고 있었다. 분화구에서 멀리 떨어진 곳인데도 발바닥으로 전해지는 열기 때문에 아주 신기하다는 생각을 했는데 지금도 똑같은 느낌이었다.

　타라 옆에서 무아노는 긴 다리로 미끄러운 모래 위를 성큼성큼 걸었다. 모두 지켜보는 가운데 거창하게 이별을 선언한 뒤로는 파브리스와 말은 물론 눈도 마주치지 않고 있었다. 갑자기 타라는 이상한 소리를 들었다. 중얼거림이라는 걸 알아차리는 데는 시간이 좀 걸렸다. 타라는 귀를 세웠다. 무아노는 걷기가 힘든 모래언덕을 원망하는 것처럼 구시렁거렸다.

"이제 말해봐." 15분쯤 후, 타라가 말했다.

혼잣말을 하던 무아노가 소스라쳤다.

"뭘?"

"파브리스를 멍청이 중의 멍청이라고 욕하고 있잖아. 네가 끝내겠다는데…… 파브리스가 그런 식으로 놓아주느니 어쩌느니 하는 게 어이가 없는 거잖아, 그치?"

무아노는 걸음을 멈추고 어안이 벙벙해서 타라를 쳐다봤다. 발그레한 얼굴에 땀이 흘러내리고, 긴 머리가 땀에 젖어 있었다. 무아노의 패밀리어 표범도 흠뻑 젖어 있었다. 지구와는 달리 태양이 두 개인 아더월드의 동물들은 심한 열기를 배출할 수 있게 변형되었기 때문에 땀을 흘린다.

"그걸 네가 어떻게 알았……."

무아노가 말을 잇지 못하고 의혹의 눈길로 타라를 쳐다봤다.

"내가 하는 말을 들은 거야?"

"중얼중얼하는데 알아들을 수는 없지. 하지만 내가 네 입장이면 그렇게 말했을 테니까."

무아노는 눈살을 찌푸리다가 인정했다.

"그래, 맞아. 어쩌면 그렇게 멍청할까!"

"그러게."

"얼간이, 멍청이, 바보!"

"그런 말 들어도 싸!"

"도대체 자기가 뭐라고 생각하는 거야?"

132

"사랑에 빠진 남자라고 생각하지. 어쩔 수 없어, 사랑이 바보로 만든 거니까."

"그게 무슨······. 뭐라고?"

"그게 파브리스의 생각이야. 너에게 서툴게 행동했다는 걸 그런 식으로 설명한 거야."

다시 걸어가던 무아노가 멈춰 섰다.

"누가 그래? 파브리스가 그래? 사랑에 빠져서 바보가 됐다고? 그러니까 바보가 되지 않으려면 사랑에 빠질 필요가 없다는 뜻이네."

"너 정말 화 많이 났구나." 타라가 웃으면서 말했다.

고개를 끄덕이는 무아노의 얼굴에 주근깨가 가득했다. 타라는 아더월드의 강렬한 햇빛 때문에 생긴 거라고 생각하면서 은근히 걱정이 되었다. 자외선은 하얀 피부의 적인데! 머릿속에서 검은 여왕이 대답을 해서 깜짝 놀랐다.

'내 피부는 완벽한데! 잡티 하나 없으니까.'

잘난 척하는 어조였다.

파브리스에 대해 불평을 쏟아내는 무아노의 얘기를 듣지 않고 타라는 정신적으로 비아냥거렸다.

'아이고, 그러셔! 나는 결점이 많은데! 여드름도 났었고, 뾰루지는 지금도 있고, 흉터도 있어. 체인지라인이 늘 신경 써서 없애주기에 망정이지 다리에는 털이 수북하지(체인지라인의 제모 기능은 전혀 아프지 않기 때문에 타라는 아주 실용적이라고 생각했다). 완벽함에 대한 당신의 견해는 완전 고리타분하군. 완벽한 것은 죽은 거지. 더 이상 변할 게 없으니까. 하지만 나는 불완전하기 때문에 살아 있는 거고!'

깊은 침묵이 이어졌다.

'너는 왜 나를 두려워하지 않지?' 마침내 검은 여왕이 물었다. '다른 사람은 나처럼 악랄한 존재에게 사로잡혀 있으면 공포에 떨기 마련인데 너는 두려워하지 않아. 난 그게 이해가 안 돼.'

검은 여왕이 스스로 '악랄한 존재'라는 걸 알고 있어서 다행이라고 해야 되나?

'당신은 내 영혼의 가장 어두운 부분일 뿐이야.' 타라는 차분하게 응수했다. '모든 인간은 내면에 당당하고 정직하기 위해 날마다 싸워야 하는 어두운 부분이 있으니까. 나는 당신을 알기 때문에 두렵지 않아! 당신은 노력도 하지 않고 힘을 원하고, 땀도 흘리지 않고 영광을 원하고, 사람들이 무조건 당신 앞에서 굴복하길 원하지. 세운 것도 없으면서 파괴를 원하고, 맹목적인 숭배를 원하지. 당신은 무의미하고, 아무것도 아냐.'

분노가 서린 침묵이 흘렀다. 다행히 검은 여왕이 나타나지 않았다. 오히려 더 깊숙이 움츠리는 것이 느껴졌다.

갑자기 머릿속에서 아주 부드러운 목소리가 속삭였다.

'잘못 생각한 거야. 나는 너의 일부가 아냐. 나는 너와 별개야. 내 의식도 목적도 너와 달라.'

타라가 대꾸하지 않자 검은 여왕도 입을 다물었다. 타라는 정신적으로 어깨를 으쓱했다. 육체에 침투한 사악한 마법이 뭐라고 하든 듣지 말아야 했다. 마법의 에너지가 고갈되면 검은 여왕은 영원히 사라지겠지. 그런 다음에도 스파리담이라는 말을 입 밖에 낸다면 혀를 뽑아버리고 말겠다고 다짐했다.

"······ 아무튼 그게 최선이야." 무아노가 말을 맺었다.

걸어가다 멈추고, 다시 걸어가다 멈추기를 반복하는 바람에 타라와 무아노는 일행에게서 많이 뒤처져 있었다. 갈랑이 날개를 활짝 펼치고 더위를 쫓아주면서 타라의 걸음을 재촉했다. 트실이 너무 싫은 갈랑은 타라가 가능한 한 데미데루스와 가까이 있기를 바랐다.

"미안해, 뭐라고 했어?" 타라가 물었다. "검은 여왕이 자꾸 말을 시켜서 네 말을 못 들었어."

무아노가 멈춰 섰다. 또! 갈랑은 정말 짜증이 났다.

"뭐라고?" 무아노는 눈이 휘둥그레져서 소리쳤다. "방금 뭐라고 했어?"

"미안하다고······."

"아니, 그거 말고. 검은 여왕이 말을 시켜? 둘이 얘기도 해? 무시무시한 괴물과 네가? 타라, 농담이지?"

'거 봐, 이게 정상이지.' 검은 여왕이 기다렸다는 듯이 나섰다. '얘는 나를 두려워하잖아!'

타라는 짜증을 내지 않으려고 꾹 참았다. 그리고 어떻게 설명해야 무아노를 이해시킬 수 있을지 고민했다.

이 기회에 검은 여왕의 입도 다물게 해야 되는데······. 갑자기 머릿속에 반짝 떠오르는 것이 있었다. 아, 이건 검은 여왕이 진짜 싫어할 거야.

"무아노, 뾰루지 난 적 있어?"

"응?"

"하필이면 중요한 약속이 있는 날 뾰루지가 돋으면 정말 속상하잖

아. 특히 며칠 전부터 기름진 음식을 피했어야 하는데 주의하지 않아서 얼굴에 생기는 바이러스성 불그스름한 종기는……."

시대를 막론하고 어느 나라에서나 청소년들의 고민거리인 뾰루지와 여드름에 대해 얘기하는 것으로 타라는 무아노의 관심을 끄는 데 성공했다.

"검은 여왕과 무슨 관계가 있는지 모르겠지만, 마법으로도 감춰지지 않아서 짜증 날 때가 있지. 근데 그게 왜?"

"뾰루지는 피지샘이 막혀 생기거나 균이 번식해서 생기는 피부 염증이야. 검은 여왕과 비슷하다고 할 수 있지. 외부 감염으로 생긴 뾰루지는 그냥 짜버리면 끝나. 보기 싫은 흔적은 남아도 사라져버리니까."

눈치가 빠른 무아노는 타라가 왜 이런 말을 하는지 대번에 알아차렸다.

"그래, 뾰루지가 사람을 죽이지는 못하지. 아주, 아주 강력하게 터져서 그 더러운 고름이 사람들의 얼굴에 튈 수는 있어도!"

"웩! 구역질 나잖아!"

"뾰루지를 예로 든 사람이 누군데……."

무아노와 타라는 웃음을 터뜨렸다. 검은 여왕은 반응하지 않았지만 분노의 침묵 같은 것이 느껴졌다.

무아노는 잠시 머뭇거리다 말했다.

"고마워, 웃게 해줘서. 이번 일이 끝나고 아더월드로 돌아갈 때를 생각하면서 좀 착잡했는데……. 파브리스와 헤어진 것도 그렇고, 파프니르를 데려가는 문제도 있고."

타라는 깜짝 놀랐다.

"파프니르? 우리의 용맹한 난쟁이 전사를 네가 데려가? 난쟁이 전사가 너를 데려가는 게 아니고?"

무아노는 미소를 지었다.

"마법을 사용했기 때문에 추방당했거든. 난쟁이들이 얼마나 보수적인지 알잖아. 그리고 마법을 얼마나 혐오하는 종족인데 파프니르가 패밀리어라면서 악마 세계의 장밋빛 고양이를 달고 가는 것으로도 모자라서 하프드래곤을 남친이라고 데려가면…… 어떻게 되겠어?"

깊은 침묵이 흘렀다.

"아!" 마침내 타라가 탄식했다.

"이제 알겠지? 그래서 데려가겠다고 한 거야. 히믈리아로 돌아갈 수 없으니까."

"난쟁이들로부터 보호해주려고?"

"그보다는…… 파프니르로부터 난쟁이들을 보호하기 위해서."

두 소녀는 깔깔대고 웃었다.

"내가 같이 갈까?" 타라는 눈을 반짝이면서 물었다. "나의 소중한 보물들인데."

"네 문제만으로도 할 일이 많다는 걸 아는데 파프니르는 그런 생각 아예 하지도 않을 거야. 하지만 네가 그렇게 말하면 좋아하겠지. 네가 나서주면 파프니르의 부모님이 마법을 사용한 딸 때문에 곤란한 일이 생기지 않을 거라고 안심할 수 있을 테니까."

"그러네." 타라는 한숨을 쉬면서 화제를 바꿨다. "무아노, 실은 나도 너랑 같은 심정이야. 로빈에 대한 믿음이 없어졌어. 유혹 주문 때문에 나를 거부하더니…… 나로 위장한 악마와 잤어. 그런 행동을 한다는 건 나를 전혀 모른다는 거야. 물론 내가 여전히 로빈을 사랑한다면 그리 중요한 문제가 아닐 수도 있겠지. 사랑하면 용서가 될 테니까. 그런데 나는 더 이상 사랑하지 않아. 이제는 로빈을 봐도 가슴이 설레지 않아. 마치 이제야 내가 눈을 뜬 것처럼(타라는 슬픈 미소를 지었다). 지구에서는 3년이 지나도, 또 7년이 지나도 지속되면 성공적인 사랑이라고 하는데…… 나는 첫 단계를 넘지 못하고 실패한 것 같아."

"그렇구나." 무아노는 생각에 잠긴 목소리로 말했다. "지구에서는 희한한 생각을 많이 하나 봐. 근데 그 말을 들으니까…… 어떤 느낌이 있었는데 그게 확실해지네."

"뭐? 네가 뭘 느꼈는데?"

"응? 아니, 아무것도 아냐. 타라, 칼을 어떻게 생각해?"

"칼은 마라에게서 벗어나기 힘들 거야." 갑자기 칼에 대해 묻는 이유를 모르는 타라가 물었다. "왜?"

"칼은 마라를 사랑하지 않아." 무아노가 말했다. "한순간도."

"그래? 그렇게 생각해? 맙소사, 마라가 알면 궁전이 남아나지 않을 텐데!"

"보수 공사 준비를 해야지 뭐." 무아노는 재미있다는 듯 놀렸다. "랑코비트의 트라비아에 있는 최고급 레스토랑 '웃는 거미'에서 저녁 식사 내기를 걸고 말하는데 칼은 다른 사람을 사랑하고 있어. 칼 자신도 아직 깨닫지 못하고 있지만."

"아마존 여군 실빈? 정말 그럴까? 좀 빠르지 않나?"

무아노는 한숨을 내쉬었다.

"아니, 내 생각에 실빈은 아닌 것 같은데…….""

무아노는 타라를 뚫어져라 쳐다보면서 아주 이상한 말을 했다.

"이곳으로 출발하기 전에 제레미가 보낸 매직메일을 받았어."

제레미? 타라는 깜짝 놀란 얼굴로 친구를 쳐다봤다.

"스톤헨지에서 만났던 제레미 델렝비르 발 드레구스? 나처럼 강력한 마법사로 만들기 위해 유전자 조작이 된 소년 말이야?"

"응."

"그랬구나, 제레미는 잘 지내지?"

"응. 형 조던을 도와주려고 지구의 스톤헨지로 돌아갔는데 형이 사라지고 없어서 많이 걱정하고 있어. 농가는 세를 준 상태였는데 세든 농부들마저 조던이 어디 있는지 전혀 모른다고 했대. 연락은 조던이 해오기 때문에 연락처를 전혀 모른다면서. 그래서 제레미가 내게 도움을 청했어. 아더월드의 친부모들, 여동생 캐서린은 조던을 찾는 일에 별로 신경을 쓰지 않지만, 제레미는 자기를 키워준 지구의 가족에게 신세를 많이 졌다고 생각하거든. 그래서 우리는 매직메일을 많이 주고받았어. 만나기도 했어, 여러 번."

아, 그래서 무아노가 파브리스에게서 쉽게 마음이 멀어질 수 있었구나. 사랑하는 사람이 있어서……. 타라는 불현듯 오무아 황궁에 있는 자신의 방에 친구들이 다 모였을 때 크리스털 볼이 계속 울리자 나가서 통화한 다음 상기된 얼굴로 돌아오던 무아노의 모습이 기억났다.

"그래서?" 타라가 감정을 드러내지 않는 어조로 말했다.

"제레미는 마법사야."

"그래, 아마 나 다음으로 강력한 마법사일 거야." 기정사실이기 때문에 타라는 겸손하게 말했다.

"너처럼 지구에서 자랐어."

"그건…… 그렇지."

"그렇지만 제레미는 아더월드를 좋아해." 무아노의 얼굴이 빨개졌다. "제레미가 잘생겼다고 생각해."

타라는 침묵을 지켰다. 화가 나면 야수로 변하는 무아노를 아무나 감당하지 못할 텐데.

"어떻게 생각해?" 무아노가 어렵게 물었다.

"착하다는 것 말고 내가 제레미를 뭐라고 평가할 수 있겠어." 대답은 이렇게 했지만 타라는 제레미가 캐서린을 사랑했던 것을 지적하고 싶었다. 물론 친동생인지 모르고 끌렸던 거지만.

파브리스는 단점이 많지만 똑똑하고, 사랑에 빠지지 않았을 때는 열심히 공부하는 학생이었는데……. 타라는 제레미를 그리 영리하지 않은 우직한 소년이라고 생각했다. 아더월드의 부자들을 추적하는 스쿠프들과 탈루디들을 통해 발 드레구스 가문의 젊은 상속자가 파티를 여는 장면을 자주 볼 수 있었다. 그런데 행방불명된 형 조던이 걱정돼서 찾는다는 건 성품이 괜찮다는 건데…….

"제레미 때문에 파브리스를 버린 거야?"

타라가 노골적으로 물었다.

무아노는 입술을 깨물었다.

"아니, 제레미 때문에 헤어진 것이 아니라 여러 차례 잘못을 저지른 파브리스를 용서하지 않기로 마음먹은 거야."

"오케이."

모래언덕에서 약간 미끄러진 무아노는 간신히 중심을 잡으면서 물었다.

"오케이? 할 말이 그것밖에 없어?"

"무아노, 내가 무슨 말을 하겠어? 넌 이제 파브리스를 사랑하지 않아. 그리고 이미 제레미와 사귀고 있는데…….'

타라는 잠시 말을 중단했다가 활짝 웃으면서 말했다.

"제레미와 사귀다니, 정말 상상도 못했는데 자세히 얘기 좀 해줘!"

무아노는 깔깔대고 웃었다.

"그러는 너는? 마음에 담고 있는 남자가 있어?"

뜻밖의 질문에 타라는 잠시 말이 나오지 않았다.

"무아노!"

"뭐? 당연한 질문인데 왜?"

"당연히 없지! 몇 시간 전에도 로빈과 함께 있는 거 못 봤어? 나는 당분간 남자친구 없이 지낼 거야. 연애는 너무 복잡해. 너도 알다시피 나와 내 가족, 친구들, 제국을 해치는 사람들과 싸우는 것만으로도 바빠 미칠 지경인데. 연애하기에는 시간이 너무 없어."

그리고는 타라가 약간 머쓱한 얼굴로 덧붙였다.

"그런 점에서는 로빈이 나한테 어울리긴 해. 늘 같이 있을 수 있으니까."

무아노는 어깨를 으쓱했다.

"글쎄, 그게 이유라면 넌 파브리스와 사랑에 빠졌을 수도 있어."

"절친과 사랑을 해? 미쳤어, 무슨 그런 말을 해? 남동생과 사귀는 느낌이 들 텐데."

"그럼 칼은 어떻게 생각하는데?"

"침대에서 자는 사람의 얼굴에 베개를 던져서 깨우는 애하고? 내 취향이 아냐, 장난이 좀 심해서……."

"뭐야, 너? 침대에서 칼을 본 적 있다는 얘기야?" 무아노는 짓궂은 미소를 지었다.

"하하하, 천만에."

타라와 무아노의 이야기는 끝날 줄을 몰랐다. 늑대인간은 엘프와 마찬가지로 청각이 예민했다. 로빈은 여자들이 하는 말에 귀를 기울이지 않았지만, 여전히 무아노를 주시하는 파브리스는 귀를 세우고 있었다.

특히 무아노가 제레미에 대해 말할 때 파브리스는 귀가 번쩍 뜨였다. 서서히 눈빛이 늑대의 호박색으로 변하는 사이에 파브리스는 날카로운 손톱이 손바닥을 뚫고 들어가는 줄도 모르고 주먹을 꽉 쥐었다. 모래 위로 파브리스의 피가 뚝뚝 떨어지고 있지만 이야기에 정신이 팔린 타라도 무아노도 주의를 기울이지 않았다.

결별의 아픔 때문에 예민해져서 늑대인간으로 변하고 있던 파브리스는 헤어지기도 전인데 제레미가 무아노를 유혹했다는 사실을 알아차렸다.

파브리스는 목구멍에서 튀어나오려는 소리를 억누르면서 주먹을 풀고 송곳니를 집어넣었다.

제레미 델렝비르 발 드레구스는 살날이 얼마 안 남았군.

물론 파브리스가 이 미션에서 살아남는다면.

무슨 일이 일어나는지 전혀 모르는 타라와 무아노는 걷는 것이 너무 힘들어서 이야기를 멈췄다. 머리 위에서 쏟아지는 태양열에다 타들어가는 지열까지 더해지면서 모두 탈수증상이 나타났다. 더위를 먹은 로빈은(강철나무 숲이 많은 셀렌다는 날씨가 선선한 편이다) 금방이라도 쓰러질 것 같은 얼굴로 걸어가고 있었다. 모우르무르가 가장 힘들어했다. 많은 기구 중에 방법이 있을 텐데 내가 왜 이 생고생을 하고 있지, 하는 얼굴로 발명가가 걸음을 멈췄다.

"대체 우리가 이렇게 계속 걸어야 하는 이유가 있나?"

타라와 데미데루스, 일행이 하나둘 멈춰 섰다. 모두 걸음을 멈출 이유가 생긴 걸 기뻐하는 눈치였다.

"허브글라이더를 타고 날 수가 없기 때문이다."

데미데루스가 대꾸하면서 더위 때문에 괴짜 발명가의 머리가 잘못된 거라고 생각했다.

"그렇다고 계속 걸어갈 수는 없습니다!"

"그래도 마법을 사용하지 않는 것이 더 낫다." 데미데루스가 물 한 병을 꺼내서 모우르무르에게 끼얹어주었다. "이 사막을 걷는 것은 힘들 수밖에 없다. 힘들라고 만든 거니까. 걷는 게 힘들다는 단순한 이유로 다시 걸기가 아주 복잡한 주문을 깨뜨리는 것은 바람직하지 않다."

"아, 데미데루스 최고 마구스께서 51세기 사람이 아니라는 걸 자꾸 잊어버려서 말입니다. 5000년이 흐르는 동안 마법이나 과학기술이 발전했고, 획기적인 것을 수없이 발명했습니다. 그러니까 걱정 마시고 좀 비켜주시겠습니까?"

깜짝 놀라는 데미데루스의 눈길을 받으면서 모우르무르는 호주머니에서 뭔가를 꺼내 땅바닥에 내려놨다. 그러자 반짝거리는 정육면체의 기구가 펼쳐지기 시작했다. 비행 관련 마법이 통하지 않는 사막이기 때문에 과학기술로 작동하는 이동 수단이 틀림없었다. 잠시 후, 꽤 커다란 바퀴가 셋 달린 자동차가 부르릉거렸다.

"태양열과 전기로 움직이는 자동차입니다." 모우르무르가 말했다. "마법과는 아무 상관없으니까 걱정하지 마세요. 두 사람을 태우고 신전까지 몰고 가서 내려준 다음 돌아올 테니까 너희들은 계속 전진해. 그래야 시간을 벌 수 있으니까. 데미데루스께서는 길을 안내해 주세요."

데미데루스는 주저하면서 하얀 마법복 자락을 걷어 올리고 삼륜차에 올라탔다. 모우르무르는 무아노를 태운 다음 둔탁한 바퀴 소리를 내면서 내달렸다. 칼이 투덜거렸다.

"오, 끔찍한 벤드룩의 내장이여! 진작 좀 생각하시지, 죽어라고 걸었는데! 땀을 얼마나 흘렸는지 달팽이처럼 긴 자국을 남길 정도란 말이야!"

칼은 예민해진 얼굴로 주위를 둘러봤다.

"이제부터는 어떻게 될지 몰라."

파프니르는 땀에 젖은 이마를 닦고 벨제부트에게 물을 먹였다.

"이런 말 하기 정말 싫은데 너무 더워서 견딜 수가 없어. 어떻게 될지 모른다면서…… 시원해지는 걸 기대하면 안 되려나……."

난쟁이는 병에 남은 물을 머리에 쏟으면서 신음소리를 냈다.

"왜 어떻게 될지 모른다고 했어?" 파브리스가 칼에게 물었다.

"데미데루스가 없잖아. 데미데루스가 날린 주문이라서 내 생각에는 우리가 '잠들어라'라고 해봐야 통하지 않을 거야. 트실도 그렇고, 용암 분출도 그렇고. 그러니까 내 말은 악당에게 붙잡힌 데미데루스가 강제에 못 이겨 사막을 잠재운 주문을 취소하고 마법을 금하는 주문을 걸면 어떡하냐고. 그럼 우리는 마법을 사용하지 못하는 상태에서 수백만 마리의 트실과 싸워야 한다는 거지."

"너 말고29 우리!" 타라가 응수했다. "위험한 건 네가 아니라 우리니까. 입방정 떨지 마. 정말 그런 일이 일어나면 어떡하려고!"

갑자기 칼의 시선이 파브리스의 마법복에 꽂혔다. 핏자국…….

"파브리스, 괜찮아? 아물던 상처가 다시 벌어진 거야?" 칼이 걱정되는 얼굴로 물었다.

마법복을 내려다보던 파브리스는 화가 치밀었다. 사방에 피를 흘리고 다녔을 텐데 모르고 있었다니…… 파브리스의 얼굴이 굳어졌다.

"아니, 그게 아니라…… 손톱에 할퀴었어. 근데 피가 모래에 떨어졌을 텐데 트실들을 자극했으면 어떡하지? 난 왜 이렇게 멍청할까! 조심했어야 되는데!"

그들은 본능적으로 둥글게 둘러서서 초록빛 모래사막을 살폈는데 수상쩍은 움직임이라곤 없었다. 잠시 후, 타라는 파브리스를 보면서 말했다.

"나는 영화 〈듄〉(데이비드 린치 감독의 1984년작 SF영화-옮긴이)이 생각나서 섬뜩해. 영화에서는 수백만 마리의 초록 벌레가 아니라 거대한 '모래괴물'이었지만."

· · · · · · · · · · · · · ·
29. 칼은 금빛 트실에게 물려서 숨이 끊어진 적이 있지만 다행히 살아날 수 있었다. 금빛 트실에게 물린 자국이 있으면 일반적인 트실이 공격하지 않는다.

그렇지만 불타는 모래사막은 조용하고 평온했다. 공격해오는 것도 전혀 없었다. 덥지만 않으면 거의 만족스러운 곳이었다.

모우르무르가 운전하는 삼륜차는 두 번 더 왕복했고, 칼과 타라만 남았다. 오랜 친구답게 둘은 편안한 마음으로 잠자코 걸었다.

"아주 예쁘게 생겼어, 아마존 궁수 말이야." 타라가 갑자기 침묵을 깨고 말했다.

칼의 얼굴이 빨개졌다. 더위 때문에 이미 벌겋게 익은 얼굴이 더 빨개졌다.

"응, 아주 예쁘고 상냥해. 군인이라서 그런지 거의 무기 얘기만 한다는 게 좀 문제야."

"너한테 주눅이 들어서 그랬을 거야."

"그런가?"

"당연하지, 칼리반 달 살란이 얼마나 유명한데!" 타라가 짓궂게 친구를 놀렸다. "아더월드에서 너의 뛰어난 활약을 칭송하지 않는 사람이 어디 있다고."

"나 놀리는 거지?"

"약간." 타라는 솔직하게 말했다.

"흠."

둘은 계속 걸었다. 여우 블롱딘도 헉헉거리면서 따라오고 있었다. 타라의 어깨에 앉아 있는 페가수스는 영혼의 동반자가 더위에 지치지 않도록 날갯짓으로 부채질을 해주고 있었다. 정말 잘 어울리는 한 쌍이었다.

"로빈은?" 칼이 호기심이 가득한 얼굴로 물었다. "너희 둘은 어떻게 되어가는데?"

타라는 킥킥 웃었다.

"어쨌든 오이를 암호로 쓰는 일은 없을 거야."

"그래? 아, 실망이다!"

둘은 장난스러운 시선을 주고받았다.

칼은 다시 시도했다.

"진지하게 생각해야 돼. 나이가 됐는데!"

"그래, 고마워!"

"아니, 내 말은 머지않아 여제 후계자의 부군이 되기 위해 아더월드의 수많은 후보들이 몰려올 텐데 여러 언어로 말하는 화술, 휘파람, 노래를 배워야 한다는 뜻이야. 넌 아무 생각이 없겠지. 리스베스 여제와는 성장 과정이 다르니까. 아무튼 로빈에게는 많은 장점이 있어. 로빈이 너를 얼마나 사랑하는지, 그리고 네가 오무아의 여제 후계자라서 사랑하는 게 아니라는 건 타라 너도 알잖아. 로빈을 선택하면 연애결혼인데 너의 행복을 위해서라도……. 정략결혼과는 완전 다르지!"

칼은 진심으로 타라를 걱정해주고 있었다. 칼이 지금처럼 유머와 비아냥이란 껍질을 뚫고 섬세한 감성을 드러낼 때마다 타라는 가슴이 뭉클했다.

"지금은 아무 생각이 없기 때문에 남자들이 아무리 많이 와서 '사랑해요, 결혼하고 싶어요, 함께 오무아 제국을 다스리고 싶어요, 말해도 내 대답은 '노'야."

칼은 이맛살을 찌푸렸다. 타라는 앞으로 일어날 일에 대해 아무 생각이 없었다.

"타라, 넌 상황을 제대로 이해하지 못하고 있어. '노'라고 말하는 거야 쉽지. 네가 '노'라고 해도 네 고모는 단념하지 않을 거야. 아무 개는 오무아의 경제에 필요한 사람이고, 아무개는 오무아의 안전에 필요한 사람이고, 아무개는 오무아의 미래를 위해 대단히 중요한 인물이라고 강조하면서 집요하게 너를 설득할 테니까."

타라는 칼이 방금 한 말을 곰곰이 생각하다가 물었다.

"칼, 나보다 아더월드를 훨씬 많이 아니까 묻겠는데 너라면 어떻게 하겠어?"

칼은 머뭇거렸다. 이유는 모르겠는데 진실을 말하기가 약간 망설여졌다. 여기서는 더 이상 진실 주문이 작동하지 않지만 지금까지 친구들에게는 대체로 정직했는데……. 그래서 칼은 대답했다.

"나라면? 로빈을 여제 부군으로 삼지. 정직하고, 너에게 충성하고, 또 너를 미친 듯이 사랑하니까. 차우프* 처럼 어설픈 데가 있어서 실수를 좀 했지만."

타라는 빙긋이 미소 지었다. 황궁의 동물원에도 차우프가 있었다. 공격적인 포식동물이 우글거리는 행성에서 어설프기 짝이 없는 동물이 어떻게 살아남는지 정말 놀라웠다.

"그래, 맞아. 차우프와 비슷하다고 말할 수도 있겠다. 그런데 림보에서 있었던 일은 너무 불쾌해서 떠올리기도 싫어."

칼은 잿빛 눈으로 쳐다봤다. 타라는 칼을 알게 된 뒤로 유머 감각이나 영리함 때문에 깊은 인상을 받은 건 여러 번이지만 아름다움에 마음이 끌리기는 처음이었다. 이따금 얼마나 짓궂은 장난을 치는 아이인지를 잊게 할 정도로 칼은 천사의 얼굴을 하고 있었다.

"하지만 그 사건은 엘프의 천성 때문에 일어난 거야." 칼이 잿빛 눈으로 타라의 쪽빛 눈을 뚫어져라 쳐다보면서 차분하게 말했다. "타라, 인간은 누구나 속을 수 있어. 나도 속아 넘어갈 때가 있어. 로빈은 여성 악마가 한밤중에 찾아와 아무 말도 하지 않고 옷을 벗더니 침대에 들어왔다고 했어. 인간은 감정의 동물이지 돌로 만든 조각상이 아냐. 눈앞에서 아주 섹시한 사람이 반쯤 벌거벗고 욕구를 자극하는데 그걸 어떻게 뿌리칠 수 있겠어? 그런 상황에서 이성적으로 행동할 수 있는 사람은 아마 거의 없을 거야!"

타라는 얼굴이 화끈거리는 느낌이 들었다. 이런 관점에서 생각해 본 적이 없었는데. 로빈을 이렇게 변호하다니, 칼의 우정은 정말 대단했다.

"그 때문만은 아냐." 타라는 솔직하게 말했다. "여성 악마와의 일뿐만 아니라 유혹 주문 때문에 나를 거부했던 것, 유머 감각이 없는 것도…… 다 마음에 안 들어. 너무 잘생겨서 눈만 마주쳐도 어지러웠는데 이젠 아냐."

칼은 한숨을 내쉬었다.

"우리가 갑자기 성장해서 그래." 칼은 자신의 몸을 가리켰다. "내 키 좀 봐. 검은 여왕 때문에 갑자기 10센티미터나 커버렸어. 예전처럼 아무 데나 잠입하는 건 이제 꿈도 못 꾸게 생겼다니까!"

타라는 웃음을 터뜨리면서 긴장감이 사라지는 걸 느꼈다.

"칼, 검은 여왕은 너의 발육과 별로 상관없어. 사춘기에는 몇 달 사이에 육체적, 정신적으로 갑자기 성장하잖아. 네가 키가 큰 건 그 경우라고 생각해."

"그래서 이렇게 다리가 아픈가? 아주 기분이 나쁘단 말이야." 칼이
툴툴거렸다.

그때 모우르무르가 운전하는 삼륜차가 돌아왔다. 타라와 칼은 삼
륜차에 올라탔다가 이내 후회했다. 시제품이라서 끔찍하게 덜컹거
리는 데다 삐걱거리고(모우르무르는 톱니바퀴 장치에 고운 모래가
들어갔기 때문이라고 설명했다) 바퀴가 몽땅 빠져서 뒤집힐 것만 같
았다.

게다가 앞뒤로 심하게 흔들리는 바람에 속이 울렁거렸다. 모우르
무르만 시간을 버는 방법을 생각해낸 것이 흐뭇한 듯 딴청을 부리며
휘파람을 불고 있었다.

멀리서 무언가의 윤곽이 차츰 드러나기 시작했다. 타라가 얼굴에
흘러내리는 머리카락을 쓸어 넘기자 체인지라인이 바람에 머리가 흩
날리지 않게 재빨리 새틴 헤어밴드를 씌워주었다. 하얀 원피스에 쇠
사슬 갑옷 셔츠, 모래가 들어가지 못하게 긴 부츠, 게다가 트임이 있
는 원피스를 입고 앉아 있어서 허벅지가 드러나기 때문일까, 타라 자
신은 모르지만 아주 섹시한 모습이었다.

덜컹거리는 삼륜차 때문에 칼은 툴툴거리는 반면에 타라는 웃음을
터뜨렸다. 속도를 즐기는 타라의 활력 넘치는 모습을 보면서 칼은 정
말 매력적이라고 생각했다.

칼은 침을 삼켰다. 갑자기 뭔가를 암시하는 듯한 친구들의 곁눈질
이 떠올랐다. 그토록 영악한 칼이 멋지게 걸려든 것이었다.

칼은 사랑에 빠져 있었다. 타라 덩컨을 사랑하다니!

시선을 느꼈는지 타라가 활짝 웃어 보이자 칼은 혼란스러웠다.

"저기 좀 봐!" 타라가 외쳤다. "신전보다 훨씬 높은 게 있어!"

데미데루스 시대에는 마법을 사용하지 않고서는 아주 높은 건물을 짓는 것이 불가능했다. 신전은 절대로 아닐 테고, 그렇다면 눈앞에 보이는 저건…… 지평선을 가르는 검은 수직선 같은데, 뭐지?

모우르무르는 뭔지 알려주지 않고 타라와 칼이 놀라게 잠자코 내버려두었다.

좀 더 가까워졌을 때 마침내 사막이 흔들릴 정도로 포효하는 것의 정체를 볼 수 있었다.

소용돌이, 아니 더 구체적으로 말하면 거대한 소용돌이 물기둥이었다. 물기둥을 에워싸는 방벽은 엄청나게 강력한 것이 분명했다.

모우르무르가 급브레이크를 밟으면서 삼륜차는 물기둥 앞에서 멈췄다.

"말도 안 돼!" 새파랗게 질린 데미데루스가 말했다. "물이 초원을 침범하지 못하게 암벽을 세워놨는데 없어졌어. 마지스터가 없앤 것이 틀림없다!"

"처음 신전에 왔을 때도 암벽 같은 건 없었는데요." 타라가 말했다. "하지만 여기처럼 물속에 통로가 나 있었어요."

"마지스터는 생각보다 훨씬 강한 인간이구나. 최고 마구스 여러 명의 마법을 사용해도 오랫동안 대양을 통째로 잡아둘 수는 없는데……. 필시 며칠은 계속 이러고 있었을 텐데."

데미데루스는 아연실색한 얼굴이었다. 인간을 잡아먹는 악마들을 무찔렀던 가장 강력한 최고 마구스 데미데루스까지 겁을 먹다니! 타라는 목이 메는 것 같았다.

"티그족은 블랙 매직의 소용돌이라고 했는데 마법이 아닌 것 같아요."

데미데루스가 가까이 다가섰지만 거품을 일으키는 물기둥을 선뜻 만져보지 않았다. 이따금 기괴한 것이 순식간에 통과했다. 물기둥 안에 냉기와 엄청난 압력을 견딜 수 있는 무슨 장치가 있는 걸까?

"트란스미투스를 사용하는 게 어떨까요?" 칼이 제안했다. "물기둥의 안과 밖의 거리가 몇 미터밖에 안 되는 것 같은데요."

"방해하는 주문이 걸려 있지 않을까요?" 파브리스가 물었다.

"그래, 맞아." 데미데루스가 대답했다. "모래사막에서는 비행할 수 없어. 트란스미투스를 사용할 수는 있는데 힘을 소모하기에는 거리가 너무 짧을 거야……. 물론 그마저도 희망 사항이지만."

매직갱은 일제히 얼굴을 찌푸렸다. 아주 위험한 마법 작전을 앞두고 '희망 사항'이라고 말하는 건 정말 마음에 들지 않는데.

데미데루스는 물기둥을 응시하면서 고개를 끄덕였다.

"하지만 물기둥을 통과할 수 있을지 모르겠다. 쉽지 않겠어. 나무 토막이 있으면 좀 주겠니?"

칼이 마법복 주머니에서 굵은 막대기 하나를 꺼냈다. 데미데루스는 막대기를 휘두르면서 한 발짝 앞으로 나서서 물기둥 속에 넣었다.

두 가지 일이 동시에 일어났다.

막대기가 박살 났다.

데미데루스가 비명을 질렀고, 한 손으로 피투성이가 된 팔을 잡은 채 쓰러졌다. 모두 뛰어갔다. 나무 파편이 손바닥에 박혔고, 손가락 관절 여러 개를 잃은 상태였다. 붉은 살을 뚫고 나온 하얀 뼛조각이 보였다. 피가 콸콸 쏟아지고 있었다.

"*레파루스의 이름으로* 부상당한 마법사의 상처는 당장 아물지어다!" 칼이 주문을 읊었다.

데미데루스는 참을 수 없는 통증과 싸우면서 휘파람을 불고 있었다.

하지만 주문이 너무 늦었는지 데미데루스는 의식을 잃었다. 파브리스의 피 냄새를 맡고 반쯤 잠에서 깬 트실들이 데미데루스의 피 냄새를 맡고 완전히 깨어난 걸까.

모래사막이 움직이고 있었다.

칼

육식 벌레가 싫으면 자극하지 말아야 하는데

*

　타라는 본능적으로 행동했다. 친구들보다 훨씬 빨리 마법을 작동한 타라의 쪽빛 방패가 발밑을 포함하여 사방에서 일행을 에워쌌다. 수천 마리의 트실이 달려드는 순간이었으니 절묘한 타이밍이었다. 불꽃이 탁탁 튀는 방패를 만든 것은 경험상 사막에서는 끔찍한 벌레들의 공격을 피할 수 없다는 걸 알고 있었기 때문이다. 그래야 마법의 불에 수백 마리씩 한꺼번에 죽을 테니까.

　잠시 침묵이 흘렀다. 격렬한 공격에 모두 정신이 나갔고 어쩔 줄 몰랐다. 벌레들이 조용히 죽지 않을 것이기 때문이었다. 휘파람 같은 이상한 소리가 방패를 뚫고 전해지는데 정말 섬뜩했다.

　잔뜩 긴장한 파브리스는 침을 꼴딱 삼켰다.

　"고마워, 타라!" 파브리스가 외쳤다. "이제 어떡하지? 데미데루스의 말씀을 제대로 이해한 거라면 이곳에 걸린 주문 때문에 마법이 약해질 텐데?"

"내 주문 때문에 트실들은 들어올 수 없고 우리는 빠져나갈 수 있어."

타라는 방패가 손상되지 않도록 유지하면서 외쳤다.

트실이 한 마리라도 뚫고 들어왔다가는 누군가 희생되는 것이었다.

"다시 말해서 한쪽은 침투하지 못하게 막아놓고 다른 쪽으로 빠져나갈 수 있는 주문을 걸어놨어. 그러니까 우리는 트란스미투스를 사용하여 통과할 수 있어."

"브라보, 타라!" 스트레스 때문에 야수로 변한 무아노가 외쳤다. "이런 급박한 상황에 그런 생각을 하다니! 황제 밑에서 훈련을 잘 받았네!"

"그게…… 실은 마지스터의 수법이야. 우리를 억류했을 때 마지스터가 써먹은 건데 기억 안 나?"

"아, 그랬던가?"

"응, 남자들!"

"응?"

"내가 오래 버티지 못할 거야……. 삼촌할아버지?"

"소용돌이 물기둥을 자세히 살펴볼 수 있게 몇 걸음 가까이 가면 좋겠는데……."

"세 걸음 이동할게요. 하나, 둘, 셋!"

그들은 방패를 따라 움직였다. 의식을 잃은 데미데루스는 야수가 둘러메고 있었다. 초원에 걸어놓은 주문의 영향을 받지 않아 타라가 더 이상 토하지 않아도 되어서 그나마 다행이었다. 아니면 떼거리로 몰려와서 끊임없이 공격하는 트실을 막기 위해 마법의 에너지가 소모되는 방패를 오랫동안 유지하지 못했을 텐데.

칼은 새파랗게 질려 있었다. 그들 중에서 몸속에 트실의 알들을 지니고 있다는 게 어떤 건지 유일하게 경험한 칼은 데미데루스에게 레파루스 주문을 날렸던 걸 감안하더라도 속이 완전히 뒤집힌 얼굴이었다.

"데미데루스를 깨워야 해." 칼이 외쳤다. "벌레들을 잠들게 하려면!"

"뼈가 골절되는 중상이라서 회복되려면 시간이 필요해." 무아노가 말했다. "지금 깨우면 통증이 심해서 다시 기절할 거야."

"슬루르크!"

"다른 방법이 있을 거다." 모우르무르가 측정기를 흔드는데 보랏빛이 번쩍거렸다. "지금은 눈앞에 보이는 이것부터 연구해야 되니까 좀 기다려봐."

소용돌이 물기둥 부근의 모래땅은 몹시 심하게 흔들렸다. 그래서인지 벌레들의 공격이 약간 주춤해지는 것 같았다. 마음이 조금 놓인 타라는 모우르무르가 하는 말에 정신을 집중했다.

"흠, 흠." 발명가는 측정기를 살피면서 말했다. "이 소용돌이 물기둥은 악마의 마법과 아주 기발한 힘의 장막으로 이루어져 있어. 그래서 말인데 마지스터와 내통하는 과학자들이 있는 것이 틀림없다. 몇 달 전 랑코비트 마법 연구 대학에서 개발한 힘의 장막인데…… 테스트해달라고 도표를 보내왔기 때문에 내가 잘 알고 있거든."

"그래요?" 칼이 눈을 반짝이면서 물었다. "그럼 빠져나갈 방법도 아세요?"

"데미데루스께서 깨어나지 않으면 물기둥 안으로 이동하는 것이 유일한 방법이지. 도표에 따르면 악마의 마법과 힘의 장막은 물질적인 것을 통과시키지 않지만 트란트미투스는 저지되지 않을 거야. 타라가 작동할 경우에는."

"왜 타라예요?"

"왜 나예요?"

무아노와 타라가 동시에 물었다.

"타라는 악마의 마법에 감염되어 있으니까. 그리고 내 생각에는 검은 여왕이 타라가 죽게 내버려두지 않을 것 같구나. 우리가 물기둥을 통과하게 검은 여왕이 도와줄 거다."

그들은 모우르무르를 쳐다봤다.

"잘못 생각하신 거면?" 칼이 물었다.

발명가는 빙긋이 웃었다.

"우리는 고통을 느낄 겨를도 없을 테니까 안심해."

"그 말로는 안심이 안 돼요." 파브리스가 한숨을 내쉬었다.

"타라? 우리 모두를 동시에 이동시킬 수 있겠어?" 로빈이 걱정스러운 얼굴로 물었다.

"힘의 문제라면 할 수 있지. 지금은 마법의 에너지가 충분하니까. 하지만 효력의 문제라면 모르겠어. 물과 악마의 마법으로 이뤄진 소용돌이 물기둥과 싸워본 적이 없으니까. 그런데 선택의 문제가 아냐. 마지스터가 악마의 사물들을 손에 넣으면 우리 모두 죽는 거니까. 이 초원을 포함해서. 나는 이 세상을 사랑해. 자, 해보자."

공포에 사로잡힌 친구들이 반박하기 전에 타라는 마법을 작동하면서 일행을 결합시켰다. 모두 통과하거나 아무도 통과하지 못하거나 둘 중 하나였다. 눈 깜짝할 사이에 방패가 흔들렸다. 칼이 소스라치게 놀라면서 비명을 질렀지만 이미 너무 늦었다.

그들은 사라졌다.

검은 여왕은 본의 아니게 한 몸을 쓰는 육신의 동반자가 하는 행동이 별로 마음에 들지 않았다. 타라의 생각과는 달리 검은 여왕은 내면의 어두운 부분이 아니었다. 타라는 유머와 용기, 살아가는 기쁨으로 충만한 아주 밝은 성격이라서 어두운 부분이 없었다. 악마의 마법에 감염되지 않았다면 순수한 영혼에 검은 여왕이 들어갈 자리는 없었을 것이다.

타라에게 고집스럽고 거만한 면은 있지만 권력에 대한 욕심이 전혀 없다는 것도 아쉬운 점이었다. 남동생 자르보다도 욕심이 없었다. 하지만 타라의 몸을 점령한 악마의 영혼들과 타협해서 어둡고 부패한 면이 생긴다면 검은 여왕의 힘에 넘어갔을 텐데. 그랬다면 타라를 이길 수 있는 것은 아무도 없을 텐데. 타라의 마법에 악마의 마법까지 더해지면 그 힘을 누가 당해낼 수 있겠는가. 하지만 멍청한 칼이 검은 여왕과 타라의 결합을 깨뜨리는 바람에(그에 대한 앙갚음으로 검은 여왕은 칼이 타라의 뒤통수를 치게 꼼수를 부리고 있다. 칼은 모르고 있지만) 검은 여왕은 타라의 영혼 속 한쪽 구석에 쭈그리고 있는 신세였다. 검은 여왕은 정말 마음에 안 들었다.

그렇지만 검은 여왕은 선택의 여지가 없었다. 모두 통과시키거나,

아니면 모조리 죽게 내버려두거나…….

모우르무르나 타라, 마지스터가 생각도 못하고 있는 것이 있었다. 악마의 마법이 소용돌이 물기둥을 에워싸고 있다는 것. 검은 여왕은 그들을 통과시키면서 악마의 에너지를 축적했다. 나중에 꼭 필요한 에너지였다. 검은 여왕은 나름대로 계획을 세우고 있었다. 아무도 예상하지 못하는 순간에, 대응할 수 없는 순간에 후려치는 거야. 한밤중에 냉혹한 킬러가 돼야지. 이제 머지않아 전 세계가 나에게 굴복할 거야.

좋아!

검은 여왕은 타라에게 맡기고 더는 나서지 않았다.

타라가 눈을 떴다. 아틀란티스 신전 앞의 젖은 바닥에 누워 있었다. 맨 처음 왔을 때처럼 소용돌이 물기둥이 넘을 수 없는 장벽으로 그들을 에워싸고 있었다. 타라는 미소를 지었다. 그들은 통과해서 거의 들어와…….

타라가 생각에 잠겨 있을 때 칼이 고래고래 소리를 질러댔다. 깜짝 놀라서 천천히 일어나는 친구들의 시선을 받으면서 칼이 옷을 벗어 젖히고 있었다.

"트루크켈리, 트루크켈리, 트루크켈리!**30**" 칼이 벗은 옷을 바닥에 패대기치면서 외쳤다.

꿈틀거리는 초록 벌레를 쥐고 일어난 칼이 손가락으로 으스러뜨렸다. 상황을 알아차린 타라는 창백한 얼굴로 뛰어가다 젖은 돌에 미끄

• • • • • • • • • • • • • •

30. '빌어먹을, 빌어먹을, 빌어먹을'과 비슷한 욕설이지만, 비열하고, 야비하고, 역겹고, 형편없는 사람을 가리키는 훨씬 격한 표현이다.

러졌다.

"칼! 물렸구나!"

칼이 타라를 향해 얼굴을 들었는데 잿빛 눈이 공포에 질려 있었다.

"이해할 수가 없어! 금빛 트실에게 물린 자국이 있어서 절대로 나를 물지 않을 텐데 정말 이상한 일이야! 타라, 나는 죽나 봐."

"아니, 그 전에 내가 죽여줄게!"

깜짝 놀란 모우르무르는 눈살을 치켜떴다.

"타라, 친구를 죽이겠다고? 트실이 그 정도로 위험해? 전염될까 봐 그래?"

"그게 아니라 죽이는 것이 칼을 살리는 유일한 방법이라 그래요. 혈액순환이 멈춰야 트실의 알들이 죽거든요. 예전에 물렸을 때도 그렇게 해서 칼의 목숨을 구했어요. 우리가 쓰러지면서 몇 분 동안 심장이 멈췄고, 그 덕분에 알들에서 벗어날 수 있었어요. 그때처럼 해야 돼요."

그들은 팬티만 달랑 입은 칼을 에워쌌다. 벌거벗은 상체를 처음 보는 것이 아니지만 키가 작았기 때문에 타라는 칼의 몸에 별로 관심이 없었다. 그런데 지금은…… 물론 아르칸즈만큼 잘생긴 것도 아니고, 로빈만큼 우아한 것도 아니지만 칼은 근육질의 늘씬한 체격에 떡 벌어진 어깨, 도둑이라는 직업에는 불리한 신체 조건이지만 멋진 몸으로 변화되어 있었다.

"오케이, 타라." 칼이 말했다. "나를 죽였다가 부활시켜."

이제는 타라를 예수 그리스도나 지구의 뱀파이어로 여기는 건가?

예민해진 타라가 주위를 살폈다. 다행히 그들 외에는 아무도 없었다. 바닥은 부서진 돌과 이렇게 깊은 곳에서 유일하게 살아남을 수 있는 거무스름한 지의류 식물로 덮여 있었다. 그들은 아직 신전에서 멀리 떨어져 있고, 소용돌이 물기둥은 지름이 최소 수 킬로미터에 이르렀다.

타라는 침을 삼켰다.

"내가 제안했지만 그리 좋은 생각이 아닐 수도 있어." 타라는 자신 없는 목소리로 말했다. "나보다는 무아노에게 맡기는 게 나을 거야. 마법도 안정적이고, 치료도 나보다는 숙련되어 있으니까."

"하지만 여기서 마법을 사용하면 다 토해야 되잖아." 야수 모습의 무아노가 지적했다.

"여기? 아닐 거야." 파브리스가 허공을 바라보면서 말했다. "그 주문이 미치는 영향권을 벗어난 것 같아. 저 위를 봐!"

그들은 고개를 쳐들었다. 아주, 아주 높이 파란 하늘이 보였다.

무아노는 본래의 모습으로 변신하고 이상한 시선으로 파브리스를 쳐다봤다.

"네 말이 맞아. 이제는 동굴 속이 아냐. *레파루스의 이름으로!*"

무아노의 마법이 데미데루스의 몸을 후려치면서 치료 속도를 높였다. 최고 마구스가 쪽빛 눈을 떴는데 통증 때문에 아직은 흐리멍덩했다.

"무…… 무슨 일이지?" 데미데루스가 힘없는 목소리로 물었다.

"팔이 찢기고 탈구되셨습니다." 무아노가 대답했다. "그리고 우리는 소용돌이 물기둥을 통과했습니다. 하지만 칼이 트실에 물려서 감염되었기 때문에 타라가 알들을 죽이기 위해 칼을 죽이겠다고 했습니다.”

데미데루스가 일어나 앉으려고 하자 파브리스가 도와주었다.

“아이고, 아직도 머리가 핑핑 도는구나. 그런데 뭐…… 이 아이를 죽이겠다고?”

“네, 그 방법밖에 없어요.”

“아니 그럴 필요 없다. 이런 일이 생길까 봐 내가 해독제를 갖고 왔거든.”

데미데루스는 호주머니에서 힘겹게 작은 병 하나를 꺼냈는데 금빛 액체가 들어 있었다.

칼의 얼굴이 환해졌다.

“오, 젤리소르의 충치여! 해독제가 있군요!”

병을 받으려고 손을 내밀던 칼이 갑자기 허리를 구부렸다. 그러더니 속이 울렁거린다는 말을 할 겨를도 없이 검은 초록빛 액체를 토하기 시작했다. 순식간에 눈, 귀, 코…… 구멍이란 구멍에서는 검은 초록빛 액체가 흘러나왔다.

모두 질겁해서 뒷걸음쳤지만, 타라만 용감하게 다가가서 칼을 부축해주었다.

차츰 경련이 뜸해졌다. 검은 초록빛 액체는 더 이상 나오지 않았다. 타라는 걱정이 가득한 얼굴로 칼을 다른 데로 옮겨주었다.

“오, 데미데루스여! 대체 이게 무슨 일이지?” 모우르무르가 말했다.

데미데루스는 재미있다는 눈길로 힐끔 쳐다봤고, 모우르무르는 한숨을 내쉬었다. 아더월드에서 영광스러운 조상의 이름을 걸고 맹세하는 것은 습관이었다. 그런데 그 문제의 조상이 5000년이 지난 뒤에 죽은 자들 속에서 돌아와 들으니 이상할 수밖에…….

"트실의 알인 것 같아요." 칼이 토해낸 액체를 살피던 무아노가 말했다(어느새 마스크를 쓰고 있었다) "칼을 무는 즉시 트실의 알들이 혈관을 타고 들어가 번식한 거예요. 하지만 금빛 트실의 항체 때문에 알들이 죽자 칼의 몸이 밀어낸 것 같아요."

무아노는 물러서서 마스크를 벗은 다음 온몸을 부들부들 떠는 칼을 안심시켰다.

"이제는 위험하지 않아. 넌 죽지 않아."

하지만 칼의 얼굴을 봐서는 그렇지 않았다. 초록 모래 못지않게 시퍼런데…….

칼을 유심히 살펴보던 데미데루스가 갑자기 알아차린 듯 말했다.

"너는 정말 운이 좋구나. 알들이 활동하지 않을 때 해독제를 먹었다면 너까지 죽었을 텐데."

칼은 힘없이 손을 흔들었다. 죽을 뻔했다는 걸 깨닫기에는 아직은 너무 아팠다.

타라는 바닷물을 가둬둔 일종의 수영장까지 칼을 부축했다. 물이 너무 차가워서 타라는 염분을 제거하고 데우는 주문을 읊었다. 잠시 후, 칼은 따뜻한 물속으로 들어갔고 행복한 신음소리를 냈다. 아더월드 사람들은 부끄러움이라는 것이 없기 때문에 칼이 아무렇지도 않게 팬티를 벗을 때 타라는 얼른 돌아섰다.

타라가 체인지라인이 제공해준 비누를 건네주자 칼은 이 기회에 팬티를 빨았다. 그러고는 잠시 후 비틀거리면서 나왔다. 타라도 염분을 뺀 따뜻한 물속에 몸을 담갔다.

칼이 타라를 흘겨보면서 강조했다.

"이번 모험에서는 진짜 많이 토했어. 세상을 구하려면 배 속에 있는 걸 다 토해내야 하다니, 이건 정말 아니다. 휴, 다시는……."

타라는 미소를 지어 보였다.

"레파루스로 치료해줄 생각인데 견딜 수 있겠어?"

"해, 반대하지 않아. 아직 온몸이 아파 죽을 지경인데. 특히 위가 너무 아파!"

타라가 레파루스 주문을 읊자 강력한 마법이 칼을 후려쳤다. 칼은 즉시 좋아지는 느낌이 들었다. 이상한 눈길로 타라를 쳐다볼 정도로 좋았다.

"네 마법은 확실히 다르다." 칼이 기지개를 켜면서 말했다. "너한테 치료받는 것이 이렇게 좋은 느낌인지 미처 몰랐네."

무아노가 고개를 갸웃하면서 눈살을 치켜떴다.

"아, 그래? 그 말은 우리가 하는 레파루스에 비해 느낌이 아주 다르다는 뜻이야?"

칼은 불안정한 상태인 것 같았다.

"응. 레파루스로 치료를 받을 때 일단 통증이 사라지니까 마음이 놓이잖아. 그런데 그 정도가 아냐…… 정말 믿을 수가 없는데 뭐랄까, 아무튼 아주 좋은 느낌이야."

칼이 엷은 미소를 지었다. 로빈이 못마땅한 얼굴로 말했다.

"뱅뱅31에 중독된 증상 같은데……. 너는 좋은 느낌이 아니라 황홀

---

31. 트롤들은 뱅뱅나무의 꽃을 가루로 만들어서 진통제로 사용한다. 하지만 다른 종족들은 뱅뱅 가루를 먹으면 황홀경에 빠져든다.

경에 빠져든 거야!"

타라는 빙긋이 웃었다.

"마법을 사용할 때마다 너무 강력해서 뭐가 망가졌다느니, 어쩌느니 하는 소리는 들었어도 느낌이 좋다는 말은 처음 들어본다!"

칼이 눈꺼풀을 파르르 떨면서 자리에 앉더니 발가락들을 움직여보면서 장난치기 시작했다.

"와, 이것 좀 봐. 얘도 움직이고, 얘도 움직인다. 한꺼번에 다 움직이게 할 수 있네."

무아노가 그 앞에 쭈그리고 앉아서 칼의 눈에 랜턴을 비추다가 고개를 흔들면서 일어났다.

"동공이 완전히 풀렸어. 타라, 네가 무슨 짓을 한 건지 모르겠지만 로빈의 말이 맞아. 칼은 마치 마약 환자처럼 황홀경에 빠져 있어."

타라는 한숨을 쉬면서 손을 쳐다봤다.

"빌어먹을 마법! 우리의 가장 뛰어난 핵심 브레인을 네 살배기 꼬마로 만들어놓다니! 이제 어떡하지?"

"어허!" 모우르무르는 그냥 넘어가지 않았다. "가장 뛰어난 브레인이라는 말을 할 때는 조심해야지. 반증되기 전까지 가장 뛰어난 브레인은 나니까. 자, 어린 도둑, 움직이지 말고 가만히 있어."

모우르무르는 기습적으로, 깔깔대고 웃으면서 두 손을 흔들어대는 칼의 팔을 움켜잡은 다음 그 위에 빨간빛과 금빛의 곤충 한 마리를 올려놨다. 곤충은 잠자리 날개를 파닥이다가 칼의 구릿빛 피부에 침을 쏘았다. 하지만 칼은 끄떡도 하지 않았다.

"뭐 하는 거예요?" 타라가 물었다.

"비즈즈즈를 모델로 내가 개량한 에프즈즈즈라는 곤충이야. 술에 취해서 땅과 벽을 구분하지 못할 때 사용하지. 시간당 열 번은 독침을 쏠 수 있어."

계속 종알거리던 칼이 갑자기 타라를 향해 눈을 반짝이더니 어리광을 부렸다.

"와우, 예쁘당, 예쁘당."

타라의 눈이 동그래졌다.

"설마 내가 귀여워해주길 바라는 건 아니겠지? 이걸 어떡하면 좋아!"

"미치겠네!" 얼마 전부터 크리스틸 볼을 꺼내 들고 촬영하고 있던 파프니르가 말했다. "이렇게 비싼 대가를 치르고 있으니 내 복수는 참아야겠네. 털 뽑힌 닭으로 만들어줄 생각이었는데!"

웃을 상황이 아니지만 파브리스와 로빈은 웃음을 터뜨렸다. 둘은 스트레스를 풀고 싶지만 다른 방법이 없었다. 너무 아파하는 칼을 보면서 정말 겁이 많이 났다.

몸을 숙이고 칼을 끌어안으면서 일으켜주는 타라를 보면서 로빈은 거북함을 느꼈다. 갑자기 칼이 뻣뻣해졌는데 정신이 번쩍 든 모양이었다.

"이게…… 어떻게 된 거냐? 느낌이 굉장히 좋더니 갑자기 내가 타라의 품에 안겨서 뽀뽀를 하다니!"

타라가 칼을 일으켜줄 때 몸에 가려서 보이지 않았기 때문에 로빈이 외쳤다.

"뭐? 네가 뭘 했다고?"

166

"칼은 자기가 뭘 하는지도 모르고 그런 거야. 내가 엄마로 보인 거니까."타라는 칼이 안정이 되자 딱 잘라 말했다.

그 말에 안심이 된 로빈은 안도의 미소를 지었다.

타라의 말이 거짓이었다는 걸 알아차렸다면 로빈은 많이 불안했을 텐데. 그리고 칼은 모르고 한 짓이 아니었다. 칼은 분명히 타라의 입술에 자신의 입술을 포개었다는 걸 알고 있었다. 칼은 처음으로 입을 꾹 다물고 대꾸하지 않았다.

하지만 타라와 주고받는 칼의 눈빛에는 무언의 의문이 가득했다.

모우르무르는 에프즈즈즈를 잡아서 호주머니에 넣었다.

데미데루스는 소용돌이 물기둥을 쳐다보면서 눈살을 찌푸리고 있었다.

"이상해. 좀 전보다는 회전 속도가 느린 것 같은데."

"다시는 시험해보지 않는 게 좋겠습니다."모우르무르가 말했다. "팔 하나를 잃을 뻔한 것으로 됐습니다. 마지스터가 일을 저지르기 전에 신전으로 들어가야 하는데…… 꾸물거릴 시간이 없습니다."

데미데루스가 차가운 시선으로 발명가를 노려봤지만, 모우르무르는 피하지 않고 빤히 쳐다봤다. 데미데루스는 어깨를 으쓱했다.

"좋다. 이제 칼이 나아졌으니 가자. 나를 따르거라."

그들은 데미데루스의 뒤에 섰고, 신중한 로빈은 타라 옆에 붙어 있기로 했다. 파프니르는 신전으로 들어간다는 소리를 듣기가 무섭게 미소를 머금은 채 도끼를 뽑아 들었다.

한참을 걷다가 갑자기 모두 걸음을 멈췄다. 이상하게도 잊혀진 신 에테벨리에르의 조각상과, 악마의 사물들을 지키는 심판관들이 있는

웅장한 신전 주위에는 아무도 없었다.

맙소사, 오히려 트리톤들이 쓰러져 있다니. 수십 구의 트리톤 시체들. 아연실색한 데미데루스는 마법복 자락을 거머쥐고서 걸음을 재촉했다. 그러다 수천 년 동안 사물들을 지켜온 한 트리톤의 머리를 들어서 유심히 살폈다.

"오, 내 조상들이시여!" 데미데루스가 중얼거렸다. "모두 당하다니!"

죽은 트리톤들이 여기저기 나뒹구는 처참한 광경에 파브리스는 파랗게 질렸다.

"지구의 무기나 아더월드의 박살기에 당했어요. 마법이 아니라 총을 맞고 죽은 거예요." 파브리스가 트리톤의 근육질 가슴에 뚫린 구멍을 가리키면서 말했다.

데미데루스가 허리를 세웠는데 마법복에 트리톤의 파란 피가 얼룩져 있었다. 데미데루스의 눈빛이 분노로 이글거렸다.

"비겁한 자들의 무기로다!" 데미데루스가 내뱉었다. "멀리서 금속 총알을 쏘아댈 수 있는 무기를 상대로 갈퀴발톱이나 창이 뭘 할 수 있겠어?"

"지킴이들은 용감하게 싸웠어요." 다른 시체를 살피면서 로빈이 말했다. "저기 보세요!"

미군 병사가 쓰러져 있었다. 눈을 감은 젊은이는 목이 창에 찔려서 즉사한 것이 틀림없었다. 맙소사! 한 사람만 죽은 게 아니었다.

타라는 죽음의 냄새를 맡는 것만으로도 이렇게 속이 메스꺼운데! 마지스터는 어떻게 생겨먹었기에 자기를 방해하는 존재들을 벌레 죽이듯 쉽게 죽일까……. 타라는 주위를 둘러봤다. 몇 년 동안 징그럽게 싸우고 있는 비뚤어진 남자의 비상식적인 야심 때문에 이렇게 많은 이들이 비싼 대가를 치르다니!

타라의 영혼 속에 있는 검은 여왕이 흥분했다. 오! 계집애가 충격을 받았군. 이 살육 덕분에 엉겁결에 마지스터가 완벽한 동업자가 되다니, 좋았어. 더구나 타라는 칼 때문에 로빈과 친구들에게 거짓말한 것에 죄책감을 느끼고 있었다. 이것도 검은 여왕에게는 호재였다. 검은 여왕은 비웃음을 흘렸다. 이제 멀지 않았어…….

타라는 마법을 작동했다. 타라를 보면서 데미데루스를 포함하여 친구들도 일제히 마법을 작동했다. 모우르무르는 타라의 부탁으로 발명한 기구를 준비했다. 체인지라인은 타라에게 전투 갑옷을 입혀주고, 머리에 사령관의 왕관을 씌워주었다. 파브리스가 제일 먼저 타라의 마법이 평소의 쪽빛이 아니라 거의 검은빛이라는 걸 알아차렸다. 이따금 타라는 정신이 나간 것처럼 멍한 얼굴을 했다. 검은 여왕을 대수롭지 않게 여기는 다른 사람들과는 달리 파브리스는 악마의 마법에 감염된 적이 있기 때문에 타라 안의 존재가 얼마나 위험한지 잘 알고 있었다. 그래서 단도를 준비했다. 검은 여왕이 타라의 정신을 지배할 때는 선택의 여지가 없었다.

절친을 죽이는 수밖에.

타라는 자신만만하게 신전으로 들어갔다. 조심하려고 애쓸 필요가 없었다. 작전이 있었다. 물론 그 작전이 상황에 들어맞을지 당장은 알 수 없지만.

안으로 들어가자 잊혀진 신의 강력한 조각상이 돌의 눈으로 그들을 응시하고 있었다. 지난번에는 마지스터가 조각상을 깨우는 데 성공했지만, 이번에는 신전의 지붕이 닫혀 있어서 달빛이 비쳐 들 수 없었다(달빛이 조각상의 눈을 비추면 잊혀진 신이 깨어나기 때문이다). 지구의 시간으로 한낮이라 천만다행이었다. 타라는 약간 마음이 놓였다. 그리고 그때는 칼이 위기 상황에 기지를 발휘해서 벗어젖힌 마법복으로 조각상의 눈을 가려서 모두의 목숨을 구했었는데…… 타라는 머릿속의 생각을 단호하게 떨쳐냈다. 칼을 생각하고 싶지 않았다. 지금은.

처참했다. 지킴이들에게 갈가리 찢겨서 죽은 미군 병사들의 시체가 말 그대로 바닥을 뒤덮고 있었다. 어두컴컴한 실내에 흐르는 죽음 같은 정적. 그들이 좀 더 전진할 때 갑자기 기둥 뒤에서 병사들이 불쑥 나타났는데 공포에 질린 눈빛으로 무기를 들고 있었다.

희끗희끗한 머리의 남자가 앞으로 나왔다. 미국 대통령을 알아본 타라는 아연실색했다.

게다가 완벽한 오무아 언어로 말할 때 타라는 정말 깜짝 놀랐다.

"타라!" 남자가 말했다. "오, 내 검이여! 여기서 뭐 하는 거야?"

남자가 말을 중단했는데 목소리에 불안이 가득했다.

"파프니르? 내 사랑?"

감히 무기를 겨누고 있는 이들의 머리통을 부숴버릴 준비를 하던 파프니르는 눈썹을 치켜 올렸다.

"우리가 언제 봤다고! 내 사랑이라니! 인간아, 나는 당신의 사랑이 아니다!"

도끼로 위협하거나 말거나 남자는 파프니르 앞으로 와서 무릎을 꿇었다.

"파프니르! 내 영혼의 반쪽, 나를 모르겠어? 나야, 실버!"

어둠 속에서 눈빛이 반짝였다.

타라는 구토증이 올라오려고 할 때 깨달았다. 충격을 받고 마법이 꺼져 있었다. 다른 사람들도 창백해져 있었다. 아직 알아차리지 못한 데미데루스를 제외하고.

"슬루르크!" 칼이 말했다. "실버의 유령이야! 실버가 어쩌다가 미국 대통령의 몸을 장악한 거지?"

이번에는 파프니르의 구릿빛 얼굴이 창백해졌다. 파프니르는 눈앞에 있는 남자의 얼굴을 만졌다. 난쟁이 전사에게 이런 느낌은 난생처음이었다.

"내 사랑, 실버?" 파프니르는 자신 없는 목소리로 말했다. "정말 실버 맞아?"

미국 대통령 모습의 실버가 파프니르를 꼭 끌어안았다.

지구에서 가장 강한 나라의 대통령의 몸을 빌린 실버의 유령과 난쟁이 여전사는 고통의 눈물을 흘렸다.

아틀란티스의 신전

때로는 길들인 것이 세상의 균형을 바꿀 수 있는데

*

등 뒤에서 박수 치는 소리가 났다.

"이게 무슨 멜로드라마야. 나까지 눈물이 찔끔 났잖아."

어둠 속에서 가슴에 핏빛 원이 있는 잿빛 마법복 차림의 마지스터가 불쑥 나타났는데 마스크는 만족스러움을 표시하는 파란색이었다. 그 옆에 마지스터를 호위하는 상그라브들과 마지스터의 무시무시한 사냥꾼 셀렌바가 있었다. 다른 상그라브들과는 달리 마스크를 쓰지 않는 뱀파이어의 냉랭한 얼굴이 송곳니를 드러내며 미소를 흘렸다.

"안녕, 귀염둥이들!"

본능적으로 위기를 느낀 파브리스와 무아노는 변신했다. 이들의 모습에 병사들이 소스라쳤지만 훈련이 잘되어 있어서 명령 없이는 공격하지 않았다. 공격을 받아도 늑대인간은 살 수 있지만, 야수는 날쌔고 사나워도 죽음을 면할 수 없는데 천만다행이었다.

데미데루스가 걸어 나가서 키가 큰 상그라브를 노려봤다.

"한심하고 멍청한 살인자 같으니라고! 이 행성을 위험에 빠뜨리다니!"

마지스터는 들은 척도 하지 않았다.

"용케 여기까지 왔구나, 타라 덩컨. 솔직히 깜짝 놀랐다. 어떻게 곤경에서 벗어났을까?"

타라는 여러 번의 경험으로 적에게 어떤 정보든 함부로 주면 안 된다는 걸 배웠다.

"지킴이들을 다 죽였군요. 심판관들은 어디 있죠?" 타라는 냉랭한 목소리로 물었다.

자신만만해서일까. 마지스터는 거리낌 없이 말해주었다.

"저 위에."

모두가 올려다봤다. 분노로 일그러진 정령들이 반짝거리는 마법의 장막 속에 갇혀 있었다.

"심판관들이 병사들을 물리치는 동안 나는 몇 가지 실험을 할 수 있었다. 그래서 정령들을 옴짝달싹 못하게 하는 주파수를 찾았지. 이제 악마의 사물들은 내 것이니까 너희들은 나의 승리를 목격할 것이다."

마지스터는 타라를 뚫어져라 쳐다봤다.

"그리고 네 어머니의 소생."

마지스터는 말을 중단했다가 마지못해서 덧붙였다.

"내 아들의 소생도."

파프니르가 마지스터를 째려봤다.

"아들을 소생시키기 위해 악마의 사물들이 필요하다고요? 실버가 죽었단 말이에요!"

"그렇지 않다, 한 성깔 하는 파프니르 전사. 죽었지만…… 잠정적인 죽음이니까. 실버의 시신은 셀레나의 시신과 함께 잘 보존되어 있다."

그 순간 상그라브들에게 떠밀린 들것 두 개가 둥둥 떠올라서 타라 일행은 소스라치게 놀랐다.

들것에는 크리스털 의료 기기에 에워싸인 시신 둘이 누워 있었다.

미국 대통령의 몸을 장악한 실버 유령이 크리스털 보호막 안의 꼼짝 않는 시신 옆으로 가서 한숨을 내쉬었다.

"미안해, 파프니르. 아버지에게 복종하지 않으면 나를 완전히 죽여버리는 것으로 네 마음에 깊은 상처를 주겠다고 해서 어쩔 수 없었어. 너는 나한테 너무 소중해서 너를 위해서라면……."

칼이 어이없어하는 얼굴로 당돌하게 말했다.

"와, 진짜 대단한 마지스터야. 사랑하는 여자 살리겠다고 모조리 죽이려고 하다니……."

"악마의 사물들은 어디 있죠?" 타라가 물었다.

"내 뒤에. 파괴할 생각은 하지 마. 타라! 마법을 작동하는 순간 너는 죽어. 네 어머니에 대한 사랑 때문에 너를 죽이고 싶지 않지만, 넌 내 계획을 번번이 좌절시켰다. 이제부터는 가차 없이 죽일 거야. 그러니까 나를 자극하지 마."

타라는 고개를 끄덕였다. 그랬지, 죽기 살기로 싸웠으니까. 타라는 그동안 마지스터를 잘 파악하고 있었다.

타라가 무시하고 그냥 지나쳐가자 너무 어이가 없어서인지 마지스터는 아무런 반응이 없었다. 타라는 방을 가로질러서 악마의 사물 세 개가 있는 곳을 응시했다. 몇 년 전 타라가 파괴한 실루르의 옥좌가 있던 장소였다.

그때는 실루르의 옥좌만 드러나 있고, 다른 것들은 벽감 안에 감춰져 있었기 때문에 보지 못했는데 이번에는 마지스터가 열어놓은 상태였다.

눈앞에서 크라에토비르의 반지 완제품, 드레쿠스의 왕관, 그루이그의 검이 휘황찬란한 빛을 발하고 있었다. 타라가 파괴한 실루르의 옥좌나 브뢱스의 왕홀(일명 저주받은 왕홀)과 마찬가지로 이 사물들의 표면에도 수많은 괴물의 낯짝이 고통과 분노의 괴성을 지르고 있었다. 괴물들에게서 풍기는 악한 기운 때문에 용광로 앞이라도 되는 듯 타라는 흠칫 뒤로 물러서야 했다. 모우르무르가 타라 옆에 서자 따라온 병사들이 총을 겨눴다.

모우르무르는 타라의 귀에 대고 속삭였다.

"준비됐는데 무력화시킬 수 있겠니?"

"네."

타라가 어떤 동작을 취하기 전에 마지스터가 선수를 쳤다.

"스파리담!"

그 즉시 세 개의 벽감에 있는 사물들이 복종하면서 악마의 마법이 마지스터를 향해 몰려갔다. 마지스터의 첫 번째 공격 대상은 타라였다. 시커먼 촉수가 타라를 휘감으면서 꼼짝 못하게 했다.

"안 돼!" 데미테루스가 소리쳤다. "내 후계자가 아닌 자가 악마의 사물을 사용하면 용암이 모든 걸 집어삼킨다! 그게 마지막 함정이라서 이 행성은 당해내지 못하고 폭발한다!"

마지스터는 마법의 물결을 받아들이느라 바빠서 대꾸하지 않았지만 마스크는 하얗게 변해 있었다.

"뭐라는 거야?" 셀렌바가 데미데루스의 목덜미를 움켜잡으면서 으름장을 놓았다. "방금 뭐라고 했나?"

데미데루스는 마법의 광선으로 뱀파이어를 공격했다. 격분한 뱀파이어가 갈퀴손톱과 송곳니를 드러내면서 달려들었다.

타라가 기다리던 교란작전이었다. 데미데루스와 셀렌바가 너무 빠르게 움직이기 때문에 병사들은 아군에게 부상을 입힐까 봐 총을 겨누기 힘들었다. 게다가 매직갱이 개입하지 못하게 계속 총을 겨누고 있어야 했다.

"지금이에요, 빨리!" 타라가 모우르무르에게 외쳤다.

마지스터는 가장 위협적인 타라를 꼼짝 못하게 제압했기 때문에 다른 사람들에게는 주의를 기울이지 않고 있었다. 악마의 마법을 사용하여 비욘드월드와 지구 사이의 문을 여는 데만 정신을 집중했다.

"셀레나 덩컨!" 마지스터가 외쳤다. "돌아와! 셀레나 덩컨! 돌아와! 명령이다! 실버, 돌아와! *레수렉투스의 이름*으로 되살아나라고 명하노라!"

악마의 사물들이 지닌 마법과 결합한 강력한 마법 때문에 신전의 벽이 흔들리고 있었다.

갑자기 미국 대통령이 소리를 질렀는데 실버의 목소리가 섞여 있었다. 악마의 힘에 이끌린 실버의 유령이 몸을 빠져나가자 대통령이 푹 쓰러졌던 것이다. 이어서 실버의 유령은 자신의 육신 옆으로 가서 머뭇거리다가 합체되었다. 기계들이 즉시 작동했고, 실버가 눈을 뜨는 사이에 크리스털 의료 기기들이 떨어져 나갔다. 모우르무르는 재빨리 호주머니에서 꺼낸 기구를 작동했다. 그러고는 마지스터가 반응하기 전에 가장 크고 가장 위험해 보이는 그루이그의 검을 향해 기구를 벌렸다. 찰칵, 하는 소리가 나면서 사물이 기구 속으로 빨려 들어갔다.

이로써 마지스터에게 에너지를 공급하는 악마의 마법 삼분의 일이 사라진 것이다.

마지스터는 격분했다. 하지만 입고 있는 악마의 셔츠, 크라에토비르의 반지, 드레쿠스의 왕관이 남아 있기 때문에 아직은 힘이 충분했다.

"셀레나, 명령이다. 셀레나 덩컨, 복종하라!"

맙소사, 마지스터는 죽음도 이겨낼 수 있다고 확신하는 건가. 또 하나의 유령이 생명을 유지시켜주는 크리스털 보호막 안에 꼼짝 않는 자신의 육신에 다가갔지만 주춤거리다가 하는 수 없이 합체되었다.

모우르무르는 방금 세상에서 가장 위험한 무기 중 하나를 꿀꺽 집어삼킨 놀라운 기구의 방향을 바꿨다. 이번에는 가까이 있는 두 번째 악마의 사물, 크라에토비르의 반지 완제품이 목표였다. 마지스터는 이제 목적을 거의 이뤘기 때문에 대수롭지 않게 여겼고, 셀레나를 향해 뛰어갔다.

죽은 지 얼마 되지 않는 실버는 천천히 일어나고 있지만, 셀레나는 시간이 좀 걸렸다. 마지스터는 생명을 유지시켜주는 의료 기기들에 나타난 표시를 보면서 셀레나가 깨어나리라는 걸 알고 있었다.

꿀걱, 하면서 모우르무르의 기구가 두 번째 악마의 사물을 집어삼
켰다. 셀레나를 안고 있던 마지스터는 모우르무르가 들고 있는 기구
의 정체를 알아차리고 코웃음 쳤다.

쓰레기통. 은빛의 아주 예쁜 쓰레기통이었다.

발명가의 아내를 집어삼켰던 바로 그 소용돌이 쓰레기통을 복제한
것이었다. 타라가 작전을 알리면서 도움을 청했을 때 모우르무르는
새로운 발명으로 위험을 무릅쓰지 말고 성능을 확실히 아는 첫 번째
쓰레기통과 똑같은 걸 만들기로 했다.

그렇게 쓰레기통에 집어넣으면 악마의 사물들을 파괴하지 않고 무
력화시킬 수 있었다. 게다가 악마의 사물들은 쓰레기통에 들어 있는
상태로 우주 공간을 떠돌게 될 테니 아무도 찾지 못할 뿐만 아니라
아르칸즈에게 에너지를 공급하는 일도 없을 것이다.

어머니가 소생하는 걸 보면서 뛸 듯이 기쁘지만 마지막 사물의 마
법에 휘감긴 타라는 격분했다. 드레쿠스의 왕관이 꼼짝 못하게 해 타
라는 마법을 작동하지도 빠져나가지도 못하고 있었다. 병사들이 친
구들에게서 눈길을 떼지 않는 데다 주문을 읊어서 방패를 불러내는
것은 방아쇠를 당기는 것보다 빠르지 않았다.

마지스터와 싸울 방법은 전혀 없지만 악마의 사물 두 개를 무력화
시키는 데는 성공했다.

갑자기 발밑의 바닥이 흔들렸다. 셀렌바가 축 늘어진 데미데루스
를 안고 돌아왔다. 타라의 조상은 중상을 입고 의식을 잃은 상태였
다. 뱀파이어는 입술을 실룩거리면서 데미데루스를 바닥에 내려놨
다. 그렇지만 데미데루스가 그냥 당하기만 한 건 아닌 모양이었다.

뱀파이어가 팔 하나를 쓰지 못하고, 다리를 절룩거리는 걸 보면.

마지스터가 또 비웃음을 흘렸다.

"이 작은 행성은 네가 구해, 타라!" 마지스터가 트란스미투스를 읊으면서 외쳤다. "그리고 죽지는 마. 네 어머니가 나를 원망할 테니까!"

마지스터는 심판관들이 격분해 있는 천장을 올려다봤다.

"저들도 너에게 맡길 테니까 잘 구해주고."

그리고 마지스터는 셀렌바와 상그라브들을 데리고 사라졌다.

바닥에 누운 대통령 옆으로 미군 병사들이 푹푹 쓰러졌다. 그들을 무력화시키던 악마의 마법이 사라진 것이었다.

심판관들은 풀려나기가 무섭게 신성한 신전을 더럽힌 침입자들을 갈가리 찢어발기고 박살 낼 기세로 달려들었다.

갈퀴발톱과 송곳니들이 타라와 친구들의 코앞에 있었다. 타라는 겁이 나지만 우렁찬 목소리로 호통쳤다.

"이제 그만! 나는 데미데루스의 후손이며, 여기 데미데루스께서 의식을 잃고 쓰러져 있다. 나와 내 친구들을 가만히 내버려둬. 아니면 5000년 전에 너희들을 구해주었던 지옥으로 돌려보내겠다. 알았나? 우리는 이러고 있을 시간이 없다!"

아연실색한 심판관들은 침입자들에게 더는 다가갈 수 없었다. 버티고 서서 호통을 치는, 금발의 머리털이 곤두선 날씬한 소녀가 데미데루스의 직계 후손이라는 걸 알아차렸던 것이다.

소녀의 깊숙이 웅크리고 있는 악마의 마법도 느꼈다.

마지스터는 악마의 사물을 손에 넣으려고 데미데루스의 후손인 자르와 마라를 앞세운 적이 있었다. 하지만 아이들은 너무 어렸고, 그

때는 타고난 마법보다 악마의 마법이 더 강했다. 그래서 자르와 마라는 첫 번째 방어선 지킴이(트리톤)들을 통과하지 못했다. 두 번째 방어선 심판관(무형의 정령)들은 말할 것도 없었다.

심판관들은 오늘도 악마의 마법을 느꼈지만, 이 소녀는 악마의 마법을 지배하는 것 같았다. 악마들로부터, 그리고 흑심을 품은 세상 사람들(데미데루스와 같은 핏줄만 빼고)로부터 사물들을 지키는 대가로 신전에서 물고기를 먹으며 살아도 된다는 협정을 맺고 있었다.

이들은 각자 자유의지로 행동하지만 텔레파시 능력이 있어서 의사소통이 가능했다. 심판관들 중 하나가 대표로 나서서 데미데루스의 후손에게 말했다.

타라는 심판관의 한 정령이 정면에 떡 버티고 섰을 때 이맛살을 찌푸렸다.

"우리가 왜 너희들을 모조리 잡아먹지 않고 살려두는지 아는가?"

심판관은 인간이 너무 끔찍한 맛이라서 물고기를 훨씬 좋아한다는 말을 하지 않았다.

마지스터가 악마의 사물을 사용하는 순간 이 행성을 파괴하는 데미데루스의 주문이 이미 작동하기 시작했다는 걸 아는 타라는 재빨리 대답했다. 어조는 단호했다.

"당신들의 임무는 내 조상의 후손이 아닌데도 악마의 사물들을 탐내는 이들로부터 이 사물들을 지키는 것이기 때문이다. 나는 데미데루스의 후손이며, 두 개는 이미 어딘가로 보내버렸으니까 마지막 남은 사물 하나도 감춰야 한다. 아니면, 마지스터가 돌아올 것이다. 이번에는 당신들이 마지스터를 물리치지 못했다. 훨씬 강력해졌기 때문에. 다음번에도 마지스터를 막지 못할 것이다."

심판관의 정령은 타라가 한 말을 깊이 생각하다 마지못해서 인정했다.

"마지막 사물마저 너희에게 넘겨주면 지켜야 하는 것이 아무것도 없는데 우리의 협정은 계속 유효한가?"

"무슨 협정? 빨리 말하라. 시간이 없다!"

정령이 신전에서 살아도 된다는 조건으로 맺은 협정을 설명했다.

"물론 그 협정은 계속 유효하다. 당신들은 여기 머물러도 된다. 하지만 물고기를 제외한 어떤 존재에도 해를 끼치면 안 된다. 알았나?"

"알았다." 정령은 교활한 소녀가 아니라고 생각하면서 대답했다. 신전에서 살게 해주는 조건으로 마법의 힘이나 아티팩트 같은 걸 달라고 하면 협상할 각오가 있었기 때문이다.

그런데 타라가 아무것도 요구하지 않았기 때문에 정령은 충고를 해주려다가 그만두었다.

"그런데 당신들의 도움이 필요하다. 지금 당장." 타라가 말했다.

그럼 그렇지, 공짜가 어디 있겠어……. 정령이 실망한 듯 물었다.

"무엇인가?"

"저 위에 함선들이 있으니까 시신들을 수면 위로 올려 보내기 바란다. 시신을 훼손하지 않고 소용돌이 물기둥을 통과시킬 수 있겠나?"

"할 수 있다." 정령이 대답했다. "이미 죽은 사람들이라서 물기둥은 더 이상 죽일 수 없다. 하지만 왜 죽은 자들을 물고기에게 넘기지 않는가?"

타라는 퉁명스럽게 대답했다.

"장례도 치러주지 않고 물고기 밥이 되게 할 수는 없다. 음모와 배신 때문에 희생된 이들인데! 따라서 가족의 품으로 돌려보내야 한다."

정령들이 시신들을 수거하고 밖으로 나갔다. 트리톤이 죽인 병사들의 시신도 수거하기 위해서였다.

도끼보다는 총알이 빠르고, 정령 역시 빠르다는 걸 알기 때문에 나서지 못하고 기회를 엿보던 파프니르가 실버를 향해 뛰어갔다. 비틀거리던 실버는 난쟁이가 내지르는 고함소리에 귀를 틀어막아야 했다.

그런데 파프니르는 화가 단단히 나 있었다.

"싸우는 건 나중에!" 정령들과 실랑이를 벌이느라 시간을 허비하여 마음이 급해진 타라가 외쳤다. "우리는 행성을 구해야 해! 지금 용암이 모든 걸 집어삼키게 생겼다고!"

맙소사, 맞는 말이었다. 대서양 해저에서 지각변동의 움직임이 이미 시작되고 있었다. 데미데루스의 주문 때문에 지각판이 몇 센티미터 밀려 나간 상태였다.

그리고 용암이 격렬하게 분출했다. 해저의 초원은 공황 상태였다. 아마존 부대와 마찬가지로 반군 부족은 갑작스러운 용암 분출로 인해 부상자가 상당수였다. 용암호는 신전 주위에만 있는 게 아니기 때문이었다. 사막도 천천히 용암으로 뒤덮이기 시작하면서 무수히 많은 초록 벌레들이 타 죽었다. 갑작스러운 신전의 흔들림에 뒤로 벌렁 나자빠져 있기에 망정이지 트실에게 물려서 혼쭐난 칼이 봤다면 통쾌해했을 텐데.

대서양의 바닥이 들리기 시작했을 때 물기둥의 보호를 받는데도 그들은 볼링의 핀 쓰러지듯 넘어졌다. 잊혀진 신의 조각상이 흔들렸고, 천장이 으드득 금이 갔다. 이미 여러 개의 기둥이 엎어질 듯 기울고 있었다.

"타라!" 도둑답게 몸이 가벼운 칼이 날렵하게 일어나면서 소리쳤다. "데미데루스는 의식을 잃었기 때문에 주문을 중단시키지 못해. 그걸 할 수 있는 사람은 너밖에 없어! 너는 후손이니까!"

"왕관은 나한테 맡겨!" 모우르무르가 남은 벽감을 향해 절룩절룩 걸어가면서 외쳤다. "네가 부탁한 상자에 담아서 소용돌이 쓰레기통에 넣으면 어딘가로 사라질 거야. 10분이면 된다."

모우르무르가 드레쿠스의 왕관을 상자에 넣는 것까지 확인한 다음 타라가 소리쳤다.

"우리는 초원으로 돌아가야 해요! *트란스미투스!*"

타라의 마법이 병사들과 데미데루스, 패밀리어들, 의식이 없는 미국 대통령을 포함하여 모두를 건드렸다. 그들이 사라지는 사이에 신전은 균열이 일어나다가 무너지기 시작했다.

공포에 질린 타라는 소용돌이 물기둥이 힘의 장막과 악마의 마법으로 이뤄져 있다는 걸 깜빡 잊었다.

그렇지만 이번에도 물기둥은 그들을 통과시켰다. 그러고는 놀랍게도 펑 터지면서 신전이 물에 잠겼다. 그러자 바닥에서 다시 암벽이 솟구치더니 초원이 침수되지 않게 막아주었다.

타라 일행이 사막에 발을 들여놓기가 무섭게 벌레들이 몰려왔다. 하지만 용암 불길에 타 죽는 공포가 더 큰지 벌레들이 공격하지 못하고 우왕좌왕하는 사이에 다행히 그들 모두 방패를 불러낼 수 있었다.

그래서 타라를 제외하고는 모두 속이 울렁거렸다. 실버는 검을 뽑아 들었다.

하지만 타라는 그들이 오래 버티지 못하리라는 걸 잘 알고 있었다. 주문, 초록 벌레, 용암을 상대로 살아남을 수 있을까. 이미 시뻘건 마그마가 다가오고 있는데.

"타라!" 메스꺼움에도 불구하고 무아노가 소리쳤다. "우리의 마법을 너에게 보내줄게. 자, 받아!"

타라는 못 이기는 척 받아들였다. 엄청난 힘이 필요하다는 걸 알기 때문이었다. 타라는 살아있는 돌에게 도움을 청하면서 공중 부양했다. 친구들과 모우르무르도 공중 부양하면서 타라를 에워쌌고, 의식이 없는 데미데루스와 병사들, 패밀리어들은 방패의 보호를 받으면서 땅바닥에 있었다. 벌레라면 질색하는 갈랑은 타라 옆으로 날아올랐다.

주문 때문에 사막에서는 비행할 수 없지만, 신전 부근이라서 주문의 힘이 약했다. 그리고 지진의 영향을 받아서인지 마법사들은 그리 어렵지 않게 날 수 있었다.

타라는 정신을 집중했다. 태양을 꺼뜨렸을 때는 주문과 충돌한 것이었다. 덕분에 주문은 데미데루스의 후손이라는 걸 알아봤고 그 뒤로 타라는 마법을 사용해도 토하지 않았다.

이대로 데미데루스의 주문이 작동하게 내버려둘 수 없었다. 데미데루스가 아주 간단하게 외치는 걸 눈여겨보았었다. '이들을 놓아 주어라'. 끈끈이에 걸려 있는 타라를 보면서 데미데루스가 한 말이었다). '잠들지어다'. 그래서 타라도 그대로 따라했다.

"잠들지어다!" 타라가 하늘을 향해 마법을 겨누면서 외쳤다.

마치 주문은 타라가 적합한 표현을 찾길 기다리는 것 같았다. 부글부글 끓는 용암이 몰려왔다. 벌써 끔찍한 열기가 느껴질 정도로 가까워지고 있었다.

"멈춰라!" 타라는 입에서 나오는 대로 계속 외쳤다. **"스톱! 그쳐! 움직이지 마! 지진 중지! 굳어라! 얼어붙어라! 얼음!"**

어떤 표현도 통하지 않았다.

"선택의 여지가 없다, 타라. 주문이 네 말에 복종하지 않으면 깨뜨리는 수밖에 없어. 산소는 어쩔 수 없어." 모우르무르가 소리쳤다.

"무슨 산소요?" 숨을 헐떡이는 표범을 지켜보느라고 대화를 제대로 듣지 않은 무아노가 물었다.

"데미데루스의 주문이 초원에 산소를 공급하고 있거든." 모우르무르가 대답했다. "하지만 며칠은 문제없을 거다. 산소의 양이 그 정도는 되니 그사이에 해결하면 돼. 데미데루스가 깨어나면 되니까. 어쨌든 이대로 계속되면 초원과 함께 우리 모두 타 죽는 거야. 트란스미투스를 사용해도 공간이동의 문까지 제때에 가지 못할 테니까!"

"좋아." 정신이 흐트러지고 싶지 않은 타라가 중얼거렸다. "자, 갑니다."

짙은 파란색 불빛이 번득이는 눈, 지지직거리는 머리털, 타라의 온몸이 진동하고 있었다. 모든 마법을 보내주면서 로빈은 새삼 타라가 무시무시하다는 생각을 했다.

타라는 마법을 날렸다. 하늘을 향해 날아간 마법은 주문을 후려쳤다. 타라의 마법은 아주 특이했다. 사소한 일이나 세심한 주의가 필요할 때는 대부분 정확하게 작동하지 않았다. 하지만 사물을 파괴하거나 특히 중대한 일일 때는 마법이 신기할 정도로 말을 잘 들었다.

마치 살아 있는 것처럼 열렬히.

타라는 살아있는 돌에게서 힘을 얻을 때만 그런 일이 일어났다는 걸 알아차렸다. 살아있는 돌은 어쩌면 마법으로 자신을 표현하는 것일지도 모른다는 생각이 들었다. 위험을 무릅쓰는 일에는 훨씬 열렬하게 나서기 때문이었다. 모우르무르와 먼 친척이라고 해도 될 정도로 비슷했다.

날아간 마법과 주문이 충돌했다. 5인의 최고 마구스들이 설정해놓은 주문이라서 아주 강력했다. 비록 개개인으로는 타라의 마법보다 약할지 모르지만.

주문이 흔들리는 듯했지만 버티고 있었다. 그렇지만 용암의 물결이 몰려오는 속도가 느려지기 시작했다. 타라는 좀 더 노력했다. 주문이 지각판을 이동시키지 못하게 막아야 했다. 아니면 노력이 수포로 돌아가는 것이었다. 온몸에서 빛을 발하는 타라는 말 그대로 가장 완벽한, 살아 있는 마법의 화신이었다. 엄청난 힘을 쓰는 타라 때문에 지친 갈랑은 칼의 어깨로 이동해야 했다.

하지만 타라는 이 정도로는 부족하다는 걸 알았다. 친구들과 살아 있는 돌이 도와주고 있지만 이 엄청난 재앙을 멈추기에는 힘이 부족했다.

그런데 도와줄 사람이 아무도 없었다.

그 순간 문득 묘안이 떠올랐다. 타라는 더 생각할 필요 없이 실행에 옮겼다.

"상자!" 타라가 모우르무르에게 외쳤다. "나한테 상자를 던져요!"

모우르무르는 즉시 상자를 던졌는데…… 맙소사, 방패를 작동하고 있다는 걸 깜빡 잊었으니! 힘의 장막에 부딪힌 상자가 용암을 향해 떨어지고 있었다.

일제히 비명을 질렀다. 쏜살같이 날아간 갈랑이 갈퀴발톱으로 제 몸만 한 크기의 상자를 낚아챘는데 어어…… 갑자기 하강했다. 불길에 닿을 뻔했던 페가수스는 힘겹게 날갯짓을 하면서 가까스로 화를 면했다. 기진맥진한 갈랑이 타라의 손에 상자를 떨어뜨린 다음 어깨에 내려앉았다.

"갈랑, 너는 최고야!" 칼이 외쳤다.

"고마워, 갈랑." 타라는 털이 살짝 타서 누린 냄새가 나는 페가수스에게 미소를 지었다.

타라는 심호흡하고 나서 상자를 열었고, 경악하는 친구들의 눈길을 받으면서 왕관을 머리에 쓰고 하늘을 쳐다보면서 외쳤다.

"스파리담!"

크기가 훨씬 작고, 에너지가 절반쯤 소모되었기 때문에 아르칸즈가 한순간에 파괴해버린 크라에토비르의 반지 시제품과 드레쿠스의 왕관은 차원이 달랐다. 왕관에는 시커먼 쇠사슬에 묶인 수많은 악마의 영혼이 갇혀 있었다. 타라가 모르는 사이에, 검은 여왕은 소용돌이 물기둥을 두 차례 통과하면서 악마의 마법을 상당히 축적해놓은 상태였는데…… 왕관의 마법까지 더해졌으니! 타라는 순간적으로 통제력을 잃었다.

결국, 타라 대신에 검은 여왕이 나타났다.

강철 침이 뾰족뾰족한 시커먼 갑옷, 당당한 가슴을 장식하는 악마의 두상, 왕관을 쓴 검은색 긴 머리에 데미데루스의 직계 후손을 나타내는 흰 머리털이 눈에 띄었다. 유일하게 타라라는 걸 알아볼 수 있는 것이었다. 쪽빛 눈까지 지금은 검은색으로 변해 있었다.

갈랑이 송곳니와 갈퀴발톱이 무시무시한 괴물로 변했는데 눈빛이 빨갛고, 시커먼 털에서 연기가 났다. 평소의 페가수스보다 훨씬 커져 있었다.

페가수스가 모래 위에 있지만 초록 벌레는 감히 접근하지 못했다. 자기들의 신 네메시스라도 본 것처럼 트실들이 줄행랑쳤다. 제대로 파악한 것이었다. 연기가 나는 털에서 스며 나오는 검은 액체가 닿자 땅바닥이 이상한 소리를 내면서 없어졌으니.

타라와 마찬가지로 검은 여왕도 온몸이 빛을 발하지만 짙은 파란색 불빛이 아니라 시커먼 불빛이 이글거렸다.

검은 여왕이 두 손가락을 튕기자 데미데루스의 주문이 깨지면서 딱, 소리를 냈는데 어찌나 쩌렁쩌렁 울리는지 행성 전체에 울렸을 것 같았다. 즉시 지각판들의 움직임이 멈췄고, 압력도 낮아졌다. 검은 여왕은 용암 분출로 인한 불의 강을 응시하다 또다시 두 손가락을 튕겼다.

의식을 잃은 병사들과 데미데루스, 미국 대통령이 있는 곳으로부터 불과 몇 미터 떨어진 데에서 용암 줄기가 고체로 굳었다.

경악하는 타라의 친구들을 보면서 검은 여왕은 그들이 감히 묻지 못하는 무언의 질문에 대답했다.

"내 마음에 쏙 드는 행성인데 불타게 내버려둘 수는 없지. 나는 아더월드를 정복한 다음에 이 지구를 정복할 것이다. 드래곤들은 그다음에 해치울 것이다. 길어야 100년 후에는 이 우주의 대부분을 접수할 것이고, 모두 내 앞에서 벌벌 기어 다닐 것이다. 아하하하하하하하하!"

칼이 가장 빨리 반응했다. 데미데루스의 주문이 깨진 틈을 이용해서 칼은 트란스미투스를 외쳤고, 순식간에 그들 모두 사라졌다.

화가 난 검은 여왕이 입술을 실룩거렸다. 영악한 도둑…… 이 정도로 빠를 줄은 정말 예상 못한 일이었다.

권력에 눈먼 검은 여왕의 정신 속에서 타라는 킥킥거렸다.

역시 칼은 타라를 실망시키지 않았다. 기만한 적도 없었다.

검은 여왕의 분노에 눌려서 바람 앞의 촛불처럼 의식이 가물가물해지기 전에 타라는 칼을 정말 많이 좋아한다는 생각을 했다. 그리고 믿음직스러웠다.

검은 여왕이 칼을 해치는 일이 없기를 진심으로 바랐다. 마지막으로 어머니를 생각했다.

방금 소생한 어머니 셀레나.

타라는 화가 나서 미칠 것 같았다. 그리고 아주 약간 마지스터가 불쌍했다.

이윽고 깜깜해졌다.

리스베스

사악한 존재가 옥좌를 찬탈하면 하루하루가 힘든데

*

칼은 멀리 가지 않았다. 첫째는 많은 사람을 이동시키기 때문이었다. 둘째는 바다 위에 함대가 있으니 미국 대통령을 돌려보낼 수 있기 때문이었다.

그들은 확연히 기울어지고 있는 항공모함 갑판에 유형화되었다. 그래서 의식이 없는 사람들이 굴러가 76미터 아래 바닷속으로 빠질 뻔했을 때 칼의 심장이 오그라들 뻔했다.

다행히 야수의 반사신경 덕분에 무아노가 재빨리 마법을 작동해서 굴러가는 사람들을 붙잡았다. 그렇게 불쑥 나타난 그들을 보고 미군 항공모함의 사람들이 아연실색할 거라고 예상하고 있었다. 정령들이 많은 시신을 비행갑판에 떨어뜨리더니, 이번에는 의식이 없는 미국 대통령까지 데려왔으니.

하지만 아무도 쳐다보는 사람이 없었다. 바로 뒤쪽 비행갑판에서는 칼이 방금 데려온 대통령과 꼭 닮은 사람의 지시에 따라 군복 차림의 남자 여섯 명이 한창 마법을 행사하고 있었다.

심각한 문제가 있는 것 같았다.

모든 사람의 손에서 마법의 광선이 보인다는 건 항공모함의 난파를 막으려고 애쓰는 것이었다. 곳곳에 널브러진 사람들이 수백 개에 이르는 마법의 그물에 갇힌 채 잠들어 있지만, 불행하게도 마지스터나 지킴이들의 공격을 받고 완전히 죽은 병사들도 있었다.

"갑자기 토네이도가 닥쳐서 깜짝 놀랐다." 대통령으로 위장한 사람이 외쳤다. "배가 평형을 되찾게 모두 힘을 합하라!"

여섯 명의 최고 마구스들과 정상적인 인간의 모습으로 위장한 티그족 대원들―장군, 대령, 해군 장성들―이 항공모함의 평형을 되찾기 위해 힘을 쏟고 있었다.

무슨 상황인지 이해가 되지 않는 칼은 공중 부양을 중지하고(트란스미투스로 이동한 다음 공중 부양을 하고 있었다) 항공모함의 갑판으로 착지했다. 갑자기 심하게 출렁거리는 바다를 보면서 가짜 대통령과 수하의 사람들이 배만 붙잡고 있는 것이 아니라는 걸 알아차렸다.

바다를 붙잡고 있는 것이었다.

용암 분출과 지진이 일어난 뒤에 느닷없이 엄청난 쓰나미가 일어난 것이었다. 막지 않으면 엄청나게 많은 목숨을 앗아갈 쓰나미였다.

갑자기 일루전을 유지할 수 없는 대통령의 모습이 변했다. 타라와 마찬가지로 금발에 두드러져 보이는 흰 머리털…… 리스베스 여제였다. 실버의 유령이 장악한 미국 대통령이 돌격부대를 이끌고 소용돌이 물기둥 속으로 휩쓸려 들어간 뒤부터 리스베스는 대통령으로 위장하고 있었던 것이다. 따라가려고 했지만 악마의 마법으로 이뤄진 힘의 장막이 그들 앞에서 닫혀버렸기 때문에 그들은 소용돌이 물기둥을 통과할 수 없었다.

이 정도로 철통 방어를 해놓다니 마지스터는 정말 주도면밀했다.

상황을 알아차린 무아노, 모우르무르, 칼, 로빈, 파브리스가 가세했고, 마법을 싫어하는 파프니르와 실버까지 재빨리 힘을 보탰다.

마침내 영원히 계속될 것 같던 거대한 물의 덩어리가 잔잔해지자 항공모함이 서서히 평형을 되찾았다. 여제는 안도의 한숨을 내쉬었다.

"휴, 됐구나. 조심, 조심! 반대쪽으로 기울어지면 안 된다!"

궁전을 통째로 이동시켰던 타라를 빼놓고 아더월드나 지구에서 무게가 8만 8000톤에 이르고, 길이가 330미터에 이르는 배를 들어 올릴 수 있는 사람은 거의 없었다.

폭격기들은 마법의 그물을 씌우고 꽁꽁 동여맸기 때문에 다행히 활주로를 이탈하지 않은 상태였다.

마법사들도 바다에 빠지거나 부상을 막기 위해 뱃전에 있는 사물이든 인간이든 거의 모든 것을 묶어서 고정시켰다.

그래서 응급조치를 끝냈을 때는 이상한 정적이 감돌았다.

리스베스 여제는 앞에 나서지 않으려고 했지만, 본모습을 되찾은 크산디아르 친위대장이 단단한 팔을 내밀었다. 여제는 고마워하면서 친위대장의 팔을 잡고 호통을 쳤다.

"림보의 악마들이여!" 초췌해진 여제가 의식을 잃은 데미데루스와 미국 대통령을 보면서 말했다. "저 밑에서 무슨 일이 있었기에! 슬루르크! 우리 조상에게 대체 무슨 짓을 한 것이냐?"

리스베스 여제는 쪽빛 눈으로 주위를 둘러보다 조카딸이 없다는 걸 알아차렸다.

"타라는 어디 있나?" 여제가 냉랭한 어조로 물었다. "지금 일어난 일과 타라가 무관하지 않다고 생각하는데? 타라가 마지스터를 죽인 건가?"

칼과 친구들은 시선을 주고받았다. 괜히 나섰다가 성난 여제에게 불똥을 맞고 싶은 사람은 아무도 없었다. 책임이 있어서가 아니라 가장 나이가 많은 모우르무르가 나섰다.

모우르무르가 흔들어대는 쓰레기통을 보면서 여제는 너무 놀라 말문이 막혔다. 그 틈에 모우르무르는 그간에 있었던 일을 늘어놓기 시작했다.

"우리는 악마의 사물을 지키는 거시기 종족을 발견했습니다. 그런데 돌진하는 매머드 떼를 밀어내려다 타라가 태양을 꺼뜨리게 되었습니다. 우여곡절 끝에 산소를 공급하는 주문을 깨뜨렸다는 걸 알고 다시 태양을 켜는 데 성공했지요. 하지만 파프니르가 자신을 새라고 생각하고 허공을 나는 바람에 모두 추락했는데, 반군 부족과 폐하의 거시기 종족이 힘을 합해 마법을 사용한 대가로 끈끈이에 걸려 있는 걸 데미데루스께서 구해주었습니다. 그다음 우리는 사막으로 갔고, 초록 벌레들, 뜨거운 열기, 소용돌이 물기둥과 맞서 싸워야 했지요. 그리고 마지스터가 사물들의 마법을 이용하여 셀레나를 소생시켰고, 또 미국 대통령의 몸을 장악하게 하려고 죽인 아들도 소생시켰습니다. 그런데 내가 그 사물 두 개를 사라지게 했습니다. 하지만 데미데루스께서 의식을 잃었기 때문에 지구를 파괴하는 주문을 깨뜨리기 위해 타라가 그 거시기 왕관을 머리에 썼는데…… 재수 없게 검은 여왕이 나타났지요. 데미데루스께서 걸어놓은 주문이 깨졌으니 트란스미투스 마법을 사용할 수 있다는 걸 가장 먼저 알아차린 어린 도둑 칼 덕분에 이렇게 이 항공모함으로 이동할 수 있었던 겁니다. 대단한 모험이었습니다. 성가신 문제를 해결하려다 더 엄청난 문제에 직면하게 되었다고 말씀드릴 수 있습니다만…….”

모우르무르가 밑도 끝도 없이 쏟아내는 말에 리스베스는 입을 멍하니 벌리고 있었다. 도무지 무슨 말인지 전혀 이해하지 못한 얼굴이었다. 아니, 장황하게 늘어놓은 말에서 유일하게 뇌리에 박힌 말이 있었다.

“검은 여왕이 나타났다고요?”

“타라는 선택의 여지가 없었습니다. 폐하.”로빈이 말했다. “우리 모두를 구하기 위해서는 스파리담을 외쳐서 악마의 마법을 얻어야 했습니다. 어떤 점에서는 타라가 자신을 희생한 겁니다.”

죽음 같은 정적이 흘렀다. 충격을 받은 리스베스 여제는 크산디아르의 단단한 팔을 잡은 손에 힘을 주었다.

“그래서 지금 어디 있는데?”

칼이 컴퓨터폰을 쳐다보면서 말했다.

“검은 여왕의 모습으로 이 아래 해저 동굴로 갔습니다. 하지만 제 생각에 이제 곧 가장 가까운 공간이동의 문에서 검은 여왕이 모든 사람을 살육했다는 연락이 올지도 모르죠. 검은 여왕이 아더월드로 돌아가서 다 죽이면 연락해줄 사람이 아무도 없겠지만요……. 검은 여왕이 우리에게 선포했거든요. 아더월드에 이어서 지구, 그다음 드란보우글리스펜쉬르, 나머지 행성도 전부 정복할 거라고."

칼은 그 모든 일이 그리 대수롭지 않다는 듯 미소를 지으면서 덧붙였다.

"잘 아시다시피 정신병자들은 항상 너무 필요 이상을 원하는 것이 문제예요. 진짜 골때린다니까요!"

하지만 리스베스 여제는 어린 도둑의 유머와 너스레가 전혀 재미있지 않았다. 불현듯 모우르무르가 늘어놓던 여러 가지 이야기 중에서 뇌리에 꽂힌 말이 또 하나 생각났다.

"내가 제대로 들은 건지 모르겠는데 마지스터가 셀레나만 소생시킨 거니? 다른 사람은?"

"네, 애석하게도 타라의 어머니만 돌아오셨어요. 영혼을 받기 위한 다른 육신들은 준비되어 있지 않았으니까요." 무아노가 여제의 목소리에서 희망을 느끼고 얼른 대답했다. "죄송합니다. 폐하의 동생이자 셀레나 부인의 남편 단비우께서는 소생하지 못했습니다."

리스베스 여제는 동정을 받는 것에 익숙하지 않아서 아주 싫어했다. 하지만 소녀의 예쁜 눈빛에서 동정심이 아니라 이해심을 읽고 여제는 고개를 끄덕였다.

"우리가 지키거나 파괴할 것이 더 이상 없다면 이제 아더월드로 돌아가자."

최고 마구스들이 민투스 주문을 날려서 6천 명에 이르는 해군들에게 가짜 기억을 심어주는 동안 칼과 로빈이 크산디아르 친위대장과

리스베스 여제에게 해저 동굴의 초원에서 일어난 일을 모우르무르보다 훨씬 알기 쉽게 설명해주었다.

그사이에 깨어난 데미데루스는 잿빛 시간 속에 사는 것이 그래도 현실 세계보다 스트레스를 덜 받는다는 걸 확인했다. 짧은 시간에 두 번이나 기절했으니 그런 생각이 들 법도 했다. 데미데루스는 무슨 일이 있었는지 들으면서 안도의 숨을 내쉬었다. 어쨌든 림보의 악마들이 사물들을 회수하지 않은 건 다행이지만, 검은 여왕이 정말 심각한 문제가 될 거라고 걱정했다.

검은 여왕에 대한 전략을 짜는 동안 데미데루스는 최고 마구스 몇 명을 데리고 해저의 초원으로 가서 주문을 다시 걸기로 했다. 그래야 몇 주일 후면 완전히 고갈될 산소 부족으로 인한 동식물의 질식사를 막을 수 있었다.

그들은 신중하게 행동했다. 검은 여왕이 아직 있는지 모르기 때문에 데미데루스의 항변에도 불구하고 해저의 초원으로 정찰병을 파견하기로 했다. 칼이 예상한 대로 푸에르토리코 공간이동의 문에서 티그족 대원이 '검은 여왕이 통과해서 오무아의 황궁에 유형화되었다'고 알려왔다.

아, 리스베스 여제는 너스레라고 생각하고 칼의 말을 흘려들었는데!

칼은 살아 있는 사람이 이렇게 상황을 알릴 수 있다는 사실에 주목했다. 검은 여왕이 아무도 죽이지 않았다는 사실, 그리고 모습을 드러내는 것만으로 모든 사람을 무력화시키고는 살아 있는 사람에게 메시지를 남긴 뒤에 홀연히 이동의 문을 통해 사라졌다는 것은······.

생각에 잠긴 칼이 입술을 실룩거렸다. 흠, 이건 타라가 검은 여왕 안에서 아직 사투를 벌이고 있다는 뜻이었다. 림보에서 수많은 악마의 사물들로부터 계속 에너지를 공급받을 때의 검은 여왕은 잔혹하고 악독한 존재였다. 그런데도 전대미문의 마법사 타라는 그런 검은 여왕을 상대로 버텨내지 않았던가.

지금은 소용돌이 물기둥에서 마법을 축적했고, 드레쿠스의 왕관에서 마법을 얻고 있지만 림보에 있을 때보다는 약할 텐데 타라가 그 정도는 견뎌내지 않을까? 물론 칼의 희망 사항이지만……

지워진 기억

사랑하는 여자를 소생시킬 때는
뜻밖의 상황도 예상해야 되는데

*

아직 의식이 없는 여자를 신주단지 모시듯 품에 안고 아더월드의 잿빛 요새로 돌아간 마지스터는 어찌나 행복한지 휘파람을 불면서 방으로 향했다.

마지스터가 지나가자 상그라브들이 잔뜩 긴장했다. 대체로 마지스터가 휘파람을 불 때마다 누군가 죽거나 죽어가거나 머지않아 죽을 것이기 때문이다.

그래서 마지스터가 휘파람을 불면 그들은 정말 싫었다.

하지만 이번만은 누구를 죽이지도 고함을 지르지도 않았다. 그저 연인을 데려오는 사랑에 빠진 남자의 행복한 얼굴이었다.

마지스터는 방을 지키는 거인 둘을 지나쳤다. 줄에 단단하게 묶인 샤트릭스들이 쓰다듬어달라고 끙끙거렸지만 마지스터는 본 체도 하지 않았다.

마지스터는 자신의 방과 붙은 옆방을 셀레나가 마음에 들어할지 가슴이 설레었다. 잿빛 돌벽의 음울한 분위기를 날려버리기 위해 셀레나의 방은 흰색과 금색으로 장식하게 했다. 침대에 달린 닫집에는 붉은 장밋빛의 통통한 천사들이 새겨 있었다.

마지스터에게는 아예 어울리지도 않는 핑크빛이나 금빛을 선택한 것은 오직 셀레나를 위한 배려였다. 마지스터는 조심스럽게 푹신한 침대에 셀레나를 눕혔다.

셀레나는 아직 잠들어 있었다. 구불구불한 갈색 머리, 불그스름한 광대뼈, 얼굴에 조금씩 혈색이 돌아오고 있었다.

마지스터는 행복한 신음소리를 냈다. 이제 셀레나가 곁에 있으니 모든 것이 잘될 것이다. 계획대로 밀고 나가면 되는 것이다. 몰살이든 집단학살이든 적들을 무찌르고, 드래곤족을 섬멸하여 아더월드를 지배하고 인간들이 영화를 누리게 이끌어갈 것이다.

마지스터가 망상에 빠져 있을 때 마침내 셀레나가 금빛이 도는 초록빛 눈을 떴다.

마지스터가 몸을 숙이면서 다정하게 물었다.

"내 사랑, 괜찮아요?"

셀레나는 마지스터를 빤히 쳐다봤다. 전혀 모르는 사람을 보는 눈빛이었다.

셀레나는 말하고 싶지만 목이 말라붙어 소리가 나오지 않았다. 마지스터는 얼른 준비해놓은 물을 주었다

"천천히, 천천히, 너무 빨리 마시지 마요." 마지스터는 셀레나의 머

리를 어루만지면서 다정하게 말했다. "그러다 숨 막히니까."

셀레나가 방긋 웃으면서 어리광을 부리듯 혀 짧은 소리를 냈다.

"근데요, 아저씨는 누구세요?"

며칠 동안 시험해본 뒤에 마지스터는 끔찍한 현실을 인정해야 했다. 셀레나는 과거를 완전히 잊어버린 기억상실증에 걸려 있었다. 세 아이의 어머니라는 것도, 납치된 적이 있었다는 것도 몰랐다. 그중에서도 최악은 마지스터가 누구인지 전혀 모른다는 것이었다.

부모님에 대해서도, 죽었다가 살아났다는 것도, 랑코비트나 오무아가 무엇인지조차 기억하지 못했다.

셀레나는 아이처럼 행동했다. 거울에 비친 자신의 모습을 보고는 아주 깜짝 놀랐다.

셀레나는 얼굴을 만져보면서 말했다.

"어? 내가 어른이네! 내가 왜 이렇게 크지?"

마지스터가 아주 부드러운 어조로 물었다.

"셀레나, 몇 살?"

셀레나는 머뭇거리다가 손을 내려다보면서 작은 소리로 손가락을 꼽다가 하나씩 세웠다.

"여섯 살! 하나, 둘, 셋, 넷, 다섯, 여섯!"

벽에 기대고 서서 지켜보던 뱀파이어 셀렌바는 검푸르게 변한 마지스터의 마스크를 보고 웃음을 터뜨릴 뻔했다. 망연자실해 있다는 표시였다.

"흐음." 뱀파이어는 목소리를 가다듬기 위해 헛기침을 하면서 말했다. "맙소사, 자기가 여섯 살이라고 생각하나 봐요?"

너무 충격을 받은 마지스터는 말을 못하고 고개를 끄덕였다.

"여섯 살." 셀렌바는 웃음을 꾹 누르면서 반복했다. "음…… 아주 어리네."

마지스터의 마스크가 시커메졌다.

"말도 안 돼. 연기하는 거야."

소생하면서 셀레나는 거의 완벽하게 깨끗한 정신으로 돌아왔다. 마치 모든 기억이 지워진 것 같았다. 마지스터는 셀레나가 너무 무서워서 울음을 터뜨릴 정도로 온갖 시험을 다 해봤지만 결과는 달라지지 않았다.

공공의 적 1위의 무시무시한 요새에 억류된 셀레나는 한 가지 욕망밖에 없었다.

인형 놀이.

혼령

육신이 없으면 줄행랑치는 것이
그리 대수로운 일이 아닐 수도 있는데

*

검은 여왕의 정신 속에 갇힌 타라는 격분해 있었다. 외부와 연락할 방법이 전혀 없었다. 타라의 사랑이나 우정 같은 시시한 감정에 휘둘리는 것이 싫기 때문에 검은 여왕이 완전히 봉쇄해버린 것이었다.

타라를 맹인으로 만들고, 귀머거리로 만들고, 벙어리로 만들어버렸으니.

그래서 타라는 밖에서 무슨 일이 일어나는지 전혀 모르고 있었다. 타라가 미치광이가 될까 걱정은 됐는지 검은 여왕은 둘의 정신 속에 정원이 딸린 예쁜 집을 만들어주었는데 넘을 수 없는 시커먼 벽으로 둘러싸여 있었다. 그리고 타라가 심심하지 않게 책이 엄청나게 많은 도서관에는 수백 편의 영화를 마음대로 볼 수 있는 영사실까지 있었다.

하지만 타라가 원하는 것은 당연히 따로 있었다. 1)도망치기 2)육신을 지배하기 3)검은 여왕 죽이기.

물론 실현 불가능한 일이었다. 타라는 빠져나갈 방법이 전혀 없었다. 드레쿠스의 왕관 덕분에 강력해진 검은 여왕이 타라가 마법을 사용할 수 없게 차단시켜놓았을 뿐만 아니라 살아있는 돌과도 교감할 수 없기 때문이었다.

칼이 걱정한 대로 심각했다.

타라는 사물을 만드는 정도의 마법만을 행사할 수 있었다. 그래서 우선 망치를 만들었다. 벽을 허물기 위해서 너무 무겁지 않은 망치를 만들었다. 타라는 현재 근육이라곤 없는 정신에 지나지 않아서 단단한 벽에 대고 망치를 내려칠 때마다 녹초가 된다는 걸 이내 알아차렸다.

하지만 그 망치로는 벽이 깨지지 않아서 이번에는 들기도 힘든 커다란 망치를 만들었다. 그런데 망치가 발등으로 떨어지는 덕분에 몸을 변형시킬 수 있다는 걸 알아차렸다.

무적의 거인으로 변해서 열두 개의 팔을 만들어봤는데 손이 너무 많다 보니 오히려 헷갈려서 망치를 계속 떨어뜨렸다.

뛰어오르면서 넘어보려고 했지만, 시야가 닿지 않을 정도로 벽이 높아서 실패했다. 벽을 넘는 것은 도저히 불가능했다.

타라는 거인의 근육을 유지하면서 속력을 내봤다.

굴착기 수준이었는데 그래도 끄떡없었다. 작은 상처 하나 없이 멀쩡한 벽이 타라를 비웃고 있었다.

타라는 바주카포로 바꿨다.

폭발이 일어나면서 10분 동안 기침을 했지만 벽은 멀쩡했다. 그래서 이번에는 벽을 부식시키기 위해 산성 물질을 만들었지만 역시 소용없었다.

그렇게 계속 벽과 씨름하다 지칠 대로 지친 타라는 저녁마다 어둠이 내리면 목욕하고(몸이 없지만 더운물로 목욕하는 것이 좋아서), 먹고(먹을 필요가 없지만 먹는 걸 좋아해서), 휴식을 취했다(그럴 필요 없지만 두 시간 동안 거울과 대화를 나눈 뒤에 잠이라도 자지 않으면 정말 미칠 것 같았기 때문에).

검은 여왕이 만든 집 안에 추시계가 있었다. 타라에게 시간이 흐르고 있다는 걸 알려주기 위해서인데 검은 여왕이 머리를 잘못 쓴 것이었다. 타라는 시간이 얼마나 중요한지 잘 알기 때문이었다. 이대로 내버려둘수록 검은 여왕이 오무아 제국을 할퀴고 상처 내다 완전히 지배하고 말 거란 경각심을 일깨워주었다.

타라는 며칠 동안 머리를 쥐어짰지만 끝내 기발한 작전을 생각하지 못했다. 하지만 한 영화를 보면서 돌파구를 마련할 수 있었다.

〈캐리비안의 해적〉 새로운 시리즈인가?

정말 불가능한 일인데……. 지구에서는 아직 상영하지 않은 작품이라서 타라는 본 적이 없는 영화였다. 아더월드에서도 본 적이 없었다.

이때까지 타라는 가상의 도서관에 있는 책들과 영화들은 둘이 함께 공유하는 기억 속에서 검은 여왕이 찾아낸 작품이라고 생각하고 있었다. 타라는 도망칠 방법을 궁리하는 데만 골몰하느라고 도서관을 구석구석 살피지 않았었다. 도서관도 처음에 둘러볼 때는 문을 열어놓고 안에 있는 책들을 쭉 훑어보고 기억한 다음 문을 닫았었다. 그러고는 다시 마법을 되찾아서 벽을 넘어 탈출할 방법을 궁리했다.

그러던 어느 날, 절망에 빠진 타라는 좋은 책이나 영화를 보면서 기분을 바꾸기로 했다. 절망적인 상황에서도 선한 사람들이 악당을 물리치는 영화를 보면 용기를 얻지 않을까. 〈스타워즈〉, 〈반지의 제왕〉……

러브 스토리의 영화는 없었다. 이럴 때 남친이 곁에 있으면 좋을 거란 생각이 들어서일까. 타라는 자신의 몸 안에 억류되어서 아무것도 할 수 없을 때 곰곰이 생각해보기로 했다.

언제부터였을까. 매력을 느끼는 남자는 로빈이 아니라 칼이었다. 벽을 부수고 도망칠 궁리를 하는 동안 내내 타라는 생각을 많이 했다. 물론 끊임없이 빠져나갈 작전을 짰지만 칼이 키스하던 순간이 자꾸 떠올랐다.

왜 친구들에게 거짓말을 했을까? 그건 분명히 우정의 입맞춤이 아니었는데. 믿을 수 없을 정도로 뜨겁고 격렬한 키스였다. 그런데 타라는 아닌 척 속였고, 칼도 그랬다.

사이가 좀 틀어지긴 했지만 로빈이 보는 데서 할 짓은 아니었다. 절대로 일어나서는 안 될 일이었다. 생각지도 못한 아주 이상한 일이었다. 〈버피와 뱀파이어〉에서 윌로우가 알렉스를 사귈 때와 비슷하다고 할까. 타라는 영화를 보면서 충격을 받았고, 둘의 관계를 이해하기 힘들었다. 그런데 타라에게 그런 일이 일어나다니……. 칼을 알게 된 뒤로 많은 모험을 함께하고 죽을 고비를 넘기면서 가장 믿을 만한 친구로 생각했지 다른 눈으로 본 적은 없었다.

타라는 아무도 없는 거대한 도서관에서 눈앞에 있는 비디오디스크들을 훑어보기 시작했다.

〈고스트 라이더〉…… 〈헬보이〉, 아하! 검은 여왕이 유머 감각이 있다니! 〈콘스탄틴〉, 〈엑소시스트〉, 〈프리스트〉, 〈반 헬싱〉, 〈인셉션〉, 여러 번 봐서 달달 외우는 〈매트릭스〉도 있었다. 다음 칸의 비디오디스크들을 향해 시선을 옮기던 타라는 잭 스패로우(〈캐리비안의 해적〉시리즈의 히어로)의 얼굴을 발견했다.

타라는 반가운 마음에 얼른 비디오디스크를 집었다. 지구보다는 크기가 훨씬 작은 디스크가 손에서 둥둥 떠서 컴퓨터에 접속되었고, 대형 화면에 영상이 뜨더니 그 유명한 배경음악이 흘러나왔다.

타라의 비물질적 심장이 빠르게 뛰었다. 본 기억이 없는 건데……새로 나온 시리즈가 틀림없었다. 어쩐지 이 작품은 지구의 영화를 보기는커녕 사람들의 팔다리를 부러뜨리는 가혹행위나 일삼는 검은 여왕의 취향이라는 생각이 들었다.

도서관을 유심히 살피던 타라는 불현듯 아주 잘 아는 곳, 자주 드나들던 곳이라는 걸 알아차렸다.

언젠가 폭발시킨 적도 있는데…….

타라는 정신을 집중했다. 이때까지는 검은 여왕에게 접근해서 마법의 에너지를 빼낼 생각만 했는데……. 타라는 집의 문에서 시작되어 도서관으로 연결되는 일종의 동아줄 같은 걸 느낄 수 있었다.

몸 밖에 있는 도서관이었다. 검은 여왕이 황궁의 도서관으로 연결되는 가상의 통로를 열어놓은 것이었다.

동아줄이 있다는 것은 빠져나갈 구멍이 있다는 것이고, 빠져나갈 구멍이 있다는 것은 탈출할 수 있다는 뜻이었다. 검은 여왕이 타라를 외부와 연락할 수 없게 차단시켰는데 그렇다면…… 타라와 검은 여왕 사이도 차단되어 있다는 것이 아닌가. 따라서 검은 여왕은 타라가 무슨 생각을 하는지, 뭘 하는지 알 수 없는 것이고…….

타라는 망설이지 않고 동아줄을 잡고 따라갔고, 타라의 혼령이 시커먼 동아줄에 섞여서 녹아들었다. 그리고 찢어지는 것 같은 느낌이 들면서 자유로워졌다.

몸을 빠져나온 것이었다.

타라의 혼령이 느닷없이 눈앞에서 유형화되자 한 카흠보움이 폭발할 뻔했다. 당황한 타라는 도와주러 달려온 카흠보움 사서들에게 미안하다고 말하면서 달아났다. 타라는 눈 깜짝할 사이에 벽을 통과해서 접견실로 향했다. 검은 여왕이 타라가 빠져나갔다는 걸 알테니 서둘러야 했다. 타라는 마지막 대리석 벽을 통과해서 곧장 옥좌 앞으로 갔다.

옥좌 주위에 많은 궁인이 꿇어앉아서 떠받들고 있어서일까. 의기양양한 검은 여왕이 흡족한 얼굴로 타라를 처다봤다.

흰 머리털이 두드러진 검은색 머리에 매서운 검은 눈의 잔혹한 여왕은 아주 위압적인 모습이었다.

타라가 육신을 되찾기 위해 힘을 쏟으려고 할 때 검은 여왕이 비아냥거렸다.

"몸을 빠져나가는 길을 찾는 데 시간이 좀 걸렸구나! 사투를 벌이는 너를 구경하는 것도 꽤 재미있었다. 이 몸에서 너를 내보내기 진짜 싫었는데."

깜짝 놀란 타라는 이용당했다는 걸 깨달았다.

혼령도 말할 수 있다는 걸 알아차린 타라가 물었다

"함정이었나?"

"당연히 함정이었지!" 검은 여왕이 대답했다. "그게 내 목적이라는 걸 눈치챌까 봐 머리를 좀 썼지. 너무 쉬우면 들통이 나니까 찾기가 쉽지 않은 빠져나갈 구멍을 만들어놓고 동아줄이 외부로 나가는 길이라는 걸 알아차리게 해놨지. 그리고 네가 육신을 포기하기를 기다린 거야."

옥좌에 앉은 검은 여왕이 몸을 약간 숙였다.

"네 몸을 나한테 내주어서 고맙다. 내가 잘 돌봐줄 테니까 넌 이제 떠나도 돼. 여기서 네가 할 일은 더 이상 없으니까. 그리고 충고하는 데 내가 너라면 곧장 비욘드월드로 가겠다. 네 가족이 거기 있잖아. 멍청한 마지스터가 네 어머니를 소생시켰지만 결국은 돌아갈 거니까 식구가 다 모일 테고!"

하지만 타라는 이용당하고 싶은 생각이 전혀 없었다. 타라가 정신적으로 불러낸 살아있는 돌이 마법복 주머니에서 튀어나오자 검은 여왕이 깜짝 놀랐다.

"악독한 여왕!" 살아있는 돌이 내뱉었다. "멍청하고 나쁜 여왕! 타라, 마법 원하면 내가 줄게. 멍청한 년의 빈약한 엉덩이를 걷어차버려!"

황당한 검은 여왕이 자기 엉덩이는 빈약하지 않으며, 멍청하지도 않다고 말할 겨를도 없이 타라가 공격했다.

타라는 육신을 빠져나온 어머니의 영혼이 마법을 사용하는 걸 봤고, 유령들도 마법 능력은 유지한다는 걸 확인했었다. 물론 살아 있는 매체가 있으면 훨씬 강력하지만 아무튼 육신이 있어야만 마법이 가능한 것은 아니었다.

타라에게 필요한 것이 바로 그거였다. 검은 여왕에게서 마법을 되찾아야 했다.

살아있는 돌 덕분에 타라는 일종의 거대한 스펀지처럼 검은 여왕이 가진 악마의 힘이 아니라 자신의 마법을 빨아들이기 시작했다. 너무 놀랐는지 아무 반응을 보이지 않던 검은 여왕은 이내 방패를 만들었는데 마치 존재하지 않는 것처럼 타라의 마법이 통과했다.

격분한 검은 여왕이 혼령을 제압하려는 순간 타라가 비웃음을 흘리면서 사라졌다.

한 궁인이 너무 놀라서 딸꾹질을 했다. 검은 여왕이 째려보자 궁인은 허겁지겁 티끌 하나 없이 깨끗한 마루판을 다시 닦기 시작했다.

"오, 트란를쿠르의 드루프**32**여!" 검은 여왕이 구시렁거렸다. "계집애가 정말 짜증 나게 하네!"

• • • • • • • • • • • •

32. 드루프는 남성의 생식기관을 가리키며, 트란를쿠르는 여신들이 특히 좋아하는 신이다.
ps: 검은 여왕은 림보 언어가 아니라 오무아 언어로 말하고 있다.

딜레마

검은 여왕을 쓰러뜨리려면 한 가지 방법밖에 없는데

*

어둠 속에서 살금살금 움직이는 실루엣이 팅가푸르를 뒤덮은 시커먼 장막을 뚫고 이따금 달빛을 환히 비추는 마딕스와 타딕스를 향해 저주를 퍼부었다. 하지만 기상관측 마구스의 일기예보를 믿지 않기는 아더월드에서도 마찬가지인지 마니투는 개의 축 늘어진 혀를 말아 올렸다! 어찌나 화가 나는지 모든 사람을 물어뜯고 싶었던 것이다. 기상관측 마구스들이 가까이 없기에 망정이지 봉변을 당했을 텐데…….

페가수스나 양탄자를 타거나 걸어 다니면서 오무아 제국의 수도 팅가푸르를 경비하는 정찰대에 발각되지 않고 목적지에 도착한 마니투는, 오무아의 황궁을 장악한 검은 여왕의 속박이 일시적이기를 빌었다.

팅가푸르의 거리들을 놀이터 삼아 떼거리로 몰려다니는 다양한 종류의 곤충 때문에 몇 번이나 심장발작을 일으킨 뒤에 검둥개가 크라크덴트 글로우톤 여인숙 앞에 이르자 문이 열렸다. 초록색 젤라틴 같은 물질을 만지작거리는 모우르무르, 그리고 매직갱의 아이들이 있었다. 아직 충격에서 벗어나지 못한 실버와 그 옆에 파프니르가 어찌나 딱 붙어 있는지 둘을 떼어놓으려면 기중기가 필요할 것 같았다.

가장 중요한 멤버 타라 덩컨만 없었다.

검은 여왕으로 변한 타라는 오무아 제국을 지배하는 재미에 푹 빠져 있기 때문이었다.

지난 몇 주일은 아주 끔찍했다. 타라…… 아무튼 검은 여왕은 잔혹한 발톱을 세우고 오무아를, 특히 팅가푸르를 속박하고 있었다. 오무아 제국을 공포의 도가니로 몰아넣었던 유령들보다 훨씬 더.

검은 여왕은 아무도 죽이지 않았지만 최악이었다.

사람들을 이용하고 꼭두각시로 만들어서 배신하게 만들었다. 그리고 고문하면서 희열을 느꼈다. 장난감을 부수면 더 이상 갖고 놀 수 없다는 걸 이미 알고 있었다. 그래서 사람들을 살려두고 있는 것이었다.

마니투는 로빈의 연락을 받고 아더월드에 왔다. 하프엘프는 타라에게 일어난 일로 큰 충격을 받았다. 타라를 잃어버렸으니! 드레쿠스의 왕관에 갇힌 수많은 악마의 영혼이 검은 여왕의 마법에 에너지를 공급해주고 있었다. 거기에 타라의 강력한 마법까지 더해져 그 힘은 가히 가공할 만했다.

얼마나 막강한지 표현이 불가능할 정도였다.

오무아 제국은 수세기 동안 많은 역경을 겪었다. 악마들의 습격, 행성들의 파멸, 이민자들의 물결, 크고 작은 전쟁들, 선한 군주들과 악한 군주들, 짧은 기간이지만 제국을 지배한 마지스터와 유령들, 행성을 파괴할 뻔했던 저주받은 왕홀, 반역한 드래곤들……. 그럼에도 불구하고 오무아 사람들은 역경을 헤치고 다시 일어섰다.

하지만 그들은 검은 여왕 같은 존재는 겪어본 적이 없었다. 여왕은 시커멓고 무겁고 끈적거리는 마법의 장막으로 수도를 뒤덮고 있었다. 그래서 늘 어두컴컴했고, 햇빛이 없어서 꽃과 나무는 죽어갔다. 두 개의 태양과 파란 하늘을 보기 위해 팅가푸르 밖으로 나가야 할 정도였다.

무엇보다 사람들을 가장 얼어붙게 하는 것은 장막의 범위가 점점 확장되고 있다는 것이었다.

에너지를 공급해주는 것이 드레쿠스의 왕관밖에 없는데도 검은 여왕의 힘이 점점 커지고 있었다. 끈적거리는 검은색 장막을 유지하려면 에너지가 조금씩 소모되고 있는 것인데……. 다른 나라들의 로크새들이 궤도에 올려놓은 인공위성에서 근접 촬영한 결과, 검은 여왕의 힘이 검은 점으로 표시되어 있었다.

검은 여왕이 왜 검은 장막으로 도시를 뒤덮었는지 아무도 이유를 모르고 있었다.

현재로서는 모든 사람을 우울하게 만드는 것 말고는 아무런 영향도 주지 않았다(하지만 시커먼 장막을 쳐놓은 목적이 극악무도한 짓이리란 의혹 때문에 공포에 떨어야 하는 것이 문제였다).

타라…… 아무튼 검은 여왕이 친구들과 림보를 여행했다는 건 모두 알고 있었다. 따라서 림보의 환경을 만들기 위해서라는 건 설득력이 없었다. 림보는 이미 지구처럼 만들어놓은 상태이기 때문에 크리스털리스트들과 여론도 이 점은 배제해버렸다.

그래서 사람들은 아침에 눈을 뜰 때마다 자는 동안 드래곤으로 변했을까 봐 불안에 떨었다. 너무 불안한 나머지 26시간 내내 불을 켜놓고 거울 속에서 생활하는 사람도 있었다. 시커먼 그림자가 말을 걸어왔다고 주장하는 사람까지 있었다. 도시를 뒤덮은 장막이 믿을 수 없을 정도로 강력하지만, 해를 끼치거나 말하는 것은 분명히 아니기 때문에 이런 사람들은 정신병원에 감금되었다.

그런데 이상한 것은 검은 여왕이 다시 나타난 지 거의 3주일이 되어가는데(아더월드 시간으로) 마법의 힘이 약해지는 징조가 없다는 점이었다.

지구에 남은 타라의 외할머니 이사벨라는 모우르무르에게 오무아로 돌아가서 검은 여왕이 뭘 하는지 살피라고 부탁했다. 그리고 타라, 아무튼 검은 여왕이 그루이그의 검과 크라에토비르의 반지(모우르무르가 소용돌이 쓰레기통에 넣어서 우주 공간으로 보내버린)를 손에 넣었기 때문에 놀라운 힘을 얻고 있는 것이 아닌지 알아보라고 했다. 하지만 쓰레기통들은 사라지고 없는 것이 분명했다. 어디에 있는지 아무도 모르고, 위치를 추적하는 것도 불가능했다. 우주 공간에서 쓰레기통을 찾는 것은 산더미같이 쌓인 건초 더미에서 바늘을 찾는 격이었다.

모우르무르가 오무아로 출발하기 전, 데미데루스와 이사벨라, 마니투, 몹시 불안해하는 드래곤들이 모여서 방법을 찾기 위해 머리를 맞대었다. 셈 선생님이 소식을 듣고 지구에 도착했기 때문이었다.

블루 드래곤은 악마의 사물에 관한 모든 연구 결과를 공개했다. 그리고 며칠 후에는 산도르 황제가 저택의 허가를 받아서 모우르무르의 실험실에 황궁의 연구실 절반을 옮겨다 놓았다.

그들은 협력했고, 2주 동안 밤낮으로 연구한 끝에 해결책을 찾았다. 방법은 많은데…… 문제는 결과가 똑같다는 것이었다.

검은 여왕을 없애버리자는 것이었다.

하지만 그것은 타라를 죽이는 것이기도 했다.

도망친 자르와 마라33(이상하게도 검은 여왕은 달아나게 내버려 두었다)와 함께 지구로 피신한 리스베스 여제는 단호하게 이 방법을 거부했다. 여제는 이를 부드득 갈면서 여러 가지 작전을 짰고, 제국을 되찾고 후계자를 구할 방법을 찾으려고 노력했다.

그렇지만 황위 양위를 결정했던 리스베스는 이런 식으로 느닷없이 옥좌를 빼앗긴 것 때문에 격분해 있었다. 산도르 황제도 그 방법을 찬성하지 않았다. 타라가 약간 부산스럽고 통제 불능이지만 조카를 많이 사랑했다. 그리고 사악한 존재에게 육신을 점령당했다고 죽인다는 것이 말이 되는가.

하지만 그들이 해치지 않아도 결국에는 다른 나라들이 검은 여왕을 위험한 존재로 여기고, 죽일 방법을 찾으려고 할 텐데…… 오히려 그게 걱정이었다.

왜냐하면, 찬탈자 검은 여왕이 다른 나라 대사들의 접견 요청을 묵

---

33. 마라와 자르도 후계자 수업보다는 벌써 몇 번째 죽을 고비를 넘기면서 숨어서 지내는 시간이 많았다. 대체로 타라를 옹호하는 마라가 칼과 자꾸 어긋나는 것 때문에 잔뜩 골이 나 있었다. 기껏 지구로 도망쳐왔더니 이번에는 칼이 아더월드 어딘가에 숨어 있으니…….

살해버렸기 때문이다. 크라살비, 살테렌스, 빌랭, 스파니비아, 타트란, 파트로크에서 요청했지만 모두 거부당했다. 황궁에서 무슨 일이 일어나고 있는지 알 길이 없었다. 아무런 정보도 얻을 수 없었다. 황궁에 들어갔다가 나오는 이들은 공포에 질린 얼굴로 부들부들 떨면서 절대로 입을 열지 않았다. 입을 열었다가는 즉시 마비가 되었다.

주문이 어찌나 강력한지 최고 마구스들은 어떻게 작동하는지 알아내지 못했다.

그러던 중 아주 이상한 일이 일어났다. 그래서 마니투는 아더월드를 향해, 오무아 제국을 향해 위험한 여행을 떠나야 했다.

계속 영역을 확장하던 시커먼 장막이 멈췄던 것이다. 어느 날 느닷없이. 그리고 몇 분 사이에 장막이 물러나기 시작했다. 이제 장막은 황궁을 중심으로 반경 50미터까지 드리워졌다. 무슨 일인지 알 길이 없었다. 확장이 권모술수의 일환일까, 후퇴가 권모술수의 일환일까……

어떤 정보도 얻을 수 없기 때문에 공포의 분위기가 감돌았다.

아무튼 검은 여왕이 타라의 기억에 접근할 수 있기 때문에 매직갱의 모임은 아주 위험했다. 검은 여왕은 타라가 가장 믿는 우군이 누구인지, 그리고 그 무리가 자기에게는 철천지원수라는 것을 알고 있었다. 게다가 무슨 일이 있어도 타라의 육신과 황궁을 고수해야 한다는 것도 잘 알았다. 그래서 매직갱이 황궁으로 들어가는 것은 생각할 수 없는 일이었다.

칼과 로빈의 술책은 말이 전혀 통하지 않는 보초에게 막혀서 실패했다. 납품업자들에게 섞여서 들어가는 것은 도저히 불가능했다. 칼이 찾아낸 지하 통로를 이용할 수도 없었다. 검은 여왕이 타라의 기억에서 알아내고는 통로를 막고 경비를 강화해놓았기 때문이다. 황궁으로 들어갈 방법이 전혀 없었다.

마니투가 그들을 위해 마련한 여인숙의 2층으로 올라가서 안락의자에 앉자 칼이 투덜거렸다.

"뭐, 항상 힘들었지만 그래도 이런 적은 없는데……. 황궁으로 들어갈 수가 없는데 어떡하지?"

어떤 궁전이든 침투할 수 있는 아더월드 최고의 도둑이 이런 말을 하자 마니투는 믿기지 않는 듯 물었다.

"정말 불가능해?"

"네!" 칼이 말했다. "나 혼자면 쉽게 들어가죠. 하지만 이 인원이 전부 들어가는 건 문제가 있어요. 게다가 들어가기만 하면 되는 게 아니라 파괴 주문도 걸어야 하잖아요. 검은 여왕은 엄청나게 강력해요. 본의 아니게 림보를 여행했을 때 거대한 크리스털 덩어리의 도움이 없었다면 검은 여왕의 영향력을 깨뜨리지 못했을 거예요. 검은 여왕은 우리를 자기 지시에 복종하는 꼭두각시로 만들었죠. 끔찍했어요. 림보와 우리 세계를 아무 문제없이 지배할 수 있을 것이고, 아무도 견디지 못할 거예요. 그리고 재판관이 말한 대로 5000년 전에 갇힌 영혼은 지금의 영혼보다 백만 배로 강하기 때문에 검은 여왕과 싸우지 못할까 봐 정말 두려워요."

칼은 우울했다. 가슴 한편에 작전의 성공을 바라지 않는 마음이 도사리고 있어서였다.

성공하면 타라에게 사형선고를 내리는 것이었다. 검은 여왕은 이제 타라와 분리할 수 없었다. 타라는 너무 깊숙한 곳에 박혀 있었다. 검은 여왕을 제거하는 유일한 방법은 타라를 죽이는 건데…… 도저히 그럴 수는 없었다.

마니투는 생각에 잠겨서 칼을 쳐다봤다. 소년은 혼란스러운 딜레마에 빠져 있었다.

"이 상황을 그냥 이대로 내버려두면 어떻게 되지?" 마니투가 말했다. "검은 여왕이 온 세상을 공포의 도가니로 몰아넣었지만 유령들과는 달리 지금까지는 아무도 죽이지 않았어. 제국은 타협해야 돼. 검은 여왕은 시간이 갈수록 세력을 넓히기 위해 마법을 점점 더 많이 소모할 수밖에 없겠지. 그러다 보면 타라가 검은 여왕에게서 약점을 찾는 순간이 올 거야. 그러면 육신을 되찾을 테고."

무아노는 확신이 없지만, 친구를 죽이는 건 절대 안 되기 때문에 선택의 여지가 없다고 결론 지었다.

"그럼 플랜 C로 가야겠네. 내가 좋아하는 방식은 아니지만."

"플랜 C?" 파브리스가 검은 눈을 찡그리면서 물었다. 그들은 많은 작전을 짰는데 플랜 C가 뭐였는지 얼른 기억나지 않았다.

무아노는 짜증스러운 얼굴로 돌아봤다.

"파브리스! 플랜 C가 뭐냐니! 검은 여왕이 악마의 마법을 소모할수록 힘이 약해진다는 거잖아! 어떻게 되어가는지 잘 모르지만 내 생각에는 타라가 어떤 식으로든 개입하고 있는 것 같아. 그래서 검은 여왕이 어쩔 수 없이 도시를 뒤덮는 검은 장막의 범위를 축소시킨 거라는 생각이 들어. 아주 신중하게 행동한다는 것도 타라에게 더 가까워. 타라와 달리 검은 여왕은 아주 오만했잖아. 그래서 말인데 우리가 자극하면 검은 여왕은 아마 힘을 과시하려고 달려들 거야. 그때 공격하면 될 것 같아. 타라도 공격할 기회를 잡을 테고. 이게 바로 플랜 C! 그래서 내가 좋아하지 않는 작전이라고 말한 거야. 맞서 싸우되 죽이지도 죽지도 않으려면…….”

갑자기 무아노는 말끝을 흐렸다. 친구들이 아연실색한 얼굴로 뭔가를 응시하였던 것이다.

적이 방어 주문을 뚫고 들어온 거라고 생각한 무아노는 싸우기 위해 야수로 변신할 준비를 하면서 천천히 돌아섰다.

하지만 허공에 떠 있는 사람은……? 너무 놀란 무아노는 입이 떡 벌어졌다.

타라!

아니, 타라의 유령인가? 눈부시게 빛나는 보석처럼 살아있는 돌이 그 옆에 떠 있었다.

친구들이 펄쩍펄쩍 뛰면서 타라의 발밑으로 달려갔다. 타라는 기쁨의 눈물을 흘렸고, 친구들은 소리를 꽥꽥 지르면서(아직 충격에서 벗어나지 못한 실버만 입을 꾹 다물고 있었다) 질문을 퍼부었다. 모우르무르와 마니투는 애써 아이들을 진정시켰고, 매직갱은 친구의 혼령을 만난 것에 안도했다.

“네 몸에서 어떻게 분리된 거니? 우리를 어떻게 찾았고?” 마니투가 물었다. “검은 여왕이 미행하지 않았을까?”

“외부와 연결되는 동아줄을 따라 몸을 빠져나오게 됐어요.” 타라는 공중에 떠 있는 상태로 평온하게 말했다. “그런데 함정이었어요.”

끌어안을 수 없는 것이 괴로운 로빈이 뜨거운 눈길로 타라를 쳐다보면서 외쳤다.

"함정? 그러니까 검은 여왕이 네가 몸에서 떠나길 바랐다는 뜻이야?"

"응. 검은 여왕이 나한테 의심받지 않으려고 머리를 썼는데 내가 그 함정에 걸려들었어. 그래서 지금은 검은 여왕이 내 몸을 완전히 지배하고 있어. 하지만 내 마법은 대부분 나를 따라왔으니까…… 검은 여왕이 과시하는 힘의 절반 이상이 빠진 상태야."

"아하!" 모우르무르가 흡족한 얼굴로 탄성을 질렀다. "이제야 갑자기 검은 장막의 범위가 줄어든 이유를 알겠구나. 네가 몸을 빠져나가면서 검은 여왕의 힘이 약해진 거였어. 아주 좋은 소식이야. 그래, 정말 좋은 정보로구나."

"그리고 너희들을 찾기 위해 칼의 정신에 접속했어."

칼은 숨이 멎을 뻔했다. 뭐?

타라는 칼의 얼굴을 보면서 웃음을 터뜨렸다.

"머릿속을 점령하는 유령과는 좀 달라. 내가 유령은 아니니까."

타라는 말을 중단하고 그때의 느낌을 이해시키기 위해 잠시 기억을 더듬었다. 수많은 다른 영혼 속에서 화려하게 빛나는 칼의 정신을 알아볼 수 있었다고 말했다.

"내 몸은 살아 있고, 기생충 같은 검은 여왕에게 농락당하고 있어. 하지만 내 영혼은 살아 있는 사람들의 세상에 접속되어 있어서 정신을 알아볼 수 있어. 유령들은 할 수 없는 일이지. 내 주위를 둘러보면서 정신을 집중하면 돼. 근데 아주 신기한 건 가로막힌 벽들은 거의 보이지 않는 반면에 정신은 아주 잘 보여. 가장 빠르게 아주 깊이 생각하는 정신일수록 반짝반짝 빛난다는 걸 확인할 수 있었어. 칼의 정신은 정말 반짝거렸어. 색깔도 강렬했고,"

타라가 다시 말을 멈추자 얼굴이 빨개진 칼이 어찌할 바를 몰라 했다.

"물론 반짝거린다고 다 명석하다는 뜻은 아냐. 아주 빠르게, 깊이 생각하는 것으로 말하면 모우르무르 삼촌할아버지를 빼놓을 수 없으니까. 처음에는 실패했지만, 대학과 활기찬 정신들이 모이는 여러 곳에서 시간을 보내다가 알아냈어. 물론 살아있는 돌의 도움도 컸고."

갑자기 모우르무르가 이맛살을 찌푸리면서 자세를 바로 했다. 칼이 대단히 영리하다는 걸 인정하면서도 칼 다음으로 밀리는 것이 마음에 들지 않았다. 무아노도 얼굴을 약간 찌푸렸다. 누구보다 머리가 좋다고 자부했는데 더 똑똑한 사람이 많다고, 특히 이따금 바보 같다고 생각하는 칼이 더 똑똑하다는 말에 자존심이 상했다.

"어떻게 하는 건지 방법을 알아낸 뒤로는 너희들을 찾는 데 그리 많은 시간이 걸리지 않았어." 타라가 말을 계속했다. "삼촌할아버지와 칼이 등불처럼 나를 인도했으니까. 중조할아버지의 마지막 질문에 대한 대답은 미행할 수 없다는 거예요. 내가 많은 사람 사이를 지나갔는데 아무도 나를 보지 못했고, 검은 여왕은 내 몸에 있기 때문에 나처럼 정신을 볼 수 없어요."

타라는 칼의 정신이 얼마나 눈부신 광채였는지 자세히 말하지 않았다. 잘될 거란 자신감 없이 무작정 황궁을 나왔을 때 얼마나 두려웠는지도 말하지 않았다.

그리고 정신을 볼 수 있고 친구들을 찾을 수 있다는 걸 알았을 때 얼마나 안도했는지도 말하지 않았다. 친구들이 랑코비트나 지구에 있다면 찾기가 훨씬 복잡했을 텐데 오무아에 와 있어서 얼마나 기뻤는지도 말하지 않았다.

어떤 위험이 닥쳐도 늑대 입속으로 뛰어들망정 피하지 않는 친구들! 타라는 모우르무르와 마니투 주위에 둘러앉은 친구들을 보면서 감격한 나머지 하마터면 이 세상과 연결된 끈이 끊어질 뻔했다. 혼령의 모습은 정신력만으로 유지되는 건데 깨닫지 못했던 것이다. 사실 타라는 유령은 아니라도 육신이 없기 때문에 비욘드월드로 갈 위험이 있다는 걸 모르고 있었다. 혼령의 형체가 희미해지기 시작할 때는 정신을 집중해서 윤곽을 되살려야 했다. 몇 시간 동안 안개 같은 몸을 유심히 살피던 타라는 안개가 흩어지는 느낌이 드는 순간 정신을 집중하면 형체가 되살아나는 걸 알아차렸던 것이다. 하지만 타라는 시간이 많지 않다는 걸 알고 있었다. 방심하는 순간 연기처럼 사라지기에.

타라는 이것도 말하지 않았다. 지금까지 일어난 것만으로도 잔뜩 겁먹고 있는 친구들인데 더는 걱정시키고 싶지 않았다.

타라는 친구들을 쳐다보면서 마침내 질문을 했다.

"내 몸을 되찾아야 할 텐데 무슨 방법이 있을까?"

모우르무르가 난감한 얼굴로 대답했다.

"응, 방법을 찾긴 찾았는데 그 결과가…… 우리가 바라는 것이 아니라서 문제지."

"왜요? 검은 여왕에게서 벗어나는 것이 가장 중요한 거 아니에요?"

"물론 가장 중요하지. 하지만 너까지 죽으니까 문제라는 거다."

"아!"

무거운 침묵이 흘렀다.

"아, 그러네요." 타라가 다시 말했다. "검은 여왕을 파괴하려면 내 몸을 파괴해야 되니까!"

"그러니까 말이다……."

"다른 방법은 전혀 없고요?"

"지금으로서는 없어. 지구에서 셈 선생과 리스베스 여제, 네 가족이 모여서 다른 방법을 찾고 있는데……."

그때였다. 날카로운 웃음소리에 모두 소스라치면서 공포에 사로잡혔다. 광적이고 잔혹한 웃음소리…….

문이 폭발하면서 그들이 미처 방패를 불러내기도 전에 날카로운 가시들이 공격해왔다.

피투성이가 된 그들의 눈앞에 위풍당당한 검은 여왕이 황궁의 친위대를 이끌고 나타났다.

검은 여왕을 보는 순간 엎드려 절하고 싶은 충동이 일어나는 이유는 뭘까. 타라의 아름다움이 고혹적인 여신의 모습으로 승화되어 있었다. 친위대의 새로운 갑옷과 마찬가지로 어깨가 시커먼 털로 덮인 검은색 갑옷 차림의 검은 여왕은 큰 키로 모두를 내려다보고 있었다 (웃음소리가 들리는 순간 야수로 변신한 무아노를 제외하고). 검은 여왕은 쎄려보면서 털북숭이 짐승에게 눌리지 않기 위해 키를 약간 높였다.

겁에 질린 타라는 벽 속으로 사라질 뻔했지만 두려움을 억제했다.

검은 여왕이 그들을 뚫어져라 쳐다봤다.

"이게 무슨 모임이지? 왜 나는 초대하지 않았을까?"

누가 악당 아니랄까 봐, 악당들이 으레 내뱉는 그 뻔한 대사를 지껄이고 있었다. 칼은 정신병자가 유치한 농담을 덧붙일 겨를을 주지 않았다.

칼은 공격했다.

하지만 검은 여왕은 어떤 면에서 타라였다. 그래서 타라의 기억에 접근할 수 있었다. 칼은 검은 여왕에게서 두 번씩이나 그들을 꿇어 엎드리게 하는 기쁨을 앗아간 녀석이었다. 그래서 검은 여왕은 이미 곁눈질로 어린 도둑을 살피고 있었다. 칼이 양손에 비수를 들고 달려들자 검은 여왕이 반격했다. 악마의 마법이 칼을 옴짝달싹 못하게 하는 사이에 검은 여왕의 방패는 공격을 흡수했다.

칼만 공격한 것이 아니었다. 로빈은 칼에게 번번이 선수를 빼앗기는 것에 짜증이 나기 시작했다. 어쨌거나 이 무리에서 전사는 하프엘프인 자신인데! 오, 트란를쿠르의 드루프들이여!**34**

엘프들은 마법보다 전사의 능력을 과시하는 경향이 있었다. 검은 여왕이 나타났을 때 이상한 낌새를 챈 릴란드릴은 이미 로빈의 어깨에 활을 유형화시킨 뒤였다. 그래서 거의 반사적으로 세 개의 화살이 여왕을 향해 날아가고 있었다.

로빈의 공격과 칼의 공격은 완벽하게 동시에 일어났다. 검은 여왕은 강력하지만 전능한 존재는 아니었다. 그리고 공중에 떠 있는 타라의 마법과 파프니르의 도끼도 거의 동시에 날아갔다. 타라의 파란색

· · · · · · · · · · · · ·

34. 로빈도 이 욕설을 알고 있다.

마법은 여왕의 방패 일부를 사라지게 했고, 도끼는 구멍을 뚫고 바닥으로 떨어졌다. 방패 전체가 파괴된 것이 아니라서 화살 두 개는 실패했지만, 도끼에 찍혀서 구멍이 뚫린 바로 그 부분에 세 번째 화살이 꽂혔다.

릴란드릴 덕분에 쏜살같이 날아간 화살이 검은 여왕의 풍만한 가슴을 관통한 것이었다. 마치 종잇장처럼 검은 갑옷을 뚫었다.

모두 공격을 멈췄다. 그들은 검은 여왕이 뻣뻣해져서 쓰러지길 기다렸다. 무아노는 타라의 육신을 가능한 한 빨리 되살리기 위해 만반의 준비를 하고 있었다.

하지만 검은 여왕은 끄떡없었다.

검은 여왕은 쓰러지기는커녕 꼿꼿하게 서 있었다.

그러고는 재미있다는 얼굴로 그들을 쳐다봤다. 화살이 가슴을 관통했는데도 조금도 개의치 않았다.

아연실색해서 쳐다보는 사람들을 향해 검은 여왕은 깔깔대고 웃었다. 심장이 피투성이가 되어 있을 텐데 웃다니.

"음, 쓸 만하군." 검은 여왕이 기뻐했다. "나를 섬기는 전사들이 되어라, 귀여운 것들! 내가 너희들을 변신시켜주겠다. 내 이름으로 너희들이 이 작은 세상을 정복하면 정말 재미있겠어!"

모우르무르는 묻지 않을 수 없었다.

"근데 어떻게 멀쩡하지? 화살이 관통했는데."

"심장을 다른 데로 옮겨놨거든." 검은 여왕이 친절하게 대답해주었다. "다른 데 있어도 접속은 되고, 너희들이 무슨 짓을 해도 손상시킬 수는 없지. 몇몇 신경은 접속을 끊어놨기 때문에 아픔을 못 느끼지."

뭐야? 검은 여왕이 데비 존스 흉내라도 내는 건가(〈캐리비안의 해적〉에 등장하는 인물로 자신의 심장을 도려내 상자에 넣어두었기 때문에 죽지 않는 괴물로 변해간다—옮긴이)? 정말 가관이었다. 타라는 파브리스와 눈길을 교환한 뒤 이맛살을 찌푸렸다.

"너희들의 몸은 너무 약해." 검은 여왕이 비웃으면서 화살을 뽑았는데 피가 콸콸 쏟아지다 멈췄다. "나를 공격할 놈이 나타날 줄 알았기 때문에 미리 필요한 조치를 해놓았지. 그렇지만(검은 여왕은 머리 위에 떠 있는 타라를 가리켰다) 이 몸에서 영혼을 쫓아내면 약해진다는 걸 몰랐어. 많은 힘이 빠져나갔기 때문에 검은 장막의 범위를 줄일 수밖에 없었지(검은 여왕이 타라의 혼령에게 날카로운 미소를 보냈다). 나라면 비욘드월드로 곧장 가겠다고 충고했다만 네가 내 말에 복종하지 않아서 기쁘구나."

그렇게 말하면서 검은 여왕은 한 손으로 화살을 우드득 부러뜨렸다. 릴란드릴의 활이 으르렁거렸다. 로빈은 방법을 꼭 찾아서 앙갚음할 거라고 달래주었다. 어떤 상황이든 방법은 있기 마련이었다.

그 옆에서 잠자코 듣던 모우르무르는 여왕이 방금 한 말을 물고 늘어졌다.

"검은 장막은 뭐 하는 건가? 모든 사람을 우울하게 만드는 것 말고 특별한 역할이 없는 것 같은데. 검은 장막을 드리운 이유가 있나?"

검은 여왕은 손가락으로 바주카포를 조준, 발사하는 시늉을 하면서 말했다.

"내가 림보에서 했던 것처럼 이 세상을 바꾸기 시작했다면 무슨 일이 일어났을까?"

모우르무르는 오래 생각할 필요가 없었다.

"모두 도망쳤겠지."

"나는 서두르지 않을 생각이거든. 힘을 소모할수록 많은 사람이 달아날 테니까. 하지만 위험한 일이 없다고 생각하면 사람들은 남겠지. 그래서 대륙 전체를 장막으로 뒤덮은 다음 주민들을 꼭두각시로 만들어서 나를 받들게 할 것이다."

검은 여왕이 고개를 쳐들고 타라를 향해 교활한 눈길을 보냈다.

"하지만 상황은 달라질 수도 있지. 이 나라의 사람들을 꼭두각시로 만들기보다 평온하게 내버려둘 수도 있어. 타라, 이제 몸속으로 돌아오기 바란다. 네가 거부할 거라고 예상하고 거래를 제안하겠다."

타라는 약간 내려오다 얼굴을 마주 보는 위치에서 멈췄다. 맙소사, 보톡스 주사로 얼굴이 빵빵해진 조각상을 보는 느낌이었다.

"거래라면?" 타라는 경계하는 목소리로 물었다.

복종하면 친구들을 죽이지 않겠다고 하겠지. 하지만 타라의 예상과 달리 검은 여왕은 치밀했다. 단순한 협박으로는 승산이 없다는 걸 파악했다. 그리고 친구들에 대한 타라의 신의를 알지만, 제국과 국민을 얼마나 사랑하는지도 잘 알고 있었다. 가장 중요한 국민을 지키기 위해서라면 목숨을 내놓을 수도 있는 타라였다. 그래서 검은 여왕은 다른 제안을 했다.

"너의 몸, 아니 우리의 몸속으로 돌아와. 그리고 나와 함께 통치하자. 제국을 다스리려면 어떻게 해야 하는지 알기 때문에 나는 본능을 억제할 수 있다. 모든 사람을 꼭두각시로 만드는 대신에 평화로운 통치를 하기 위한 충성을 요구하겠다. 물론 일단 다른 나라들을 정복한 뒤에. 고삐는 나한테 맡겨. 복종시키려면 학살을 통해 본보기를 보여줘야 하는데 너는 그럴 배짱이 없으니까. 림보의 악마들이 습격할 때 방패가 되어주는 건 나밖에 없다는 걸 명심해. 나를 믿어, 이래봬도 나 사랑스럽고 순수한 여자야."

타라는 믿지 않았다.

"당신과 함께 통치하자고? 내 몸속에 나를 가두지도 않고?"

"그럼, 완전 자유롭지. 어때, 나 괜찮지?"

비아냥거리는 어조였다. 다른 꿍꿍이가 있는 것이 뻔했다. 타라와 똑같았다. 오무아의 여제와 황제, 그리고 이사벨라에게 훈련을 잘 받은 타라는 여러 가지 전략을 알고 있었다. 그런데 불행히도 기억을 공유하기 때문에 검은 여왕도 같은 수법을 쓰고 있었다.

하지만 타라는 속임수를 알고 있었다.

타라는 슬픈 미소를 지었다.

"쇠사슬에 묶여서 사물 속에 갇힌 영혼들은 자원한 게 아니었어." 타라가 천천히 말하자 피가 나는데도 감히 움직이지 못하고 있는 친구들이 멍하니 쳐다봤다. "억울하게 고통받고 파괴되고 희생된 악마들이었지. 그걸 알아차렸을 때 얼마나 격분했는지 악마의 영혼들은 자기들이 갇힌 사물에 인식능력을 줄 정도였지. 악마의 영혼들은 증오와 분노에 중독되어 있기 때문에 사물을 사용하는 멍청한 인간들을 타락시키고 미치광이로 만들어버리는 거야."

검은 여왕이 반박하려고 했지만 타라는 겨를을 주지 않고 말을 계속했다.

"당신과 악마의 영혼들은 사악한 힘으로 나를 타락시키고 말겠지.

악마의 셔츠를 몸에 착용하면서 미치광이가 된 마지스터처럼 나도 미쳐서 폭군으로 변할 테니까."

타라는 잠시 침묵했다. 검은 여왕이 눈살을 찌푸렸다. 찬성이라는 거야? 반대라는 거야? 정말이지 이 계집애는 종잡을 수가 없군.

타라는 모든 사람을 둘러봤다. 그러고는 검은 여왕을 본 척도 않고 친구들을 한 사람 한 사람 스쳐갔다. 칼, 로빈, 남은 도끼 하나를 움켜쥔 파프니르, 각각 야수와 늑대의 긴 송곳니를 드러내고 있는 무아노와 파브리스, 불안과 두려움에 떠는 마니투, 혈검으로 난쟁이를 지키는 실버, 그리고 괴물 모습을 하고 있지만 그래도 사랑스러운 갈랑.

타라는 깊이 생각하지 않았다. 깊이 생각할수록 용기가 나지 않을 것이기 때문이었다.

"죽여, 빨리! 그래야 검은 여왕이 훨씬 많은 힘을 잃어. 그리고 복수해줘."

그러면서 타라는 안개 같은 혼령의 형체를 놓아버렸다.

타라는 친구들과 살아있는 돌의 비명소리를 들었다.

"안 되애애애애애애애애애애애애애애!!!!!"

그리고 '영혼의 남매'를 뜻하는 나오울디아르의 진홍빛 고리무늬가 갑자기 꿈틀거리는 팔을 잡으면서 로빈이 푹 쓰러지는 걸 봤다.

이어서 타라는 죽었다.

이사벨라

정치를 하면 많이 후회하는 날이 오기 마련인데

*

타라의 사망 소식은 즉시 지구로 전해졌다. 육신은 여전히 살아 있어도 혼령은 비욘드월드로 떠났다는 말에 이사벨라 덩컨은 벼락이라도 맞은 듯 충격을 받았다. 초록빛 눈과 은발의 거만한 마법사가 질러대는 고함소리에 함께 점심을 먹던 리스베스 여제와 자르, 마라는 소스라치게 놀랐다. 이사벨라는 마치 불에 덴 것처럼 팔을 잡으면서 비명을 지르다가 실신했다.

그들은 불안에 떨면서 이사벨라를 침실로 옮겼다. 침대에 눕히고 레파루스 주문으로 치료한 다음에 점심시간 동안 산책하러 나간 여제의 샤먼을 불러들였다.

질겁한 샤먼이 트란스미투스를 이용해서 저택으로 들어오는 사이에 이사벨라가 깨어났다. 리스베스와 손주들의 걱정스러운 눈길을 받으면서 이사벨라는 천천히 소매를 걷어 올렸다. 양팔에서 피의 맹세를 표시하는 붉은빛 흉터가 마치 창백한 살을 뚫고 나올 듯 꿈틀거렸다.

"왜 그래요, 덩컨 부인?" 리스베스가 외쳤다. "깜짝 놀랐잖아요."

"내 손녀딸이 죽었어요." 이사벨라가 손목을 문지르면서 힘없이 대답했다. "내 사위 단비우에게 타라를 멀리 데려가서 마법사로 키우지 않겠다는 피의 맹세를 했을 때 생긴 흉터지요. 그 뒤로는 보이지도 않고, 통증도 없다가 타라에게 위험이 닥칠 때마다 꿈틀거렸는데 이번에는 완전히 달라요. 이렇게 흉터가 다시 나타났다는 건 타라가 죽었다는 뜻이에요. 그렇다면 검은 여왕도 죽었다는 거니까 모우르무르가 뭔가 해낸 거라고 봐야겠지만……. 그래도 모우르무르 혼자 보내지 말고 나도 같이 아더월드로 갔어야 하는 건데."

리스베스는 다리가 후들거려서 안락의자에 주저앉았다. 저택의 가구들은 살아 움직이지 않는다는 걸 깜빡 잊어서 자르가 재빠르게 잡아주었기에 망정이지 엉덩방아를 찧을 뻔했다. 타라가 죽었다는 소식에 너무 충격을 받아 말문이 막힌 리스베스는 자르에게 고갯짓으로 고맙다는 표시를 했다.

"언니가…… 죽어요?" 눈물이 글썽글썽한 마라가 물었다. "어쩌다가……?"

자르는 휘파람을 불었다.

"둘 중의 하나겠지." 이사벨라가 말했다. "첫 번째, 검은 여왕이 몸을 완전히 장악하고 내쫓았기 때문에 타라가 지금 비욘드월드에 있다. 두 번째, 모우르무르가 검은 여왕을 제거하는 데 성공했고, 동시에 타라도 죽였다. 우리 모두를 위해서 두 번째이길 빌어야지. 어차피 타라가 제압하지 못하면 검은 여왕이 온 세상을 파멸시킬 텐데."

자르가 신경질적으로 발을 굴렀다.

"오, 아더월드의 모든 크라크덴트들이여! 나는 절대로 빌어먹을 제국을 물려받지 않겠어!"

이사벨라와 리스베스는 아무런 반응도 하지 않았다. 자르가 하루에도 열 번 넘게 지껄이는 말이었다. 타라가 제국을 위험에 빠뜨릴 때면 특히 더 그랬지만. 이럴 때마다 고모나 외할머니는 대꾸도 하지 않는데 자르 혼자서 계속 떠들어댔다. 그런데 오늘, 언니가 죽었다는 소식에 충격을 받은 마라는 도저히 참을 수가 없었다.

"너 왜 이렇게 못됐어! 누나가 죽었다는데! 나는 가끔 네가 동생이 아니라 트라둑으로 보여. 그리고 제국이 네 장난감이니? 나라를 그렇게 우습게 여기다니! 그저 불평불만에 남 탓만 하고 있어. 이래도 타라, 저래도 타라! 하면서 입으로만 지껄이는 너는 나라를 위해서 뭘 했는데? 타라 언니는 셀 수 없을 정도로 아더월드와 지구를 구했는데 너는 아무것도 안 했잖아! 이제 그만 까불고 입 닥쳐!"

당황한 자르가 반격할 겨를도 없이 마라는 울음을 터뜨리면서 뛰쳐나갔다.

화도 나고, 자괴감도 느끼지만―그래도 인정하기는 죽기보다 싫었다―자르는 팔짱을 끼면서 입술을 실룩거리다가 마라와 똑같이 나무라는 고모와 외할머니에게 억울하다면서 항변했다. 하지만 고모와 외할머니는 자르의 술수에 말려들 정도로 어수룩하지 않았다. 자르 혼자 떠들게 내버려두고 두 여자는 일어난 사태에 정신을 집중했다.

아더월드가 어떻게 돌아가고 있는지 정보를 얻으려면 누구와 접촉해야 하지?

그런데 닫집 달린 침대, 온갖 잡동사니, 묘약, 박제로 만든 희한한 동물들로 어수선한 방의 크리스털 전광판이 갑자기 켜졌다. 그리고 검은 여왕의 잔혹한 얼굴이 나타났다.

검은 여왕 뒤쪽에 괴물 모습으로 서 있는 사람들을 발견하고 아연실색한 리스베스 여제는 딸꾹질을 했다. 검은 여왕이 림보에서처럼 사람들을 노리개로 만들어놓았던 것이다. 해골 모습의 칼, 당장이라도 갈기갈기 찢어먹을 듯 송곳니와 갈퀴발톱을 세운 동물 모습의 무아노와 파브리스, 어이없게도 서랍장에 기댄 채 단도로 손톱을 깎고 있는 멋진 엘프 모습의 로빈(두 팔에 있는 나오울디아르의 진홍빛 무늬가 오므라들고 있는데 로빈은 모르고 있었다), 세 배로 커진 머리, 손가락이 스무 개로 늘어난 자신의 모습에 놀라서 제정신이 아닌 모우르무르, 피와 전쟁에 굶주린, 강철 근육의 거인으로 변한 파프니르, 악마의 마법에 아무런 영향을 받지 않기 때문에 장밋빛 고양이의 모습을 유지하고 있지만 영혼의 동반자에게 일어난 일 때문에 예민해진 벨제부트(난쟁이의 어깨에 앉아 있을 때는 괜찮았는데 거인의 어깨는 너무 높아서 어지럽기 때문이다), 다른 동물들―칼의 여우, 로빈의 히드라, 무아노의 표범―도 모두 사악한 모습으로 변해 있는데 그 눈빛에 서린 욕망은 한결같았다. '음, 냠냠, 네놈들을 잡아서 좀 갖고 놀다가 천천히 잡아먹어야지.'

검은 여왕이 빨간 눈의 블랙 드래곤이 된 실버에게 등을 기대고 있는데 아주 흡족한 표정이었다.

리스베스는 가슴이 오그라드는 것 같았다. 검은 여왕이 로빈과 파프니르, 실버, 야수, 늑대인간, 도둑이자 술책에 능한 스파이 칼, 모우르무르까지 체포하는 것으로 방어력에 일격을 가한 것이었다. 이사벨라는 마니투가 없는 것에 주목했다. 검은 여왕이 검둥개를 죽이고 어딘가에 던져버렸을지도 모르는데 섣불리 기뻐해도 되는 걸까……

"안녕, 전 여제! 안녕, 할머니!" 검은 여왕이 경쾌하게 소리쳤다. "잘 지내셨죠?"

황당한 리스베스와 이사벨라는 위풍당당한 전사를 뚫어져라 쳐다봤다.

"정말 미안하지만 당신들이 사랑하는 타라는 죽었다. 내가 기막힌 거래를 제안했는데 타라가 거부했거든. 거부하는 이유를 정말 모르겠지만. 계집애가 힘을 많이 빼내갔지만 이 몸은 계속 힘을 만들어내고 있지."

검은 여왕이 냉소적인 미소를 지었다.

"친절한 모우르무르를 데리고 있으니까 지금부터 손가락 하나 까딱했다가는 폭탄을 투하할 거다. 모우르무르가 당신들이 피신해 있는 행성을 완전히 파괴할 폭탄을 만들고 있거든. 하하하! 그래서 말인데 내가 갈 때까지 얌전히 있어. 말썽 피우지 않으면 어쩌면 당신들에게 지구를 맡길지도 모르지."

검은 여왕이 몸을 앞으로 숙였는데 전광판 화면에 코가 크게 보일 정도였다.

"물론 내 이름으로."

그러고는 영상이 사라졌다.

그러자 자르가 이 순간 그들의 마음을 대변했다.

"슬루르크! 다 미쳤어!"

비욘드월드

죽은 이들의 세상에 있는 것도 괜찮은데

*

 타라는 죽으면서 무슨 일이 일어날지 잘 몰랐다. 하늘을 향해 똑바로 올라가서 행성의 궤도를 통과하다가 갑자기 그 유명한 할머니 엘세스 여제 앞에 있게 되리라고는 꿈에도 몰랐다. 전 여제 엘세스가 두 세계 사이에 가로놓인 거대한 크리스털 문 앞에서 황금열쇠를 쥔 채 기다리고 있었다.

 "오, 내 조상들이여! 타라!" 엘세스가 성난 목소리로 외쳤다. "어떻게 된 일이니?"

 타라의 쪽빛 눈이 동그래졌다.

 "죄송한데…… 무슨 말씀인지?"

 "제안을 받아들였어야지!"

 "죄송한데…… 무슨 말씀인지?"

"예의 바르다는 거 아니까 죄송하다는 말은 이제 그만! 검은 여왕의 제안 말이다! 악마의 마법이 고갈되면 네 몸을 지배하는 것이 힘들기 때문에 없애버릴 수 있는데! 검은 여왕은 악마의 마법이 만들어 낸 산물이지 네 정신의 일부가 아냐. 대체 무슨 생각을 한 거니?"

타라는 입술을 깨물면서 자신이 허공에 떠 있는데 몸이 단단하다는 걸 확인했다. 정신이 든 타라는 수상쩍은 얼굴로 할머니를 뚫어져라 처다봤다.

"그걸 어떻게 아세요? 비욘드월드와 아더월드 사이에는 통신이 안 되는 걸로 아는데요. 재판관을 통하지 않고서는 불가능한 일이잖아요?"

엘세스의 표정이 굳어졌다. 손녀딸이 이렇게 빨리 정신을 차릴 줄이야. 게다가 상황 판단까지.

"나는 이 문을 지키고 있다."

문이라는 말에 힘을 주는 것이 느껴졌다. 보통 문이 아니라는 뜻이겠지.

"아…… 네, 그래서요?"

"문지기라는 지위는 몇 가지 특권이 따르게 마련이지."

"염탐…….."

"아니, 전혀 염탐은 아니다." 엘세스가 말을 끊으면서 신경질적으로 열쇠를 흔들었다. "아더월드의 형편과 특히 내 자손들에게 무슨 일이 일어나는지 파악하는 거니까. 그리고 내 국민에게 무슨 일이 일어나는지도."

"마귀할멈은 자기랑 상관도 없는 일에 참견하는 게 취미란다!" 뒤에서 목소리가 말했다. "리스베스나 네가 잘못을 저지르면 아주 은하계가 떠나갈 정도로 소리를 질러대지."

소스라치게 놀란 엘세스가 불쾌한 얼굴로 노려봤다. 수염을 길게 기른 백발노인이었다. 노인이 미소 짓는데 치아 몇 개가 없어서일까. 미소가 약간 이상해 보였다. 노인이 윙크를 보내면서 지팡이에 몸을 의지했다.

"엘세스, 이 아이에게 열쇠를 주겠다는 건가. 아니면 계속 호통칠 건가? 많은 사람이 기다리고 있다는 거 뻔히 알면서."

엘세스는 한숨을 내쉬었다.

"이렇게 찬물을 끼얹었다니, 드루이투스! 데미데루스의 아들, 고로 나의 조상이라서 운 좋은 줄 알아요! 내 후손이었다면 벌써 엉덩이를 걷어찼을 텐데!"

타라는 긴장했다. 데미데루스의 아들? 드루이투스도 아버지 데미데루스 못지않게 유명한 인물이었다. 아더월드에 온 뒤로 데미데루스가 건설하기 시작한 제국을 완성한 사람이었다. 당시는 공간이동의 문을 통해 여행하는 것이 오늘날보다 훨씬 위험했기 때문에 드루이투스는 지구에 가보지 못했지만, 아버지가 태어난 행성에 애정을 갖고 있었다. 젊은 마법사들을 발견하면 아더월드로 보내서 연수를 받게 하려고 지구 지킴이들을 임명한 사람도 드루이투스였다. 악마들이 패하고 추방되었을 때 임시방편으로 만든 규정을 철칙으로 제정한 사람도 드루이투스였다. 그리하여 지구는 마법과 단절되고, 천부적으로 마법 능력이 있는 사람들과도 단절되었다. 타라는 지구에 살 때 마법 능력을 숨기는 것이 아주 힘들었던 기억이 났다. 그래서 악마들이 침략할 때 지구인들이 받을 충격은 생각도 하고 싶지 않았다. 하지만 악마들이 공격할 게 틀림없는데…….

타라는 드루이투스가 방금 한 말을 곰곰이 생각했다. 엘세스에게 무슨 열쇠를 주라는 걸까?

"알았어요, 알았다고요. 열쇠를 주면 되잖아요." 할머니가 짜증스럽게 말했다.

엘세스는 타라를 쳐다보면서 말했다.

"이것이 열쇠다. 1)아더월드로 돌아가려고 하지 말 것. 2)거기서 부르지 않는 한. 3)새로운 삶을 만들 것. 4)마음에 드는 곳에서. 5)다른 사람들을 괴롭히지 않을 것. 6)예의를 지킬 것."

아, 진짜 열쇠가 아니라 은유적으로 표현한 것이었다. 오케이.

엘세스가 황금열쇠로 문을 건드리자 천천히 소리 없이 열렸다. 타라는 트럼펫 소리와 함께 천사들이 나타나고, 우레와 같은 함성이 들릴 거라고 예상했는데 조용했다.

크리스털이라고 생각하는 문 뒤쪽은 뜻밖에도 다른 풍경을 비추고 있었다. 타라가 잘 알고 사랑하는 두 사람, 아버지 단비우와 어머니 셀레나! 부모님을 여기서 보게 될 줄은 정말 꿈에도 생각 못했는데…….

"엄마!"

타라가 어머니의 품에 뛰어들자 아버지는 모녀를 얼싸안았다. 남몰래 눈물을 닦다가 들킨 엘세스는 농담을 던지는 드루이투스에게 눈을 흘겼다.

"말만 그렇지 목석은 아니군."

아들과 며느리, 손녀딸의 감격스러운 상봉을 지켜보느라고 엘세스는 대꾸도 하지 않았다.

타라는 깜짝 놀랐다. 부모님이 안개 같은 몸이 아니라 단단한 몸으로 이뤄져 있어서 정말 살아 있는 것처럼 느껴졌던 것이다. 어머니에게서는 타라가 잘 아는 꽃향기가 났고, 아버지에게서는 상큼한 향기가 나는데 급하게 달려온 것처럼 땀 냄새가 섞여 있었다. 근데 유령도 땀이 나나?

흥분이 가라앉자 타라는 어머니와 아버지의 품에서 빠져나왔다. 하지만 셀레나는 딸의 손을 놓아주지 않았다. 마치 딸이 달아날까 불안하다는 듯.

"엄마? 이해가 안 돼요. 엄마는 살아났는데…… 마지스터가 살려냈거든요. 내가 두 눈으로 분명히 봤어요!"

셀레나가 빙긋이 미소를 짓는데 타라가 의아할 정도로 장난스러운 미소였다.

"네 아빠가 정말 아주 짓궂은 생각을 했어. 나의 천사." 웃음을 간신히 참는 얼굴로 어머니가 말했다. "그 괴물 같은 마지스터가 언젠가는 나를 소생시킬 거라고 예상하고서 나와 이름이 똑같은 어린 소녀의 혼령과 거래를 해놨었거든."

"셀레나라는 이름의 어린 소녀와 거래를 해요?" 타라는 잘 이해가 되지 않았다.

"응, 여섯 살 먹은 아이란다."

타라는 입을 멍하니 벌렸다.

"셀레나라는 이름을 가진 소녀가 필요했는데……." 아버지가 아주 만족스러운 표정으로 말했다. "마침 그 소녀가 다시 살아나고 싶어했거든. 어린아이를 선택한 건 마지스터가 아무리 극악무도한 인간이라도 아이를 해치진 않을 거라고 생각했기 때문이야. 특히 진짜 셀레나의 혼령이라고 믿을 경우에는. 그런데 아이가 이름은 셀레나지만 성이 달라서 실패할 뻔했지."

"하지만 네 아빠는 포기하지 않았고, 어린 셀레나를 보내기에 이르렀지." 셀레나가 말했다. "육신이 없기 때문에 이곳으로 돌아오는 것이 훨씬 쉽거든. 아더월드에서 하고 싶은 걸 끝내는 즉시 돌아오기로 했어."

"그 아이가…… 아더월드에서 하고 싶은 게 뭔데요?"

"인형 놀이!"

그들은 서로 얼굴을 쳐다보다 갑자기 웃음을 터뜨렸다. 배꼽을 잡고 눈물까지 흘리면서 웃었다.

"맙소사!" 타라는 얼굴을 닦으면서 말했다. "배신하는 셀렌바와 함정에 빠뜨리는 엄마, 두 여자에게서…… 버림받는 건가. 오, 불쌍한 마지스터!"

"셀렌바가 마지스터를 배신했어?" 셀레나는 깜짝 놀랐다. "마지스터를 미친 듯이 사랑하는 걸로 아는데?"

"얼마 전에 나한테 연락을 했더라고요. 가짜 목소리로 위장하고 자기는 악마의 사물이 두려워서 보스가 그걸 사용하는 걸 원치 않는 상그라브라면서 마지스터의 계획을 막게 도와주겠다고 제안했어요. 아틀란티스의 신전에서 데미데루스와 싸우는 것으로 미군 병사들이 우리에게 총을 쏘지 못하게 막을 때까지는 누군지 몰랐는데, 데미데루스를 죽이지 않은 걸 보고 그때서야 연락한 게 셀렌바임을 알아차렸어요. 셀렌바는 엄마가 소생하는 걸 원치 않아요. 불행히도 아무 소용이 없었죠. 마지스터가 성공했기 때문에…… 아니, 성공했다고 믿었지요. 나도 믿었으니까."

셀레나의 눈이 동그래졌다.

"셀렌바와 데미데루스가 싸워? 그리고 무슨 병사? 미군 병사라고 했니? 지구에 있는 미국 말이니?"

타라는 부모님이 전혀 모르고 있다는 걸 알고 지금까지 일어난 일을 설명했다. 악마의 사물들은 모우르무르가 발명한 소용돌이 쓰레기통 덕분에 우주 공간으로 날아갔다는 것도 빠뜨리지 않았다.

타라가 얘기를 끝냈을 때 단비우와 셀레나는 딸을 멍하니 쳐다봤다. 딸이 미치광이들 속에서 이 정도로 힘들게 살고 있는지 몰랐던 아버지가 타라를 꼭 끌어안으면서 말했다.

"네가 죽은 것은 가슴 아픈 일이야. 그런데 정말 이기적인 생각이지만 네가 우리가 있는 곳으로 와서 나는 기쁘구나."

단비우는 딸의 손을 잡고 말했다.

"가자, 비욘드월드를 구경시켜주마."

타라가 통과했던 문은 일종의 우주 플랫폼이 틀림없었다. 우주가 한눈에 내려다보이는데 수많은 행성이 수많은 태양 주위를 돌고 있었다. 그중 핑크빛 물방울무늬의 파란색 태양, 회색 줄무늬가 있는 태양, 초록색 태양 등 다양했다. 행성도 각양각색이었다. 행성은 원형이라는 고정관념이 단박에 깨져버렸다. 정사각형, 직사각형, 삼각형, 납작한 모양, 동그란 모양, 촛불을 세운 케이크 모양, 수많은 구멍과 깃발이 꽂힌 거대한 골프장 모양, 심지어 샹들리에처럼 생긴 행성도 있었다. 액체성과 고체성, 기체성의 크고 작은 행성, 투명한 행성까지 정말 믿을 수 없는 놀라운 광경이었다.

"와우!" 타라가 탄성을 질렀다. "이렇게 아름다울 수가!"

"마법사마다 하나씩 만든 행성이란다. 그래서 행성은 각각 그 마법사가 좋아하는 것을 반영하고 있지. 우리는 이동하면서 서로 방문하고 있어. 여기서는 뭔가를 갖고 싶을 때 생각만 하면 당장 가질 수 있지. 상상하는 것만 만들 수 있기 때문에 상상력이 풍부한 사람이 다른 이들에게 모델을 제시해주지."

"네 아빠가 가장 인기가 있어." 셀레나가 자랑스럽게 말했다. "화가라서 예술 감각과 창의력이 뛰어나니까 행성을 아름답게 꾸미고 싶은 마법사들이 많이 찾아오는 거야. 너의 행성을 건설하는 동안 우리 행성에서 살자."

하지만 타라는 여전히 플랫폼에 서서 머뭇거리고 있었다. 몸은 죽지 않았기 때문에 아직은 살아 있는 사람들의 세계에 연결되어 있는 느낌이었다.

"내가 죽은 건 친구들을 구하기 위해서였어요." 타라는 부모님을 쳐다보면서 말했다. "그래서 따라가더라도 먼저 아더월드가 어떤 상황인지 알고 싶어요."

뒤에서 조용히 눈물겨운 상봉을 흐뭇하게 지켜보던 엘세스가 한숨을 내쉬었다.

"그건 금지되어 있다, 타라. 너는 돌아갈 수도 돌아가서도 안 돼. 그걸 어기면 새로운 삶을 살기는커녕 아더월드로 돌아갈 기회만 엿보는 방랑 유령 신세가 되고 마니까 아주 위험해. 그래서 금지하는 거란다."

"하지만 할머니는?"

엘세스의 얼굴이 발그레해졌다.

"나는 좀 다르지. 아더월드로 돌아가고 싶은 마음이 전혀 없으니까. 난 여기서 아주 행복해. 무슨 일이 일어나든 상관하지도 않고." 엘세스는 드루이투스의 놀리는 시선과 마주치자 덧붙였다. "약간 짜증이 나긴 하지. 하여튼 아더월드에서 일어나는 일을 보여주면 넌 가만히 구경만 할 수 없을 거다. 더군다나 네 육신은 아직 살아 있기 때문에 이성을 잃을 테니까. 미안하구나."

타라는 고개를 끄덕였다. 이해가 되었다. 바캉스를 떠나는 것과 비슷하게 생각하면 될 것 같았다. 바쁜 일상에 쫓기는 사람들이 처음에는 학교/대학/직장에 가기 위해 아침 일찍 일어날 필요가 없는 것이 적응이 안 되지만, 차츰 긴장이 풀리고 일광욕을 즐기다 보면 근심 걱정이 사라져버리고, 바쁜 일상이 나와는 아무 관련이 없는 것처럼 느껴지지 않는가.

문제가 되는 것은 친구들이었다! 하지만 곰곰이 생각하던 타라는 돌아간다고 해도 혼령의 상태로는 검은 여왕을 완전히 몰아낼 수 없다는 걸 깨달았다.

그래서 아버지와 어머니가 다시 손을 내밀었을 때 타라는 미소를 지으며 손을 잡았다. 세 사람은 날아올랐다.

그리고 타라는 새로운 삶을 시작했다.

타라가 몇 년 만에 처음으로 죽이려고 하거나 이용하려는 사람이 없는 비욘드월드에서 행복하게 지내는 동안 아더월드에서는 많은 사람이 행복하지 않았다. 심지어 검은 여왕도 행복하지 않았다.

허세에도 불구하고 타라의 죽음으로 인해 힘의 일부를 상실했기 때문에 검은 여왕은 많이 약해져 있었다. 자기가 모습을 바꿔놓은 타라의 친구들을 지배하기가 버거울 정도였다. 검은 여왕은 그게 실수였다는 걸 이제는 깨닫고 있었다. 다른 사람의 모습을 바꿔놓는 것도 자신이 변신하고 있을 때와 마찬가지로 시간마다 악마의 영혼 하나를 소모하기 때문이었다. 많은 건 아니지만 시간이 흐르다 보면 결코 무시할 수 없는 소모량이 되는데…….

하지만 자존심과 허세 때문에 검은 여왕은 타라의 친구들을 원래 상태로 돌아가게 할 수 없었다. 리스베스와 이사벨라에게 우스꽝스럽게 바꿔놓은 모습들을 보여주면서 여봐란듯이 힘을 과시하지 않았던가.

게다가 타라의 친구들이 멀리 가 있을 때는 훨씬 더 많은 에너지를 소모하기 때문에 방법을 찾아야 했다. 그들을 곁에 두고 있는 수밖에 없었다. 아더월드를 정복할 준비를 시작해야 되는데……. 그래서 검은 여왕은 화가 나서 미칠 지경이었다.

그리고 육신을 지배하기가 점점 더 힘들었다. 영혼이 떠난 걸 알아챘는지 육신의 기능이 차츰 정지되고 있어서 적응하기가 쉽지 않았다. 회복하려면 잠을 오래 자야 했다. 검은 여왕은 황궁에만 안개 장막을 드리웠는데 장막을 완전히 거둘 생각까지 하고 있었다. 이윽고 셀레나 몸의 생명을 유지하게 한 것처럼 검은 여왕도 심장박동과 두뇌 활동, 호흡을 도와주는 크리스털 의료 기기를 사용해야 했다. 하지만 셀레나와는 달리 검은 여왕은 육신을 사용해서 움직여야 하기 때문에 몸이 빨리 상했다. 악마의 마법은 해결책이 아니라 오히려 문제가 되는 것 같았다.

방법을 찾아야 하는데…….

그런데 정말 아이로니컬하게도 이 상황에서 벗어나게 해줄 수 있는 사람은 타라의 철천지원수 마지스터밖에 없었다.

하지만 검은 여왕은 타라와 똑같은 딜레마에 직면했다. 그 빌어먹을 마지스터가 어디에 숨어 있는지 알 길이 없었다. 그래서 크리스털리스트들을 통해 마지스터와 통화하고 싶다는 뜻을 알려야 했다. 하지만 마지스터에게서 아무런 응답이 없기 때문에 극도로 예민해졌다.

검은 여왕은 플랜 B로 작전을 바꿨다.

안락의자로 사용하는 실버 드래곤에게 등을 기댄 검은 여왕은 무릎을 베고 누워서 크리스털 눈을 감고 있는 엘프의 은빛 머리를 쓰다듬고 있었다. 검은 여왕이 아름다운 몸을 좋아하기 때문에 엘프는 상체를 벗고 짧은 반바지를 입고 있었다. 검은 여왕은 신음소리를 내지 않으려고 꾹 참았다. 잠시 후, 검은 여왕은 갈퀴손톱을 세우고 엘프의 상체를 할퀴어서 상처를 냈다. 피가 흐르는 상체를 뒤로 젖히면서 엘프는 비명을 질렀다. 그 정도로 심하게 아파서가 아니라 검은 여왕이 비명을 지르는 걸 좋아하기 때문이었다.

"옷에 피가 묻겠어요, 여왕님." 옆에 있던 칼이 지적했다. "빨래로는 피를 지우기 힘들 텐데……. 더운물에는 피가 굳어 찬물에 빨아야 하고, 마법으로 세탁하면 옷감이 상하거든요."

검은 여왕은 웃었다. 칼은 정말 재미있는 소년이었다. 검은 여왕이 유일하게 원래의 모습으로 돌아가게 해준 칼은 해골의 모습이 아니었다. 하지만 검은 여왕이 자기와 키를 맞추기 위해 근육과 뼈를 늘려서 키를 키워놨기 때문에 어찌나 고통스러운지 차라리 죽음을 원할 정도였다. 물론 검은 여왕이 자기를 열렬히 사랑하게 만드는 주문까지 풀어준 건 아니었다.

파브리스와 무아노는 옥좌 반대쪽에 있었다. 야수와 늑대의 모습으로 웅크린 채 누구든 여왕의 심기를 건드리는 놈은 물어뜯을 기세로 으르렁거렸다. 둘 중에서 더 사나운 파브리스는 로빈에게서 눈을 떼지 않고 킁킁거렸다. 검은 여왕은 늑대인간이 피를 좋아한다는 걸 알고 있지만 엘프의 피를 맛보게 해줄 생각이 없었다. 자신을 위해 엘프를 지켜주는 것이었다. 이들을 위에서 내려다보는 파프니르는 갈기갈기 찢어버리고 싶은 욕망에 사로잡혀서 도끼를 움켜잡았다.

검은 여왕은 천성적으로 사랑할 수 없었다. 하지만 자신이 모습을 바꿔놓은 이들을 곁에 두고 엘프의 아름다움, 야수와 늑대인간의 잔혹성, 거인이 된 빨간 머리 난쟁이의 사나움, 어린 도둑 칼의 기발한 재치를 즐기면서 피로를 풀었다. 그리고 무엇보다도 질투하는 엘프를 보는 것이 정말 즐거웠다.

246

검은 여왕의 마음에 들고 싶어하던 여러 궁인들은 희생을 치러야 했다. 질투심에 사로잡힌 로빈이 그들을 목숨만 끊지 않았지 반쯤 죽였다. 거의 맹수나 다름없이 행동했다. 그래서 언제 갑자기 주인에게 등을 돌리고 잡아먹을지도 알 수가 없었다. 타라의 몸이 죽는 건데 손해 볼 것이 없는 검은 여왕은 그저 흥미진진할 뿐이었다. 원하는 것도 못한다면 이까짓 몸이 무슨 소용 있단 말인가. 어차피 죽어가는 몸뚱이인데.

"그래. 맞는 말이다, 어린 도둑." 검은 여왕이 인정했다. "내 옷에 피를 묻히지 않게 엘프를 치료해주어라."

칼은 복종했고, 피가 흐르던 로빈의 상체는 우윳빛을 되찾았다. 피가 사라지는 걸 보면서 여왕은 칼이 레파루스 주문으로 치료뿐만 아니라 네토이우스 주문으로 깨끗하게 닦아주었다는 걸 알았다. 이 정도로 세심히 배려하다니!

칼이 검은 여왕의 관심을 받는 걸 느낀 엘프는 가슴을 펴면서 강철 케이블 같은 멋진 복근을 과시했다. 그러고는 환한 미소를 짓다가 갑자기 뜨거운 키스를 퍼부었다. 여왕은 입술을 깨물었고, 엘프는 웃음을 터뜨렸다. 잠시 후 엘프는 미소를 머금은 채 있었다. 이번에는 입술에서 피가 나지 않았다.

"여왕님, 오늘은 누구를 죽여드릴까요?" 엘프가 속이 부글부글 끓는 것 같은 목소리로 말했다.

검은 여왕은 한숨을 내쉬었다.

"나의 잔인한 미남 엘프. 오늘은 없다. 더 급한 일이 있어."

모우르무르가 한 기구 앞에서 바쁘게 움직이고 있는데 얽히고설킨

전기회로 속에서 흑요석이 광채를 발하고 있었다.

림보의 조각상 재판관이 자기 몸 일부를 떼어 타라에게 준 흑요석인데 검은 여왕이 체인지라인에게서 억지로 빼앗은 것이었다. 검은 여왕은 타라만 흑요석을 작동할 수 있다는 걸 알지만, 천재 발명가 모우르무르에게 연락이 닿도록 지시를 내렸다. 재판관이 어쩌면 타라의 몸을 알아보고 받아들일지도 모르지 않는가.

검은 여왕은 마지스터와 연락이 되지 않기 때문에 재판관에게 도움을 청하고 싶었다. 악마들을 책임지고, 마법사들의 혼령들과 소통할 수 있는 이상한 조각상 재판관에게서만 정보를 얻을 수 있었다. 모우르무르가 손짓을 하자 여왕이 일어나서 윙윙거리는 이상한 기구를 쳐다봤다.

"가운데 버튼을 누르세요, 여왕님." 모우르무르가 말했다. "빨간색이었는데 여왕님을 위해 검은색으로 칠했지요."

검은 여왕은 모우르무르의 얼굴을 쓰다듬어주었다. 검은 여왕의 마법 덕분에 두뇌의 힘이 증가된 늙은 발명가는 이제야 여왕을 위해 해줄 일이 생긴 것이었다. 여왕은 마음 놓고 버튼을 눌렀다.

검은 여왕은 깜짝 놀랐다. 나타난 이미지는 재판관과 아무런 상관이 없었다.

그리고 기구는 폭발했다.

한편 마지스터는 황당했다. 도대체 검은 여왕이 무슨 할 얘기가 있다는 거지? 메시지는 무슨 수수께끼도 아니고 알쏭달쏭했다. '상그라브들의 보스, 이 번호로 연락하시오, 제안할 게 있으니까.'

장난 좀 친다는 사람도 감히 번호를 누를 용기가 있을까.

검은 여왕에게 연락하기로 결심한 날은 심통이 난 셀레나가 아침 식사를 먹지 않고 얼굴에 던져버렸기 때문에 많이 실망한 날이었다.

건강에는 좋지만 셀레나가 싫어하는 오트밀 파편을 꼼꼼히 닦아낸 다음 마지스터는 뱀파이어 셀렌바에게 여섯 살짜리 셀레나를 맡겼다. 뱀파이어가 겉으로는 태연하지만 속으로는 비웃고 있는 게 느껴져서 찜찜하지만 어쩔 수 없었다. 마지스터는 통화를 해도 위치 추적이 불가능한 장소로 가서 검은 여왕의 번호를 눌렀다.

마지스터는 크리스털레오 토론에 나온 검은 여왕을 여러 번 본 적이 있는데 드레쿠스의 왕관을 쓰고 있는 것이 부러웠었다.

실물 크기의 이미지가 마지스터의 눈앞에 나타났을 때 고혹적인 아름다움에 충격을 받았다. 그리고 그렇게 거만할 줄이야. 찬찬히 뜯어봤는데 타라와는 아주 다른 아름다움이었다. 뱀파이어의 빨간 눈과 여왕의 검은 눈에서 번뜩이는 냉혹한 빛이 똑같아서일까. 오히려 셀렌바와 닮은 데가 있었다. 그런데 방금 폭발이라도 한 걸까. 사방에 시커먼 그을음이 앉은 커다란 방에 검은 여왕이 있는 걸 보고 마지스터는 이맛살을 찌푸렸다.

마지스터가 약간 허리를 숙이는 정도로 예의를 갖추자 검은 여왕도 똑같은 몸짓으로 인사했다.

아하! 부탁할 게 있는 모양이군. 그렇지 않다면 저렇게 인사할 리가 없었다. 마지스터는 무슨 말을 할지 기다렸다.

"타라 덩컨이 죽었어요."

마지스터는 흠칫 놀랐다. 소문은 들었지만 그냥 흘려버렸다. 그런데 사실이라는 걸 알고 슬퍼지는 자신에게 깜짝 놀랐다. 걸핏하면 자신의 계획을 가로막으면서 방해하는 통에 격분했지만 실은 용감한 타라를 정말 좋아했다. 아더월드 전체에서 타라와 비길 만한 사람이 없었다. 셀레나가 돌아온 뒤 처음으로, 딸을 기억하지 못하는 여섯 살 소녀인 것이 천만다행이라는 생각이 들었다. 마지스터는 감정이 없는 목소리로 물었다.

"그래서요?"

"그 아이의 영혼이 필요해요. 아니면 이 육신도 죽을 테니까."

마지스터의 마스크는 변화가 없었다. 검은 여왕은 상대가 유리하다는 걸 깨달았다. 마스크로 표정을 숨길 수 있는 마지스터에 비하면 검은 여왕은 불리했다. 그래서 검은 여왕은 가능한 한 굳은 표정을 지으려고 노력했다. 도박꾼 흉내를 내면서 표정 관리를 했다. 마지스터가 반복했다.

"그래서요? 그게 나와 무슨 상관이 있는지 모르겠군요. 타라의 육신이 죽으면 당신도 죽는다는 건…… 결국 나에게는 적수 한 명이 줄어드는 것인데."

마지스터가 통화를 끝내는 손짓을 하자 검은 여왕이 재빨리 외쳤다.

"셀레나 덩컨에 관해 알려줄 게 있는데……."

마지스터가 그대로 멈춰 서더니 자세를 바로 했다.

"셀레나는 나와 함께 있는데 뭘 알려주겠다는 건지…… 괜한 수작 부리지……."

이번에는 검은 여왕이 생각하는 것을 표정으로 나타냈다. 그리고는 악랄한 미소를 흘리면서 마지스터의 이미지에 거의 닿을 정도로 얼굴을 들이댔다.

"절대로 수작 부리는 거 아니니까 걱정 말고 하나씩 주고받읍시다. 악마의 사물을 사용해서 죽은 사람을 돌아오게 하는 방법을 알려주면 그 대가로 나는 셀레나가 어디 있는지 말해주겠소. 당신이 돌아오게 한 사람이 누군지 정확히 모르겠지만 타라 덩컨의 어머니, 셀레나의 혼령이 아니라는 건 확실하게 말할 수 있소."

마지스터의 금빛 마스크가 분노의 빨간색으로 변했다. 아하, 역시 반응을 보이는군.

"다시 말하는데 셀레나는 나와 함께 있다니까!" 마지스터가 이를 악물고 소리치는 것 같았다.

"모르고 있을 줄 알았다니까!" 검은 여왕이 비아냥거리듯 응수했다. "내가 불과 몇 시간 전에 셀레나를 봤기 때문에 하는 말인데. 아, 다른 누군가와 접속하는 중이었는데 갑자기 셀레나가 보여서 나도 깜짝 놀랐죠. 통신이 끊어지기 전에 분명히 셀레나를 봤어요. 그래서 나는 당신이 그걸 알고 연락한 거라고 생각했는데."

마지스터는 침묵을 지키고 있었다. 검은 여왕은 바보가 아니었다. 그래서 잠자코 있었다. 마지스터는 검은 여왕이 거짓말하는 게 아니라는 걸 느꼈다.

"거래가 이뤄진 건가요?" 검은 여왕이 응수했다. "셀레나가 있는 곳을 알려주면 악마의 사물을 사용하는 방법을 알려주기로?"

마지스터는 이용당하는 것 같고, 궁지에 몰리는 것 같고, 빠져나갈 수 없을 것 같아서 거래라는 걸 정말 싫어했다. 검은 여왕은 능수능란했다. 굴복시키려고 네 시간 동안 말싸움을 벌인 끝에 마지스터는 전의를 상실하고 검은 여왕이 원하는 걸 알려주었다.

악마의 사물을 사용하는 방법, 시공간을 깨뜨리고 죽은 사람의 영혼을 돌아오게 에너지를 사용하는 방법. 물론 검은 여왕은 확인할 방법이 없었다. 하지만 모우르무르에게 검토해보라고 지시했고, 가능하다는 결과가 나왔다. 유령들이 습격하는 끔찍한 사건으로 인해 사용법이 적힌 양피지를 파괴해버렸기 때문에 확인할 수 없는 것이 유감이지만, 마지스터가 알려준 방법은 분명히 실현 가능성이 있었다.

거래를 이행한 마지스터가 다그쳤다.

"그래서요? 셀레나가 어디 있다는 거요? 진짜 셀레나 덩컨이 어디 있는데?"

"셀레나는 비욘드월드를 떠난 적이 없어요." 검은 여왕은 통화를 끝내기 직전에 마지스터를 아연실색하게 만들었다.

뱀파이어 셀렌바는 어린 셀레나를 데리고 노는 것이 즐거웠다. 너무나 놀랍게도, 어른 셀레나는 죽이고 싶은 충동을 주는데 어린 셀레나는 사랑스럽기만 했다. 셀렌바는 인간의 피를 빨아 먹은 뱀파이어가 되면서 자식을 가질 수 없다는 걸 알고 있었다. 뱀파이어가 인간의 피를 먹으면 육체적, 정신적으로는 강해지지만 불임이 되기 때문이었다. 그런데 자신도 모르게 모성애가 나타나고 있었다. 어린 셀레나가 기쁨과 즐거움의 원천이었다. 인형 놀이를 하면서 몇 시간 동안 재잘거리는 천진난만한 아이가 뱀파이어의 아픔을 어루만져주었다.

셀렌바는 셀레나가 일어설 때마다 키가 커서 이따금 깜짝깜짝 놀랐지만 어른의 몸을 가진 여섯 살 소녀로 볼 수 있게 되었다.

그래서 검은 여왕과 통화한 뒤에 격분한 마지스터가 나타났을 때 셀렌바는 본능적으로 셀레나 앞을 가로막고 섰다.

"너 누구야?" 마지스터가 소리를 버럭 내질렀다. "그 몸에서 당장 나와! 네 몸이 아니잖아!"

어린 셀레나가 울음을 터뜨리자 뱀파이어는 마지스터를 쏘아봤다.

"대체 왜 이러는지 모르겠네요!"

셀렌바는 사람들 앞에서는 보스에게 깍듯하게 존대하지만 사적인 자리에서는 편안하게 말하는 경향이 있었다.

"셀레나가 아니다!" 마지스터가 내뱉었다. "내가 속았어! 누군지 모르지만 목을 베어서라도 당장 꺼내야겠다!"

셀렌바의 빨간 눈이 동그래졌다.

"셀레나의 목을 베겠다고요?"

그제야 마지스터는 약간 이성을 찾은 것 같았다.

"아니, 그녀의 몸을 훼손하겠다는 게 아니라 안에 들어 있는 자를 꺼내야겠다! 지금 당장!"

깜짝 놀라서 까무러치게 울던 아이가 새빨개진 얼굴로 마지스터를 쳐다보더니…… 세상에 이럴 수가, 늑대인간으로 변신했다.

마지스터가 반응하기 전에 늑대인간이 달려들었다. 살아야 한다는 본능이 작동한 걸까. 송곳니를 드러낸 늑대의 아가리로 팔을 물고 늘어지자 마지스터가 비명을 질렀다.

잠시 후, 늑대가 나가동그라졌다. 더 다치기 전에 셀렌바가 늑대인간과 마지스터를 떼어놓았던 것이다.

셀렌바가 그렇게 한 것은 마지스터를 구해주기 위해서가 아니었다. 용감하게 늑대로 변신했지만 상그라브들의 보스가 어린애를 상대로 공격한다면 개가 웃을 일이 아닌가. 셀렌바는 셀레나의 몸이 훼손되거나 말거나 상관없지만, 아이를 다치게 하고 싶지는 않았다.

"그 몸에서 나와, 꼬마야." 셀렌바가 다정하게 말했다. "이제 끝났으니까 집으로 돌아가야지. 어서!"

갑자기 늑대인간이 털썩 주저앉더니 금발 소녀의 유령이 나오는 것이 또렷이 보였다. 셀레나와는 전혀 닮은 데가 없는 아이였다.

아이가 마지스터를 향해 혀를 쏙 내밀었다.

"메롱, 메롱!"

이어서 친절하게 대해준 셀렌바에게 방긋 웃어 보였다. 아이는 실컷 재미있게 놀았으니 비욘드월드로 돌아갈 때가 된 건데…… 아저씨는 너무 못됐다고 생각하면서 사라졌다.

팔에서 피가 나는 마지스터가 주문을 읊자 셀레나의 몸이 둥둥 떠오르더니 심장과 허파를 다시 뛰게 해주는 크리스털 의료 기기에 연결되었다.

마지스터는 주먹을 불끈 쥐었다(늑대에게 팔이 물렸기 때문에 한쪽 주먹은 쥘 수 없었다).

셀렌바가 뒤에서 부르는 소리에 마지스터가 돌아서자 뱀파이어는 재빨리 레파루스로 상처를 치료했다.

"셀레나는 당신이 싫은 거예요." 셀렌바는 치료를 끝내고 나서 말했다(마지스터는 뱀파이어가 레파루스를 사용하는 걸 좋아하지 않았다). "얼마나 싫으면 여섯 살짜리 아이를 보냈겠어요. 그런데도 계속 그녀를 돌아오게 하면 어떻게 되겠어요?"

"나를 사랑할 거야." 마지스터는 단호하게 말했다.

"아니, 셀레나는 기회만 있으면 비욘드월드로 돌아가려고 할 거예요. 무조건 막을 수 없다는 건 당신도 알고, 나도 알아요. 스물여섯 시간 내내 그녀만 감시할 수는 없어요. 자결하거나 물에 뛰어들거나 그녀는 아마 무슨 방법이든 찾을 텐데."

마지스터의 마스크가 밝아지더니 셀렌바가 깜짝 놀랄 정도로 웃음을 터뜨렸다.

"괜찮아요?"

마지스터는 터져 나오는 웃음 때문에 숨넘어가는 소리로 대답했다.

"아니, 괜찮을 리가 없지. 셀레나가 자기와 이름이 똑같은 어린아이를 보냈는데 나는 전혀 모르고 있었으니……. 그런데 정말 기가 막힌 여자란 말이야. 좀 전에 나한테 달려들었을 때 알아차렸는데 뭐 느낀 거 없나?"

"뭐 말이에요?" 뱀파이어가 물었다.

"셀레나는 늑대인간이야." 마지스터는 상황을 즐기는 것처럼 말했다. "그건 죽지 않는다는 거잖아. 목을 베도 도로 아물어버리니까. 물에 빠져도 허파가 재생하고, 다쳐도 끄떡없지. 그녀가 죽어서 비욘드월드로 돌아갈 일은 없을 거야."

마지스터는 양손을 비볐다. 상황이 정말 재미있게 돌아가고 있었다.

의료 기기에 둘러싸인 셀레나의 몸 위에서 크리스털 뚜껑이 닫혔다. 셀렌바는 분노의 휘파람을 불면서 애꿎은 탁자를 내리쳐서 산산조각을 냈다. 이어서 발차기로 날려서 회반죽벽에 나무 파편들이 파바박, 박혔다.

"보기 좋게 당했군요!" 셀렌바는 크리스털 뚜껑에 대고 으르렁거렸다. "소감이 어때요? 당신을 여러 번 경험하다 보니 셀레나가 배웠나 본데. 교활하기가 당신 못지않아요. 몇 년 전만 해도 당신을 속이려고 어린아이의 혼령을 보낼 생각은 하지 않았을 텐데. 이젠 거침이 없네요."

뱀파이어는 처음으로 아름다운 셀레나에게 증오심 이외의 다른 감정을 느꼈다.

셀레나에게 그야말로 감탄하고 있었다.

마니투

살아있는 돌과 함께 세상을 다시 바꿔야 하는데

*

마니투는 도망치는 데 성공했다. 개의 모습이라는 것이 여러 가지로 유리했다. 개에게 주의를 기울이는 사람이 없기 때문에 많은 얘기를 엿들을 수 있었고, 탁자 밑에 숨어서 타라의 친구들이 악마 형상으로 바뀌는 과정도 지켜볼 수 있었다. 공포에 질린 마니투는 방문 앞을 지키는 친위대원의 가랑이 사이로 살금살금 빠져나왔다.

일단 밖으로 나와 보니 마니투만 탈출한 것이 아니었다. 그야말로 과감하게, 아니 '단순무식하게' 창문을 깨고 도망쳐 나온 살아있는 돌이 전속력으로 달리는 개의 머리 위를 둥둥 떠서 따라왔던 것이다. 살아있는 돌은 타라의 죽음을 슬퍼했다.

한참을 달리다 황궁이 보이지 않는 곳에 이르자 숨넘어갈 듯 헉헉거리면서 검둥개가 속도를 늦췄다.

"휴, 다이어트를 해야지 정말 안 되겠군."

"뚱보 개, 착한 개, 친절한 마니투." 고지식한 살아있는 돌이 직설적으로 말했다.

"쯧쯧, 뚱보라는 말은 빼고 불러도 전혀 섭섭해하지 않을 테니 너라도 나 좀 봐주라. 그건 그렇고 살아있는 돌아, 빌어먹을 검은 여왕을 물리쳐야겠는데 무슨 방법이 없을까?"

마니투는 욕설을 입에 담는 일이 거의 없었다. 욕설이 난무하는 것은 문명이 쇠퇴하고 있다는 표시이며, 예의는커녕 비누를 사용할 줄도 모르는 미개인들의 속성이라고 생각했다. 그런데 지금은 저절로 욕설이 나왔다. 살아있는 돌은 검둥개와 함께 고요한 거리를 지나가면서 생각에 잠겼다. 그러다 자신이 지닌 두 가지 주요 기능, 즉 타라에게 힘을 주는 기능과 전화 기능을 사용하겠다고 제안했다.

"예쁜 타라에게 연락할까요? 빌어먹을 검은 여왕 년을 어떻게 죽일지 방법을 물어보기 위해."

마니투가 살아있는 돌의 말을 골똘히 생각하는 동안 잠시 침묵이 흘렀다. 괜찮은 생각인데…….

"너까지 상스러운 말은 하지 마." 마니투가 한마디 하고 나서 덧붙였다. "그리고 아주 좋은 생각이야. 마지스터나 드래곤들을 제외하면 타라만큼 악마의 마법을 경험한 사람이 없으니까. 타라는 분명히 방법을 알 거야. 그런데 비욘드월드에 있는 타라에게 연락해줄 수 있는 유일한 존재가 다른 곳에 있다는 게 문제야."

살아있는 돌은 강력하고 유능하지만 그렇게 영악하지는 않았다.

"다른 곳?"

"그래, 내 입으로 이런 말을 하게 될 줄이야!" 마니투는 한숨을 내쉬었다. "너와 내가 금서를 훔쳐서 림보로 가야겠다."

타라는 전속력으로 달려가다 몸을 굴려서 가까스로 따라잡은 공을 백핸드로 보냈다. 얼굴이 뻘게져서 숨을 몰아쉬는 단비우는 총알같이 날아오는 공을 받아치기는커녕 손도 못 대고 땀만 비 오듯 흘렸다. 게임 끝.

"이런, 트라둑의 똥 같으니라고!" 단비우가 내뱉었다. "반사신경이 표범 저리 가라네! 그런 너를 누가 이길 수 있겠니?"

단비우와 타라는 크리스털로 지은 스쿼시 코트에서 경기를 하고 있었다. 셀레나의 제안에 따라 큰 부상을 입지 않게 개조한 경기장이었다.

단비우는 크리스털 벽 너머에서 지켜보는 셀레나에게 눈을 흘겼다. 늘씬하게 뻗은 구릿빛 다리를 드러낸 흰색 원피스 차림의 셀레나는 칵테일을 홀짝이고 있었다.

"휴, 힘들다." 단비우는 의자에 주저앉으면서 툴툴거렸다. "아무래도 당신이 속임수를 쓴 것 같아. 우리 딸은 도와줄 필요가 없다는 거 알면서. 당신이 도와주지 않아도 나를 이기고도 남는 아이인데."

셀레나는 사랑스럽게 눈썹을 치켜 올렸다.

"그래서 내가 당신을 도와준다고 한 건데."

2리터쯤 되는 물을 꿀꺽꿀꺽 마시고 얼굴을 닦던 타라가 항변했다.

"엄마! 그러기예요? 아빠가 얼마나 뛰어다니게 하는지 숨넘어가는 줄 알았단 말이에요. 여기서는 죽을 걱정 따윈 안 할 줄 알았는데 심장마비 일어날 뻔했잖아요."

골난 얼굴로 따지는 딸을 보면서 단비우와 셀레나는 웃음을 터뜨렸다. 타라는 생애 최고의 날들을 보내고 있었다. 어느새 한 달이 훌쩍 지나갔다. 그들은 마치 그동안 함께 보내지 못했던 시간을 벌충하듯 한 달 동안 헤아릴 수 없이 많은 행성—행성 전체가 유원지라고 할 수 있는—들을 돌아다니면서 많은 이야기를 나눴다. 믿을 수 없을 정도로 신기한 것들을 아직 다 보지 않았지만 타라는 혹시 눈속임은 아닐까 의문이 들었다. 이 세계에 있는 것들을 다 구경하고 나면 어떻게 되는 걸까? 수백 년의 휴가가 끝나면 사람들은 뭘 하면서 시간을 보낼까? 처음에는 마냥 신 났다. 하지만 어느 순간부터는 시간이 길게 느껴지기 시작했다. 그러다 이날은 지루함을 달래기 위해 스퀴시 게임을 아버지와 했던 것이다.

아버지에게 불평을 늘어놓으려는 순간 타라는 갑자기 칼에 찔리는 듯한 통증을 느끼면서 배를 움켜잡았다. 딸이 장난치는 거라고 생각하던 단비우는 셀레나까지 고통의 비명을 지르면서 배를 움켜잡자 사색이 되었다.

"뭐야? 왜들 이래? 무슨 일이야?" 당황한 단비우가 외쳤다.

"아빠!" 타라가 소리쳤다.

그리고 사라졌다.

무슨 일인지 대번에 알아차린 셀레나가 외쳤다.

"여보, 도와줘요!"

단비우는 셀레나를 붙잡았다. 마지스터가 소생시키려고 했을 때 셀레나는 이미 경험한 적이 있었다. 하지만 그때는 만반의 준비를 해놓았을 때였다. 그래서 어린 셀레나를 대신 보낼 수 있었다. 그런데 딸과 행복한 시간을 보내느라고 어린 셀레나가 돌아온 걸 모르고 있었다. 셀레나는 어이없는 실수를 저질렀다는 걸 깨달았다. 남편과 함께 사력을 다해서 싸웠지만 소용없었다. 너무 강력한 힘이었다.

사랑하는 아내가 사라지는 걸 보면서 단비우는 절망했다.

단비우가 내지르는 절규가 길게 울려 퍼졌다.

타라는 어딘가에서 유형화되었다. 분명히 심장이 뛰고 숨을 쉬고 있었다. 구불구불 흘러내리는 검은색 머리. 어, 잠깐, 검은색 머리? 이게 나라고?

금빛 피부에 청회색의 커다란 눈, 검은색 머리의 낯선 여자가 거울에 비쳐 있었다. 타라가 두 팔을 들자 거울 속 여자도 똑같이 두 팔을 들었다. 그래도 미심쩍어서 이번에는 한 팔을 내리자 거울 속 여자도 똑같이 따라했다. 오케이. 내 몸을 되찾은 건 분명히 아닌데 그럼 일루전인가. 상황 파악이 안 되는 타라는 눈을 크게 뜨고 주위를 살폈다.

맙소사, 초록빛의 아름다운 눈으로 내려다보는 남자를 알아보고 타라는 심장이 오그라들었다.

"아름다운 타라, 또 이렇게 비슷한 상황에서 다시 볼 줄이야!"

"아르칸즈?"

어떻게 이런 일이! 비욘드월드에서 지내면서 잊어버리기 시작했던 두려움이 느껴졌다. 정체불명의 몸인데도 그 두려움이 되살아나다니…….

마왕이 미소를 보냈다.

"오, 나를 알아봐주니 정말 행복하군."

타라는 내가 죽었지만 그렇게 멍청하지도, 기억상실증에 걸린 것도 아니거든! 하고 내뱉고 싶은 걸 참았다. 그리고 여기가 어디냐고 묻고 싶지만 림보인지 뻔히 알면서 묻자니 수법이 너무 식상해서 꾹 참았다. 하지만 마니투와 살아있는 돌을 만난 건 정말 뜻밖이었다.

침대로 뛰어오른 검둥개가 타라의 목에 축축한 주둥이를 비벼댔다.

"오, 내 조상들이여! 타라! 얼마나 무서웠는지 모른다! 너에게 연락하려면 이 방법밖에 없었어. 모조리 죽게 생겼는데 그걸 막을 수 있는 사람이 너밖에 없어서!"

"나에게 연락하려고…… 뭘 어떻게 했다는 건데요, 할아버지?"

마니투는 쪽빛이 아니라 청회색으로 변한 타라의 눈을 응시했다.

"이곳으로 오려고 금서를 이용했는데 정말 무서웠어." 마니투는 눌어붙은 꼬리를 가리키면서 덧붙였다. "아르칸즈에게 재판관을 만나게 해달라고 부탁했지. 너한테 검은 여왕을 제거하는 방법을 물어보려면 재판관을 통해야 하니까. 그런데 살아있는 돌과 내가 흑요석 재판관 앞에 섰는데 너에게 물어봐야 아무 소용없다는 거야. 비욘드월드에서 나와 검은 여왕을 마주 보는 자리에서만 할 수 있다면서."

검둥개가 침을 삼키자 타라는 기계적으로 쓰다듬어주었다.

"그래서 절망에 빠져 있는데 문득 깨달았지. 재판관의 말은 검은 여왕과 담판을 지을 수 있게 너의 혼령을 아더월드로 보내주겠다는 제안이라는 걸. 그런데 유감스럽게도(마니투는 아르칸즈를 향해 미안한 눈길을 던졌다) 재판관이 너를 영원히 돌아가게 하는 것이 아니라 미션을 완수할 때까지라고 했어. 그래서 아르칸즈 마왕이 중상을 입고 영혼이 떠나버린 여성 악마의 몸을 찾아낸 거야. 너는 지금 여성 악마의 몸을 빌리고 있는 것이고. 재판관이 다른 육신에 네 영혼을 깃들이느라고 애를 많이 썼지."

마니투의 목소리에서 그 과정이 결코 쉽지 않았다는 걸 알 수 있었다. 타라는 거울 속의 모습을 찬찬히 뜯어봤다. 죽었지만 그래도 매력적이었다.

여성 악마들이 모두 그렇듯 이 악마의 몸도 매혹적이었다. 아담한 체격의 새로운 실루엣은 운동선수처럼 단단한 체격의 타라와는 거리가 멀었다. 반면에 가슴은…… 와우. 타라는 얼굴이 빨개졌다. 느낌인데도 이상했다. 브래지어 사이즈를 바꿔야 하는 것은 말할 것도 없었다. 코르셋에다 짧은 반바지 차림이라서 너무 빵빵한 엉덩이가 드러나 보였다. 긴 바지로 바꾸면 좋을 텐데. 체인지라인이 없는 것이 유감스러웠다.

눈부시게 아름답다는 것이 이런 자신감을 주는 걸까. 손만 뻗으면 모든 행운과 행복을 잡을 수 있을 것 같았다. 악마들은 중추신경과 교감신경을 흥분시키는 암페타민이라도 복용하나? 게다가 느긋해지면서 낙천주의자가 된 것 같았다. 타라가 일어나는 순간 갑자기 몸이 튕겨 나가더니 방 저쪽 끝으로 나가동그라졌다. 타라는 또 넘어질까 조심조심 중심을 잡고 돌아봤다.

"세상에! 왜 이러지? 난 그냥 일어섰을 뿐인데 6미터나 멀리 나동그라지다니!"

아르칸즈는 미소를 지었다. 타라 덩컨이 방문해줘서 기분이 아주 좋았다. 사랑하는 타라와 정말 잘 지낼 수 있었는데 난데없이 검은 여왕이 오무아의 옥좌를 차지하는 바람에 입장이 난처해졌으니…….

"힘이 훨씬 세졌지. 우리 악마의 근육으로 강화되어 있어서. 일어서면서 너무 강한 힘을 썼기 때문에 멀리 튀어 나갔던 거야."

타라는 입술을 깨물었다. 힘이 세졌다는 건 잘된 일이니까 불평할 일은 아니지. 타라는 아르칸즈에게 미소를 보냈다.

"아더월드로 보내줄게." 아르칸즈가 진지하게 말했다. "진심으로 네가 그 흉악한 여자를 물리치기 바란다. 도움이 필요하면 어떻게 해야 되는지 알지? 나를 불러, 당장 눈앞에 나타날 테니까."

네 도움을 받느니 죽는 게 낫다고 말하는 건 정말이지 좋은 생각이 아닌 것 같았다. 그래서 타라는 짤막하게 '고맙다'고 말했는데 아르칸즈는 기뻐하는 것 같았다. 타라는 곁눈질로 훑어봤다. 짙은 눈썹에 초록빛의 커다란 눈, 윤기가 잘잘 흐르는 갈색 머리, 똑바로 쳐다보기 힘들 정도로 잘생긴 얼굴. 타라가 아는 남자 중에서 아르칸즈는 단연 최고의 미남이었다. 타라는 한숨을 내쉬었다. 적들이 이렇게 매혹적이면 싸우기 힘든데…….

하지만 매혹적인 아르칸즈는 약속을 지켰다. 타라가 아더월드로 돌아가는 데 필요한 것을 준비해주었다. 스파리담을 사용했지만 악마의 마법이 타라에게 고통을 주지 않게 신경을 써주었다.

악마가 이 정도로 배려해주다니.

타라가 부탁한 대로 그들은 랑코비트의 트라비아 공간이동의 문 대합실에 도착했다. 타라는 팅가푸르가 어떤 상황인지 모르는데 늑대 아가리 속으로 뛰어들고 싶은 마음이 없었다.

그런데 살아 있는 궁전의 금빛 돌을 만지자마자 푹 쓰러지는 타라를 보면서 마니투는 아연실색했다.

얼마 후, 타라는 이날 두 번째로 어딘가에서 유형화되었고, 자신의 몸속으로 돌아와 있다는 걸 알아차렸다.

그리고 검은 여왕과 마주했다.

희생

하늘이 무너져도 솟아날 구멍은 있는데

*

타라는 메스껍고 어지러웠다. 몸 상태가 좋지 않은 것 같았다. 그래도 자신의 몸으로 돌아왔기 때문인지 굽 높이 12센티미터 킬힐을 신고 다니다 낡았지만 편안한 신발을 다시 신었을 때처럼 위안이 되었다.

검은 여왕이 타라를 위해 머릿속에 만든 가상의 집/감옥에 두 영혼이 있게 되었다. 돌아온 것에 대한 성의를 보여주기 위해 검은 여왕이 이번에는 도저히 뛰어넘을 수 없게 집을 둘러싸던 벽을 없애주었다. 대형 유리창 너머로 파란 초원 외에 다른 것은 보이지 않았다.

검은 여왕은 도서관에 앉아서 차를 마시고 있었다. 전에는 키가 작은 여자의 모습이었는데 지금은 다시 금발, 아니 검은 여왕이 머리 색깔을 바꿨는지 갈색 머리의 키가 큰 여자였다. 어떻게 된 거지? 타

266

라의 의문을 느낀 검은 여왕이 긴 다리를 쭉 펴면서 말했다.

"너를 돌아오게 하느라고 드레쿠스의 왕관에 있는 악마의 영혼을 절반이나 소모했어. 마법의 에너지를 공급받기 위해 모우르무르가 우주로 보내버린 악마의 사물들도 회수해야 될 상황이었는데……." 검은 여왕은 손가락으로 타라를 가리켰다. "아무튼 때마침 이렇게 돌아오는 것으로 나를 도와주는구나."

"나를 돌아오게 하려고 악마의 마법을 사용한 모양인데…… 방법을 어떻게 알았지?"타라가 물었다.

꿍꿍이가 있어서 한 질문인데 검은 여왕은 시원하게 대답해주었다.

"마지스터 덕분에."

타라가 깜짝 놀라서 쳐다보자 검은 여왕이 비웃음을 흘렸다.

"마지스터와 나는 협정을 맺었지. 네 어머니가 어디 있는지 내가 말해주면 마지스터는 네 영혼을 돌아오게 하는 방법을 알려주기로. 그런데 알고 보니 그리 어려운 일이 아니었어. 너는 죽은 지 얼마 되지 않기 때문에 물고기가 물을 찾듯, 영혼은 제 몸을 찾아오기 마련인데……."

검은 여왕이 타라의 머릿속에 접근해서 생각의 일부를 읽는 것은 가능해도 전부 다 읽을 수는 없었다. 따라서 냉정을 잃지 말아야 했다. 타라의 영혼과 육신이 합체되면서 마법도 함께 돌아왔으니 이제는 검은 여왕이 악마의 사물을 찾아서 에너지를 공급받을 필요가 없었다. 하지만 타라는 도와줄 생각이 전혀 없었다.

"원하는 게 뭐지?"

검은 여왕이 벌떡 일어나서 타라는 가슴이 철렁했다.

"싸우자는 게 아니라 협력하자는 거야. 내 제안을 받아들이면 네 국민을 괴롭히지 않을게. 오무아 제국을 제외한 아더월드 전체를 정복한 다음…… 아, 그래. 네가 원치 않으면 지구를 공격하는 일도 없을 거야. 그리고 우리 둘이 의기투합해서 아르칸즈와 악마 군단을 제거하는 작전을 함께 짤 수도 있고. 그 교활한 아르칸즈는 너무 간악해서 내 취향이 아니거든."

이게 웬 횡재? 마왕과 검은 여왕이 서로를 제거하기 위해 타라의 도움을 기대하다니! 타라는 한순간 둘이 죽도록 치고받게 내버려두는 것도 괜찮겠다고 생각하다가 그러면 시간이 너무 많이 걸린다는 걸 깨달았다. 검은 여왕이나 아르칸즈는 그런 함정에 빠질 정도로 어수룩하지 않은데…….

"내 친구들을 본래의 모습으로 돌려줄 건가?"

검은 여왕은 강한 어깨를 으쓱했다.

"물론이지! 하지만 허튼수작 부리지 마. 그랬다간 후회할 테니까."

타라는 비웃음을 참았다. 이미 죽었는데 더 이상 두려운 것이 뭐가 있다고? 검은 여왕이 알아차렸는지 분명히 말했다.

"너의 패밀리어부터 죽여주지." 검은 여왕이 초연한 목소리로 말했다. "그다음 네 친구들의 패밀리어들을 죽여서 미쳐 날뛰게 만들 거야. 그래도 살아남는 놈이 있으면 차라리 죽여달라고 애원할 정도로 고문할 거야."

검은 여왕이 타라에게 몸을 숙여 검은 눈으로 쪽빛 눈을 응시했다.

"그리고 내 손으로 죽이지는 않아. 어차피 내가 죽으면—네가 또다시 빠져나가면 나는 살아남지 못하니까—나와 함께 다 죽을 테니까.

그러면 다 끝장나는 거야."

타라는 침을 삼켰다.

"알았으니까 친구들을 보여줘. 모두 괜찮은지 내 눈으로 확인해야 겠어."

검은 여왕이 고개를 끄덕였다. 낌새도 못 챘는데 검은 여왕이 언 제 물러난 거지? 타라는 자신이 몸을 지배하고 있다는 걸 알아차렸 다. 하지만 완전히 장악한 건 아니었다. 지난번에 검은 여왕을 머릿 속 깊은 곳으로 처박아버려 타라의 모습을 유지한 것과는 달리 지금 은 검은 여왕의 모습을 그대로 유지하고 있었다.

커다란 접견실에 궁인들도 친위대원들도 없었다. 검은 여왕 주위 에 타라의 친구들과 모우르무르만 있었다. 검은 여왕은 친구들에게 본래의 모습을 찾아주려면 어떻게 해야 하는지 알려주었다.

"너희들에게 본래의 모습을 되찾아줄게." 타라는 친구들이 검은 여왕이 아니라 진짜 타라라는 걸 알아차리길 진심으로 바라면서 말 했다.

친구들은 순종적으로 무릎을 꿇었고, 실버만 누운 상태로 복종하 는 표시를 했다. 이런, 친구들은 진짜 타라라는 걸 알아채지 못했다. 그들은 타라가 죽었다고 믿기 때문에 검은 여왕이 걸어놓은 주문의 영향으로 명령에 군소리 없이 복종했다.

그런데 칼만 좀 이상한 미소를 지으면서 거부했다.

"여왕님, 나는 본래의 모습을 되찾고 싶지 않아요. 나를 변신시키 면서 여왕님처럼 바꿔놨다고 했잖아요. 그래서 난 이대로의 몸을 유 지하고 싶어요. 정말 마음에 쏙 들거든요."

타라가 반박하려고 했지만, 검은 여왕은 칼의 말을 듣고 아주 기뻤다. 사랑하게 만드는 주문을 걸어서 강제로 복종시킨 건데 여왕이 바꿔놓은 그대로의 모습이 좋다고 하니. 타라는 어이가 없지만 하는 수 없이 칼을 제외했다.

타라는 역겨워하면서 악마의 왕관에서 빼낸 검은 마법으로 로빈, 무아노, 파브리스, 실버, 파프니르를 건드렸다.

잠시 후, 친구들이 멍한 얼굴로 일어났고, 패밀리어들도 피에 대한 욕망으로부터 해방되었다. 갈랑만 괴물의 모습을 하고 있었다. 로빈은 알몸을 드러낸 상체와 딱 달라붙은 반바지 차림에 부츠를 신은 자신의 모습이 믿기지 않는 표정을 지었다. 늑대인간과 야수로 있던 파브리스와 무아노는 재빨리 주문을 읊어서 옷을 나타나게 했다. 모두 검은 여왕을 사랑하는 주문에서 벗어났지만 고통이 따랐다. 특히 모우르무르는 본래의 모습으로 돌아오면서 머리가 깨질 듯 아팠다.

타라는 거칠게 몰아쉬는 친구들의 호흡이 진정되기를 기다렸다가 말했다.

"안녕! 나야!"

귀가 믿어지지 않는 친구들이 일제히 쳐다봤다. 로빈이 제일 먼저 알아봤다.

"타라?"

"웅!"

"돌아왔구나." 칼이 주먹을 불끈 쥐었다. "아, 하필이면 지금! 진짜 미치겠네!"

"나를 만난 게 기쁘지 않아, 칼?" 타라는 상처받은 얼굴로 외쳤다.

"검은 여왕의 몸, 아니 너희 둘의 몸이 죽어가고 있단 말이야, 타라. 네 힘이 없으면 악마의 마법은 얼마 남지 않아서 오래가지 못할 텐데. 우리를 지배하는 힘이 점점 약해지고 있는 게 느껴지거든. 그런데 너를 돌아오게 했다는 것이…… 어쩐지 좋은 소식이 아닌 것 같아."

'거봐, 얘들은 네가 생각하는 것만큼 너를 사랑하지 않는다니까!'

검은 여왕이 타라의 머릿속에서 이죽거렸다.

타라는 들은 체도 하지 않았다. 독수리 같은 검은 여왕이 가슴을 후벼 파거나 말거나 개의치 않고 타라는 괴로운 마음을 감추면서 말했다.

"검은 여왕과 협상했어."

고통 때문에 아직도 얼굴이 창백한 파브리스가 칼의 부축을 받아 일어났다.

"협상?"

"너희들에게 모습을 되찾아주고 오무아 제국을 제외한 아더월드를 정복한 다음에 악마들을 공격하기로. 그리고 지구도 공격하지 않겠다고 했어."

타라가 검은 여왕의 제안을 다 말하지도 않았는데 파브리스가 뭔가를 날렸다. 검은 여왕이 감시한다는 걸 아는 칼이 파브리스를 일으켜줄 때 슬그머니 건네준 트리크로크였다. 검은 여왕이 타라보다 훨씬 빨리 반응했다. 몸을 지배하고 있는 것이 타라이기 때문에 강력한 방패를 유형화시킨 다음에 검은 여왕 자신은 시커먼 장검을 뽑아 들었다. 바로 그때 날아오던 트리크로크가 방패에 맞고 바닥으로 떨어졌으니 절묘한 타이밍이었다.

칼과 파브리스는 동시에 욕설을 내뱉었다.

"바로 이래서 내가 네 친구들을 강제로 복종하게 만들었던 거야." 검은 여왕이 흡족한 목소리로 크게 말했다. "이 정도로 나를 이기겠다고? 가소로운 것들!"

하지만 그들은 단순한 친구가 아니라 모두 전사들이었다. 게다가 검은 여왕이 타라의 친구들을 풀어주면서 접견실에 친위대가 없다는 걸 생각하지 못했으니 결정적인 실수를 저지르고 있었다.

그들은 함께 있을 때 더욱 빛나는 매직갱이고, 실버는 아더월드에서 가장 뛰어난 불굴의 전사였다. 파프니르와 실버, 로빈과 칼이 앞으로 나섰고, 야수와 늑대인간은 다리를 물어뜯어 제압하기 위해 뒤에서 공격했다. 며칠 동안 접속이 끊어졌던 임자가 돌아와 기쁜 릴란드릴의 활이 유형화되었고, 로빈은 연달아 활시위를 당겼다.

타라는 친구들이 치명상을 입힐 수 있게 검은 여왕을 꼼짝 못하게 제압하려고 했지만 지푸라기처럼 떠밀렸다. 악마의 영혼이 절반이나 소모되어서 왕관의 힘이 약해졌는데도 검은 여왕은 믿기지 않을 정도로 강했다.

로빈의 화살들이 튕겨 나가자 방어를 뚫을 수 없다는 걸 알아차린 릴란드릴의 활이 아더월드에서 가장 단단한 은빛 금속 켈트릴 검으로 변했다. 칼이 던지는 트리크로크나 단검도 검은 마법의 방패를 뚫지 못했다. 늑대와 야수도 여왕의 방어를 뚫기는커녕 시커먼 장검 앞에서 뒷걸음치는데 실버의 혈검이 제때에 막아주었다. 전투는 치열했다. 여왕의 칼에 맞은 야수를 보면서 당황한 늑대인간은 옆으로 피했는데 머리에서 피가 흘러내렸다. 그 순간 시커먼 칼날에 배가 찔려서 쓰러진 무아노는 인간으로 변했다. 이번에는 파프니르와 칼, 로빈의 차례였다. 하지만 검은 여왕은 이미 하프엘프를 공격했고, 계속되는 타격에 힘이 빠지고 있었다. 순식간에 로빈의 은빛 검을 날려버린 여왕은 팔꿈치로 얼굴을 가격했고, 나가동그라진 로빈은 벽에 부딪쳐서 꼼짝하지 않았다. 아무리 싸움에 능해도 파프니르는 오래 버틸 수 없었다. 시커먼 검을 피하면서 도끼를 내리던 파프니르는 여왕의 손을 찍어버릴 자신이 있었다. 벌써 눈치챈 걸까. 검은 여왕이 손으로 도끼날을 움켜잡았다

의도적인 것이었다. 철 장갑으로 무장한 여왕의 손을 보고 놀라던 파프니르의 움직임이 그대로 멈췄다. 이번에는 검은 여왕이 도끼를 이용해서 난쟁이를 쓰러뜨렸다. 이어서 잽싸게 실버를 향해 도끼를 던져서 불굴의 전사를 쓰러뜨리는 데 성공했다.

이제 남은 건 칼밖에 없었다.

칼은 주위를 둘러봤다. 친구들이 너무 쉽게 패하고 있었다. 타라가 몸을 지배하기 위해 사투를 벌이고 있지만, 검은 여왕은 영악했다.

검은 여왕은 그들을 죽이는 게 아니라 생명에는 지장이 없을 정도에서 멈추고 있었다.

칼이 어찌나 슬픈 미소를 짓는지 여왕 안에서 타라는 전율이 일었다. 그리고 아주 충격적인 말을 내뱉었다.

"너를 위해서야, 타라. 오직 너를 위해서. 사랑해."

검은 여왕이 막을 겨를도 없이 칼은 가까이 다가서서 스스로 시커먼 장검에 찔렸다. 칼날이 가슴을 관통했다.

"안 돼!" 검은 여왕이 장검을 뽑으면서 소리쳤지만 이미 늦었다.

"안 되애애애애!" 타라는 피투성이가 되어 푹 쓰러지는 칼을 보면서 비명을 질렀다.

검은 여왕이 반응하기 전에 타라는 성난 불처럼, 복수의 벼락처럼 가상의 집을 파괴했고, 머릿속을 끝없이 펼쳐진 빙원으로 만들어버렸다. 그리고는 금빛 갑옷 차림의 타라는 로빈의 장검과 똑같은 은빛 장검을 움켜잡았다.

검은 여왕은 선택의 여지가 없다는 걸 깨달았다. 타라를 해치울 수밖에 없었다. 검은 여왕은 공격했다. 한 몸이 같은 전술로 싸우는 건데 상대를 쓰러뜨리는 것은 정말 만만치 않았다.

하지만 타라는 이성이나 전술에서 힘을 끌어내지 않았다. 어머니가 사망했을 때부터 쌓이기 시작한 분노에서 힘을 끌어내고 있었다. 방어하는 데 급급하지 않고 공격하고 또 공격하면서 결정적인 타격으로 검은 갑옷을 찌그러뜨렸다. 검은 여왕은 처음으로 이상한 느낌을 받았다.

두려움.

검은 여왕은 절대로 알 수 없는 것 때문에 타라가 돌변해 있었다. 검은 여왕이 마법을 사용하여 강제로 자기를 좋아하게 만든 사랑과는 질적으로 달랐다.

친구들에 대한 타라의 사랑. 자기도 모르는 사이에 시작된 칼에 대한 사랑. 타라가 칼을 위해서, 친구들을 위해서 희생했던 것처럼 칼이 희생으로 그 사랑에 답하고 있었다.

검은 여왕이 질 수밖에 없는 경이롭게 빛나는 광적인 사랑이었다. 타라는 완벽한 몸놀림으로 검은 여왕의 두 손을 부러뜨려서 제압한

다음 장검으로 목을 찔렀다.

검은 여왕이 머릿속에서 사라졌다. 존재한 적도 없었던 것처럼 사라졌다. 타라가 몸을 완전히 지배하자 드레쿠스의 왕관이 머리에서 떨어졌다. 너무 격분해서 판단력을 잃은 타라는 깊이 생각하지 않고 마법의 광선으로 왕관을 폭발시켰다.

힘을 되찾은 타라가 본래의 모습으로 돌아오자 마법의 에너지가 엄청나게 몰려왔다. 타라는 믿을 수 없는 힘으로 친구들을 건드렸다.

부상당한 친구들이 눈을 떴고, 순식간에 치료되자 영문도 모른 채 무작정 다시 싸울 준비를 했다.

그런데 타라가 축 늘어진 칼을 품에 안고 눈물을 흘리고 있었다.

친구들과 모우르무르도 타라를 에워싸고 말없이 눈물을 흘렸다.

"희생한 거야." 마침내 무아노가 침통한 목소리로 말했다. "그 방법밖에 없다는 걸 알기 때문에. 검은 여왕과 싸우는 너에게 힘을 보탤 수 있는 유일한 방법이니까. 우리를 위해서 희생한 거야."

타라는 고통스러운 눈으로 무아노를 쳐다봤다.

"죽었어! 칼이 죽었어! 이게 아닌데……. 본래의 모습으로 돌아가지 않겠다고 했어. 검은 여왕처럼 바뀐 몸이 마음에 쏙 든다고 하더니 스스로 검은 여왕의 장검에 찔렸어. 왜 그랬을까? 대체 왜?"

갑자기 로빈이 소스라쳤다.

"타라, 너 방금 뭐라고 했어?"

"스스로 검은 여왕의 장검에 찔렸다고……."

"아니, 그거 말고. 칼이 여왕처럼 바뀐 몸으로 있겠다고 했단 말이지? 맙소사! 레파루스를 보내! 빨리!"

"아무 소용없어. 검이 심장을 관통했어. 검은 여왕을 물리치는 데 시간이 너무 많이 걸리는 바람에 칼이 죽은 거야. 내 잘못이야."

"오, 내 조상들이여!" 로빈이 소리쳤다. "이번만은 내 말 좀 들어, 고집 그만 피우고! 네가 할 수 있는 가장 강력한 레파루스를 보내! 궁전 전체를 치료해도 될 정도의 힘으로, 빨리!"

하프엘프의 목소리에서 절박함을 느낀 타라는 더는 캐묻지 않았다. 타라가 레파루스 주문을 날렸는데 카메라 플래시 터지듯 번쩍, 하는 광선이 어찌나 강렬한지 저절로 눈이 감겼다.

모두 눈을 뜨고 보니 칼은 여전히 타라의 품에 안겨 있었다. 갑자기 칼의 가슴이 들썩거렸다.

그리고 칼이 잿빛 눈을 번쩍 떴다.

친구들의 고함소리에 칼은 얼굴을 찌푸렸다.

"뭐야, 왜 이렇게들 소리를 질러대는데, 귀 따갑게?" 칼은 힘없는 손으로 귀를 잡으면서 말했다.

"세상에!" 안도한 로빈이 외쳤다. "어쩐지…… 뭔가 이상했어. 검은 여왕이 너한테 보기 좋게 당한 거구나! 넌 정말 최고야! 칼, 네가 최고야!"

타라는 아직도 무슨 일인지 깨닫지 못했다.

"대체…… 어떻게 된 일이지? 내가 분명히 봤어! 칼날이 네 심장을 관통하는 걸!"

"심장을 찔린 게 아냐." 칼은 힘없는 목소리로 말했다.

"아니, 분명히 심장이었는데……."

타라는 검은 여왕의 가슴에 꽂힌 로빈의 화살을 다시 보다 말을 멈쳤다. 검은 여왕은 누군가 공격해도 자신을 쉽게 죽이지 못하게 심장을 다른 데로 옮겨놨다면서 자랑하던 말이 기억났다.

"칼, 너는 본래의 모습으로 돌아가는 걸 원치 않았어. 그러니까 심장이 제자리에 있는 게 아니었던 거구나? 그래서 검은 여왕이 심장을 찌른 게 아니었던 것이고? 그럼 심장은 어디 있는데?"

"훨씬 아래 척추 안에 숨기고 뼈의 보호를 받게 해놨지. 그러니까 타라, 네가 심장을 제자리로 보내고 본래의 내 모습으로 돌려놓으면 돼."

타라는 당장 마법을 날렸고, 칼은 제 모습을 되찾았다. 힘이 없고 녹초가 된 모습이지만 그들의 친구 칼이었다.

"하지만 심장을 옮겨놓은 건 검은 여왕이 더 잘 알고 있잖아." 로빈이 물었다. "따라서 여왕은 네가 죽지 않았다고 타라에게 말해줄 수도 있었는데!"

"검은 여왕과 타라는 정신을 공유하잖아." 타라의 품에 안겨 있어서인지 너무나 편안하다고 생각하면서 칼이 설명했다. "내가 죽었다고 생각하면 타라가 엄청나게 격분해서 검은 여왕을 제압할 거라고 생각했지. 화가 나면 힘이 엄청나게 세지는 게 타라니까. 하지만 솔직히 말하면 나도 악마의 칼에 찔렸는데 죽지 않을 거란 확신은 없었어. 내가 억세게 운이 좋았던 거지, 뭐."

"아, 어떻게 된 건지 이제 알겠다." 타라가 칼의 잿빛 눈을 응시하면서 말했다. "검은 여왕은 말해줄 겨를이 없었어. 내가 마지막으로 목을 찌를 때까지 정말 틈을 주지 않고 줄기차게 공격을 퍼부었거든."

파프니르가 옆에 쭈그리고 앉은 실버의 손을 꼭 잡으면서 말했다.

"그래, 말할 수가 없었겠다. 빌어먹을 검은 여왕. 앞으로는 타라 네가 그놈의 끔찍한 여자를 피했으면 좋겠어. 나를 거인으로 바꿔놓다니! 파렴치하고 뻔뻔한 것 같으니라고! 너한테 찔려서 운 좋았지, 나한테 걸렸으면 아주 뼈도 못 추리게 작살냈을 테니까!"

"다시는 나타나지 않을 거야." 타라는 난쟁이의 격한 표현에 미소를 지으면서 말했다. "내가 악마의 마법을 불러내서 나타난다고 해도 다시는, 결코 내 정신을 지배하는 일은 없을 거야."

"악마의 마법 얘기가 나와서 말인데 너희들에게 해줄 말이 있다." 모우르무르가 말했다. "고인이 된 내 아내 하드라와 사령관 히글 5와는 달리 나는 싸움에 약하기 때문에 너희들이 싸우는 걸 지켜보다가 알았지. 타라, 네가 격분해서 드레쿠스의 왕관을 파괴했을 때 재판관이 알려준 사실을 확인할 수 있었지."

모우르무르는 심각한 얼굴로 모두를 쳐다보고 숫자들이 반짝거리는 측정기를 보여주었다. "네 말이 맞았어, 타라. 사물이 파괴되면 악마의 영혼들이 림보로 돌아가는 것이 분명해!"

셀레나

비겁하지만 어쩔 수 없는 때도 있는데

*

　딸이 검은 여왕과 싸우는 동안, 셀레나는 마지스터의 잿빛 요새에서 제 육신을 찾아 합체가 되었다. 철천지원수 마지스터가 마치 크리스마스 선물을 기다리는 아이처럼 눈앞에 서 있었다. 아버지가 50미터짜리 레일을 갖춘 장난감 기차 세트를 선물할 거라고 잔뜩 기대하는 얼굴로.

　셀레나는 시간 끌지 않고 냅다 고함을 질렀다. 마지스터는 남의 말을 절대 듣지 않는 걸 생각하면 고함쳐봐야 소용없지만.

　셀레나는 변신했다.

　그리고 마지스터에게 달려들다가 기절할 뻔했다.

　셀레나가 목을 물어뜯으려는 순간 마지스터도 똑같이 물어뜯는 시늉을 하더니…… 맙소사, 늑대인간으로 변신하는 것이 아닌가!

본래의 모습으로 돌아온 셀레나는 의심의 눈초리로 쳐다봤다.

"어떻게 이런 일이⋯⋯."

마지스터도 본래의 모습으로 돌아왔다. 셀레나는 눈이 믿어지지 않았다.

"물리려고 했어요? 나처럼 되려고? 나는 당신이 싫은데 대체 어떻게 해야 나를 단념하겠어요?"

"이미 당신한테 물렸어요." 마지스터가 너무 즐거워하는 어조로 외쳤다. "그리고 당신은 나를 치료해준 사람이오."

"뭐라고요? 무슨 말을 하는 거예요, 지금?"

"예전에 드래곤들에게 고문을 당했는데 상처가 어찌나 깊은지 오랜 세월 통증에 시달리면서 살아왔소. 그러다 당신이 내 곁에 있으면서 상처가 아물기 시작했어요. 마치 당신을 향한 사랑이 내 상처를 치료해주는 것처럼 천천히, 확실하게. 그러나 당신이 떠나자 다시 몸이 나빠졌소. 그런데 얼마 전 당신이 보내준 꼬마가 사납게 달려들더니 나를 깨물었지요."

마지스터는 팔을 내밀었다.

"세상에, 그게 치료제였다는 걸 알았다면 진작 물렸을 텐데! 늑대인간의 치유 능력이 그렇게 탁월할 줄이야!"

마지스터가 고개를 들었는데 마스크가 파란색이었다.

"그러니 당신이 나를 살린 거요. 나를 치료해준 거요, 당신이. 당신을 사랑하오! 몸 상태도 그 어느 때보다 좋아요. 봐요, 아주 건강하오."

셀레나는 할 말이 없었다.

"하지만 나는 당신을 사랑하지 않아요. 당신을 구해준 걸 고맙게 생각한다면 나를 비욘드월드에 있는 남편 곁으로 떠나게 해줘요. 그래주면 정말 고맙겠어요. 여기 은으로 만든 칼 없나요?”

마지스터의 마스크가 어두워졌다.

“아니, 당신을 떠나보내지 않을 거요. 당신은 내 여자요! 비욘드월드에 처박혀 있는 그 유령, 단비우의 여자가 아니란 말이오!”

셀레나는 경멸하는 눈빛으로 마지스터를 쳐다봤다. 왜 이런 남자 때문에 그토록 오랜 세월을 두려움에 떨며 살았는지 도무지 이해가 되지 않았다.

“난 당신의 여자도, 단비우의 여자도 아니에요! 나는 나일 뿐이에요!”

그렇게 말하면서 셀레나는 늑대로 변신해서 달려들었다.

셀레나보다 힘이 센 마지스터는 재빨리 방어했다. 그런데 마지스터가 모르는 것이 있었다. 셀레나는 마지스터와 맞서야 할 때를 대비해서 남편과 훈련해왔다는 것을.

단비우는 몇 달 동안—비욘드월드는 아더월드보다 시간이 훨씬 빠르게 흐른다—셀레나를 전사로 만들었다. 그래서 셀레나가 유리했다. 마지스터는 최근에 물렸기 때문에 전사로서의 기술과 늑대인간으로서의 기술을 동시에 사용해서 싸우는 훈련이 되어 있지 않았다. 이빨을 사용해야 할 때 손을 사용했고, 발톱을 사용해야 할 때 다른 걸 사용하는 바람에 셀레나를 당해낼 수 없었다.

셀레나는 인정사정없었다. 이내 피투성이가 된 마지스터는 궁지에 몰렸지만 설마 셀레나가 자기를 죽이지는 않을 거라고 확신하면서 마법을 작동할 생각조차 하지 않았다.

그런데 마지스터가 잘못 생각한 것이었다. 아니 허를 찔렸다. 셀레나는 마지스터의 두 팔을 부러뜨리고는 가차 없이 목을 베려고 하였다. 그때였다. 느닷없이 날아온 은 화살 하나가 셀레나의 목과 가슴을 관통했다.

마지스터는 소리를 질렀지만 너무 늦었다. 이미 싸우기를 거부한 셀레나의 영혼이 둥둥 떠올랐고, 방금 활시위를 당긴 사람 앞을 지나가면서 고맙다고 속삭이고는 사라졌다.

마지스터는 두 팔이 부러졌기 때문에 셀레나의 몸에서 은 화살을 뽑을 수 없었다. 셀레나는 소원대로 완전히 죽었다.

자괴감에 빠진 마지스터는 시신을 안고 흔들면서 눈물을 흘렸다.

화살을 쏜 셀렌바는 발꿈치를 들고 살금살금 물러갔다. 그토록 사랑하는 여자가 죽었는데 이 정도의 고통은 달게 받아야 한다면서 마지스터가 레파루스 치료를 원치 않을 게 뻔하기 때문이었다. 아니, 늑대인간이 되었으니 저절로 상처가 나을 텐데 다른 사람의 도움이 필요 없을 것이었다.

뱀파이어는 쓸쓸한 미소를 지었다.

마침내 그토록 원하던 남자를 차지하게 된 것이다.

마침내 거의.

그런데 늑대는 정말 마음에 들지 않는데…….

축제

마법과 드래곤을 싫어하는 사람들 속에서
하프드래곤과 악마 세계의 고양이를
데리고 사는 것이 가능할까

*

파프니르는 가문의 어르신들 앞에 똑바로 서 있었다. 나이 든 대장장이 난쟁이들이 모두 모여 있었다. 파프니르의 아버지와 어머니뿐만 아니라 삼촌, 숙모, 사촌, 조카, 조부모, 그 윗대 조상들(난쟁이들은 아주 오래 살 수 있다)까지 적어도 500여 명에 이르렀다.

파프니르의 어깨 위에는 장밋빛 고양이 벨제부트가 앉아 있었다.

그 옆에 하프인간이자 하프드래곤이고 난쟁이라고 자처하는, 파프니르의 남친 실버가 거북해서 어찌할 바를 모르고 있었다. 180센티미터의 훤칠한 키와 섬세한 비늘 때문에 별처럼 빛나는 외모? 이런 것들이 부모님에게 좋은 점수를 따는 조건이 아니라는 것쯤은 파프니르도 잘 알고 있었다. 실버가 불굴의 전사를 상징하는 혈검을 차고 있다고 해도 달라지지는 않을 텐데.

뒤쪽에는 함께 따라가겠다고 나서는 것으로 파프니르를 감동시켰던 매직갱 전원이 보였다. 중상을 입었던 칼은 아직 완쾌되지 않았기 때문에 여자들의 사랑을 독차지하면서 푹신한 양탄자에 편안하게 앉아 있었다.

그렇게 친구들이 응원해주어 파프니르는 든든했다. 특히 타라가 무심코 두 손에 작동한 마법의 불을 보고 모임에 참석하길 거부한 난쟁이들도 보였다. 신기하게도 가장 심하게 반발하던 난쟁이들이었는데.

"저의 천생연분을 인사시키겠습니다." 파프니르가 자랑스럽게 말했다. "그리고 악마의 세계 림보에서 나와 결합된 패밀리어 벨제부트도 함께."

타라는 이맛살을 찌푸렸다. 패밀리어의 출생지는 말하지 않아도 되는데.

갑자기 무거운 침묵이 흘렀다.

그때 한 목소리가 외쳤다. 바위 먼지 때문에 갈라지고, 세월의 무게가 느껴지는 목소리였다. 하지만 양미간이 도끼에 찍히고 싶지 않은지 앞으로 나서지 못하고 군중에 숨어 있었다.

"천생연분의 혈통은?" 목소리가 차분하게 물었다.

파프니르는 머뭇거리지 않았다.

"이름은 실버 클라쿠에투알이고, 드래곤 왕의 여동생 아마바쉬로우쉬바 공주와 정체를 모르는 강력한 마법사 마지스터의 아들입니다. 족보 노래**35**를 부를 때 까마득한 옛날, 아마바쉬로우쉬바의 자손

• • • • • • • • • • • • •
35. 난쟁이들이 특히 조상들의 빛나는 업적을 찬양하면서 부르는 아주 긴 노래를 말한다. 난쟁이들은 누구나 자신의 족보를 정확하게 알고 있다. 이것은 한 가문의 위업은 곧 다

까지 드래곤 계보를 거슬러 올라가려면 너무 길어서 족히 일주일은 걸릴 텐데 다 읊을까요?"

"클라쿠에투알은 난쟁이 부족의 이름인데."

"클라쿠에투알 부족이 내 천생연분을 키웠으니까요. 드래곤 어머니 아마바쉬로우쉬바가 죽기 전, 적들이 절대로 찾지 못할 나라의 사람들에게 아기를 맡겼어요. 난쟁이족 중에서 가장 강한 최고 전사들의 부족이어야 아기를 지켜줄 수 있죠."

환심을 사기 위한 아첨이 시작되는 건가.

좀 더 무거운 정적이 흘렀다. 이번에는 덜 엄숙하게 느껴진 젊은 목소리가 외쳤다.

"너의 천생연분이 하프드래곤이라고? 설마 농담이지?"

파프니르가 흥분하고 있음을 느낀 실버는 긴장했다. 실버의 눈에 파프니르는 가장 아름답고, 환상적이지만 성깔이 대단하기 때문이었다. 실버는 한숨을 내쉬었다. 파프니르가 싸우게 놔둘 수는 없었다. 또다시 추방되어 히믈리아로 돌아가지 못하는 걸 얼마나 슬퍼할지 잘 아는데.

그래서 실버는 난쟁이들이 절대로 알아채지 못할 정도로 아주 약간의 마법을 사용하여 비늘을 세우고 덩치를 좀 불렸다. 그리고는 가죽 칼집에서 장검을 뽑을 때 의도적으로 쇠붙이 소리를 내는 것으로 난쟁이들의 시선을 집중시켰다.

"난쟁이족의 풍습에 따라 아름다운 파프니르와 나의 결합을 반대
. . . .
른 가문의 실패를 뜻하기 때문에 오랜 세월 많은 난쟁이 가문이 서로에게 화가 나 있다는 걸 알려준다.

하는 구혼자가 있다면 앞으로 나와서 천생연분을 위해 겨뤄봅시다."

이번에는 생각에 잠긴 침묵이었다.

"내 딸을 위해 결투를 하겠다는 건가?"마침내 파프니르의 어머니 벨리르가 나섰다.

"네, 기꺼이 하겠습니다."

"우리가 마법을 좋아하지 않는다는 건 알겠지?"이번에는 파프니르의 아버지 탑두르가 말했는데 드래곤도 좋아하지 않는다는 말은 굳이 하지 않았다.

"네, 알고 있습니다."실버가 공손하게 대답한 다음 난쟁이들의 습성을 잘 알고 있다는 걸 보여주었다. "저도 좋아하지 않고 사용하지도 않습니다, 빌어먹을 마법을."

이번에는 동의의 침묵이었다. 하프드래곤이 '빌어먹을 마법'(난쟁이들이 즐겨 사용하는 욕 중 하나)이란 말을 거침없이 내뱉었을 뿐만 아니라 장검을 갖고 있고, 예의 바르고 공손하기 때문이었다. 난쟁이들은 예절을 아주 중시했다. 광산에서는 여러 사람이 섞여서 온종일 위험한 도구를 다루기 때문에 예절이 필수적이었다.

타라는 친구들과 마찬가지로 신 나는 결투를 기대하고 있었다. 하지만 명성이 자자한 전사답게 도끼를 움켜잡은 파프니르, 칼을 어떻게 쓰는지 너무 잘 아는 것 같은 유연한 몸짓으로 장검을 빼어 든 하프드래곤, 이 둘의 기세에 주눅이 들었는지 아무도 나서지 않았다.

"이건 무슨 뜻이죠?"파프니르가 갑자기 외치는 바람에 난쟁이들이 깜짝 놀랐다. "아직 결정하지 않았지만 날만 정하면 내 천생연분과 결혼해도 된다는 뜻입니까?"

이상한 낌새를 챈 무아노는 계략일지도 모른다고 귀띔했다.

"실버와 당장 결혼하는 것이 아니면 생각은 언제든 바뀔 수 있다고 보는 것 같아. 악마 세계의 고양이와 마법 문제는 네가 확실히 안심시키면 아마 그냥 넘어갈 거야. 하지만 하프드래곤과 함께 산다는 것 자체가 아무래도 문화적 충격이니까. 내 생각에는 너를 실버에게서 떼어놓으려고 앞으로 몇 달 동안 수십 명의 구혼자를 보낼 것 같은데 그중 몇 명쯤 때려눕히면 더는 귀찮게 하지 않을 거야."

어릴 적에 히믈리아에서 자란 무아노는 난쟁이들을 잘 알았다. 무아노는 미소를 지었다. 그렇게만 하면 빨간 머리 난쟁이의 승리가 틀림없었다.

이윽고 파프니르는 실버와 결혼할 결심이 섰기 때문에 작전에 들어갔다.

어느 날 아침이었다.

벨리르와 탑두르가 일어나길 기다렸다는 듯 실버는 눈에 띄는 곳에 검을 꺼내놓고서 약간의 피를 먹었다. 정말 인상 깊은 장면인 데다 대장장이가 대단한 솜씨를 발휘한 장검을 보면서 파프니르의 부모는 실버의 양쪽 어깨에 손을 얹으면서 합창으로 말했다. "자네를 사위로 받아들이겠네."

너무 기뻐서 미친 듯이 실버의 품으로 뛰어든 파프니르는 열렬하게 키스를 했다.

그리고 둘은 기절했다.

정적이 흘렀다. 그 어떤 말보다도 실버가 천생연분이라는 걸 확인시켜주는 대목이었다.

그리하여 축제가 시작되었다. 난쟁이들은 노래와 맥주를 즐기는 종족이었다. 그렇지 않아도 꽥꽥 질러대면서 부르는 노래에 술까지? 매직갱은 잽싸게 귀마개를 준비했다. 그러자 난쟁이들은 오무아 제국 후계자의 친구들은 친절하지만 귀머거리들이라고 생각했다. 그렇지 않고서야 어떻게 아름다운 노래를 듣지 않으려고 한단 말인가.

이런 정도의 사소한 불편함을 제외하면 영원히 기억에 남을 축제였다. 처음에는 모든 난쟁이가 열렬하게 하프드래곤을 맞아들였다고 할 수 없었다. 하지만 하프인간이자 하프드래곤이라는 껍질 속에 진정한 난쟁이의 심장이 뛰고 있다는 걸 알았을 때 난쟁이들은 실버를 훨씬 뜨겁게 환영해주었다.

실버와 파프니르는 정말 행복해 보였고, 아주 멋진 커플이었다.

타라는 키스하다가 기절하는 커플을 보면서 깔깔대고 웃다가 갑자기 호주머니 안에서 뭔가가 진동하는 걸 느꼈다. 모우르무르가 돌려준 흑요석 조각이었다. 모우르무르가 검은 여왕의 지시로 재판관과 접속을 시도했을 때 기계가 폭발했는데도 흑요석에는 아무 이상이 없었다.

재판관이 미션이 끝나면 돌아와야 한다면서 시간이 많지 않다고 했는데 타라는 아직 비욘드월드에 연락을 못하고 있었다. 또 갑자기 훌쩍 떠나버리는 것으로 친구들을 슬프게 할 용기가 나지 않아서 미루고 있었는데……. 타라가 불안한 마음으로 흑요석 조각을 앞으로 내밀자 즉시 다정하게 포옹하고 있는 부모의 모습이 나타났다.

"아빠! 엄마!" 타라가 외쳤다. "별일 없죠?"

셀레나는 마지스터를 만났던 일을 이야기했다.

"엄마의 영혼과 육신을 합체시켰다고 마지스터에게 고함을 질렀다는 건 좀 너무했네." 타라는 고소해 죽겠다는 얼굴로 말했다. "내가 사라진 것 때문에 화가 나서 그랬다면 몰라도."

그리고 셀레나는 어떻게 비욘드월드로 돌아갔는지 설명했다. 타라는 한동안 멍하니 입을 벌리고 있었다.

"마지스터가 늑대인간이 되다니!" 타라는 세 번이나 되뇌었다. "정말 미쳤군! 그럼 마지스터가 더 강해졌다는 뜻이잖아요? 슬루르크!"

셀레나와 단비우는 유감스러운 얼굴로 고개를 끄덕였다.

"사랑하는 딸, 길게 얘기할 수가 없구나." 단비우가 말했다. "재판관이 너에게 할 말이 있다고 해서."

단비우가 말을 다 끝내기도 전에 재판관의 이미지가 포개졌다.

"이제 비욘드월드로 돌아가야겠죠?" 타라는 목멘 소리로 물었다.

재판관이 놀라는 표정을 짓는 것 같았다. 조각상이 표정을 지을 수 있나? 그냥 느낌인가?

"아, 그래? 왜?"

"미션이 끝나면 돌아가야 한다고 했잖아요?"

"네 몸을 지배하지 못해서 검은 여왕을 물리치지 못하면 그렇다는 거였다. 완벽하게 합체가 되었으니 그 법은 이제 너에게 적용되지 않아!"

그 뒤에서 타라의 부모가 기뻐하는 미소를 보냈다.

"정말 잘됐구나." 어머니가 다정하게 말했다. "너와 행복한 시간을 보낼 수 있었던 것만으로도 좋아. 넌 아직 할 일이 많아. 재판관을 통해서 자주 연락할게. 타라, 사랑하는 내 딸, 잘 지내렴."

"에헴, 에헴." 재판관이 사라지기 전에 마지막으로 말했다. "오랜 세월이 흐른 뒤에 너를 다시 만나길 바란다, 타라!"

타라는 무슨 말인지 이해하는 데 시간이 좀 걸렸다. 아무도 없는 데서 혼자 재판관을 만나길 잘한 것 같았다. 미리 말했더라면 친구들이 괜히 불안에 떨었을 텐데……

축제 동안 타라는 슬픔과 후회를 모두 날려버렸다. 그리고 오무아 제국 황궁으로 돌아왔을 때는 세상에서 가장 행복한 느낌이 들었다.

리스베스 여제는 바리우스 남작, 모우르무르와 함께 지구에서 돌아와 있었다. 모우르무르가 불임의 원인을 찾아야 한다면서 역겨운 것들을 계속 먹이는데도 고모는 행복한 얼굴이었다.

타라와 리스베스는 오랜 시간 대화하면서 이전처럼 리스베스는 여제, 타라는 후계자로 남기로 합의했다. 그 소식을 듣고 마라는 언니를 끌어안으면서 기뻐했다. 후계자가 아니기 때문에 이제는 꼭 하고 싶은 일에 전념할 수 있게 된 것이다. 칼의 마음을 사로잡아야 하는데……. 자르는 아무 말도 하지 않았지만 죽었던 누나가 살아난 뒤로 조심스럽게 처신하고 있었다. 그리고 언젠가는 오무아 제국을 다스리느니 어쩌느니 하는 허황된 말은 더 이상 입에 담지 않았다. 이유 없이 죽어야 한다면 황제가 되고 싶은 마음이 싹 달아났던 것이다.

아마존 부대는 더 이상 초원을 지킬 필요가 없기 때문에 다른 미션을 위해 초원에서 철수했다. 반군 부족은 아더월드로 오라는 제안을 받았다. 제안을 받아들인 이들도 있지만, 대부분은 초원에 남았다. 용선은 살루타의 딸 수알라를 따라 오무아 제국에 와 있었다. 흙구덩이를 파서 화장실을 만들고, 장작불로 음식을 만들어 먹는 등 원시적으로 살았던 수알라는 오무아에서 많은 걸 배우기로 결정했다. 반군 부족의 족장 살루타는 초원에 남았다. 많은 부족이 아직은 변화의 혜택을 받지 못했지만 차츰 많은 사람이 선택할 기회를 가질 거라고 확신했다.

물론 데미데루스가 초원에 걸어놓았던 주문은 다 복구되었다. 주민들과 마찬가지로 동물도 차차 집단 이주시키기로 결정했고, 평온을 되찾은 신전은 더 이상 테러의 무대가 되는 일도 없었다.

무시무시한 심판관들은 앞으로도 계속 신전에서 지낼 수 있어서 기뻤다. 이제부터는 어떤 의무도 지지 않고 좋아하는 지구의 물고기를 실컷 잡아먹으면서 쭉 바캉스를 즐기면 되는 것인데.

파브리스는 무아노와 결별했다. 둘은 정말 많이 사랑하지만 서로에게 어울리는 상대가 아니라는 걸 깨달았다. 파브리스는 사람이든 동물이든 잡아먹으려고 달려드는 것이 없는 지구에서 사는 것이 정말 행복했다. 무아노는 제레미 델렝비르 발 드레구스와 함께 있는 모습이 자주 눈에 띄었다. 후계자와 가까운 사람들의 사생활을 캐고 다니는 크리스털리스트들 때문에 이 커플의 미래에 대해 좋지 않은 소문이 돌고 있었다. 금지된 대륙에 억류되어 있다가 돌아온 뒤로 유명해진 발 드레구스 가문은 그만큼 세간의 이목을 끌고 있었다.

칼은 사랑을 고백한 뒤로 될 수 있으면 단둘이 있지 않으려고 타라를 피해 다녔다.

'너를 위해서야, 타라. 오직 너를 위해서. 사랑해.' 물론 이 말을 할 때 친구들은 의식을 잃은 상태라서 들은 사람은 타라와 모우르무르밖에 없었다. 그래서 둘은 암묵적 비밀처럼 가슴에만 담고 있었다.

어느 날, 칼이 아주 흥분한 얼굴로 양손에 크리스털 볼을 들고 헐레 벌떡 방으로 뛰어 들어왔을 때 타라는 깜짝 놀랐다. 면허 받은 도둑 의 옷차림인데 마치 비좁고 더러운 통로를 기어 다닌 것처럼 얼굴이 꾀죄죄하고 머리가 헝클어져 있었다.

타라는 모우르무르와 얘기하는 중이었다. 아니, 휴가 중이라서 아 더월드에 머물고 있는 히글 5의 매력에 대해 일방적으로 떠들어대는 모우르무르의 말을 들어주던 참이라, 타라는 그렇게 나타나준 칼이 고마웠다.

그것도 잠시, 칼은 깜짝 놀랄 말을 했다.

"타라, 방금 네 고모한테서 빌려온…… 것을 봐야 해. 실은 너에게 알리지 않고 고모가 대신 답변하려고 해서 훔쳐올 수밖에 없었어."

칼이 첫 번째 크리스털 볼을 타라 앞에 내려놓자 크리스털 볼이 둥 둥 떠오르더니 이미지가 나타났다.

타라는 충격을 받고 넘어질 뻔했다. 아르칸즈의 크리스털레오였 다. 금빛과 은빛의 옷차림으로 눈이 부신 마왕이 정중하게 허리를 숙 이면서 선언했다.

"림보의 마왕인 나 아르칸즈는 일곱 행성의 이름으로 오무아 제국 의 후계자 타라틸랑넴에게 청혼하며, 두 세계를 결합하여 우리 국민 들을 행복하게 만들겠다고 약속합니다."

타라는 말이 나오지 않았다.

"잠깐, 이건 아무것도 아냐." 칼의 얼굴이 어두웠다. "하나 더 봐."

두 번째 크리스털 볼에서 셈 선생님의 파란색 비늘이 나타났을 때 타라는 깜짝 놀랐다.

블루 드래곤이 타라 앞에서 정중하게 허리를 숙이면서 선언했다.

"나 셈나샤오비로다인트라쉬부는 내 국민의 이름으로 타라틸랑넴 후계자에게 청혼하며, 두 종족을 결합하여 우리 국민들을 행복하게 하고, 가장 강력한 국가를 만들겠다고 약속합니다."

충격을 받은 타라는 한마디밖에 할 수 없었다.

"다 미쳤네!"

『타라 덩컨』10권에서 계속⋯⋯

아더월드의 용어 해설

아더월드_ 아더월드는 지구 표면적의 1.5배에 이르는 마법 행성으로 태양 주위를 공전하며, 하루 26시간, 1년 454일, 14개월로 이루어져 있다. 위성으로는 두 개의 달 마딕스와 타딕스가 아더월드의 주위를 돌고 있으며, 춘·추분에 조수간만의 차가 몹시 크다.

아더월드의 산들은 지구의 산보다 훨씬 더 높으며, 채굴되는 광물은 대체로 마법의 폭발성이 있어서 추출하는 것이 상당히 위험하다. 지구(육지 29%, 바다 71%)보다 바다가 차지하는 비율은 적으며(아더월드: 육지 45%, 바다 55%), 그중 두 개의 바다는 민물이다.

아더월드를 지배하는 마법은 동물상, 식물상과 마찬가지로 기후에도 영향을 미친다. 그로 인해 계절을 예측하기가 아주 힘들다(아더월드에서는 한여름에도 폭설이 내려 1미터나 되는 눈에 덮일 수 있다!).

아더월드의 7계절 분류: 계절 1 카일로스(지역에 따라 −30~−50℃까지 내려간다), 계절 2 보탄트(지구의 봄 날씨와 유사하다), 계절 3 트레보, 계절 4 파이초, 계절 5 플루초, 계절 6 모인초, 계절 7 살탄(우기).

아더월드에는 인간, 난쟁이, 거인, 트롤, 뱀파이어, 땅신령, 꼬마도깨비, 엘프, 유니콘, 키마이라, 타트리스, 드래곤 등 수많은 종족이 살고 있다.

그 밖의 다른 행성

드란보우글리스펜쉬르_ 드래곤들의 행성. 지능이 높은 거대한 파충류인 드래곤은 마법 능력을 타고나서 어떤 형상으로든 변신할 수 있으며, 대체로 인간으로 변신해 있다.

마법사들 편에 서서 림보의 악마들과 싸우고 있다. 세계의 영토를 점령하기 위해 악마들과 대립하면서 드래곤들은 지구의 마법사들과 충돌하는 순간까지는 알려져 있는 모든 세계를 정복했다. 끊임없이 악마들과 싸워야 하는 드래곤들은 지구인 마법사들과 전쟁을 벌인 뒤에 지구인들과 동맹을 맺는 것이 유리하다는 결론을 내렸다. 지구를 지배하겠다는 계획은 포기했지만, 마법사들이 지구를 지배하는 것도 인정할 수 없는 드래곤들은 지구의 마법사들에게 아더월드에서 더 많은 마법사를 양성하고 훈련시키자고 제안했다.

수년 동안 드래곤들을 경계하면서 고심한 끝에 지구의 마법사들은 결국 그 제안을 받아들이고 아더월드에 정착했다.

드래곤들은 드란보우글리스펜쉬르를 비롯해 지구, 아더월드, 마딕
스와 타딕스 등 많은 행성에 살고 있으며, 특히 인간들의 일에 사사건
건 참견한다. 드래곤들이 가장 끔찍하게 싫어하는 적은 림보에 사는
악마들이다.

림보_ 악마의 세계로 악마들의 영역. 림보는 서클이라고 불리는
여러 세계로 나뉘어 있으며, 서클에 따라 악마들의 능력과 학식이 차
이 난다. 제1, 2, 3서클의 악마들은 거칠고 아주 위험하다. 제4, 5, 6서
클의 악마들은 마법사들과 정해진 조건 내에서 서로 도움을 주고받
는다(마법사는 필요한 것을 악마에게서 얻을 수 있으며 악마의 경우
도 마찬가지다). 제7서클은 마왕이 군림하는 서클이다.

림보에 사는 악마들은 저주받은 태양이 제공하는 악마의 에너지를
먹고산다. 다른 세계로 가기 위해 림보를 나갈 경우엔 생명력이 강한
존재의 살과 정신을 먹어야 한다. 전 세계를 침략하던 중 갑자기 나타
난 드래곤들과의 전쟁에서 패배한 뒤로 악마들은 림보에 갇히게 되
었고, 마법사나 마법 능력이 있는 존재의 긴급 요청이 있어야만 다른
행성으로 갈 수 있게 됐다. 악마들은 이런 활동범위 제한을 견디기 힘
들어서 끊임없이 해방될 방법을 모색하고 있다.

악마들이 지구를 침략하려는 이유는 아쿠알릭, 즉 바닷물에 중독되
어 있기 때문이다. 악마들에게 바닷물은 알코올과 같은 작용을 하는
데 림보에는 바다가 없다. 게다가 지구의 바닷물 맛을 특히 좋아하기
때문이다. '모든 인간을 죽이고 짠물을 실컷 마시겠다'는 것이 악마
들의 신조다.

산티보르_ 텔레파시 능력이 있는 식물성 존재 진실의 입들이 사는 얼음 행성.

지구_ 인간과 비밀 임무를 맡은 마법사들이 살고 있다.

아더월드의 나라들과 종족

간디스_ 거인들의 나라로 수도는 제오폴. 세력 있는 그로아르 가문이 통치하며 흑장미 섬과 황무지 늪이 있다. 나라의 문장은 '주문 방지' 돌로 쌓은 벽에 아더월드의 태양이 올라앉은 형상이다.

랑코비트_ 인간이 지배하는 가장 큰 왕국으로 수도는 트라비아. 왕국의 문장은 은빛 초승달 아래 금빛 뿔의 하얀 유니콘이다. 베어 왕과 티타니아 왕비가 통치하고 있으며, 타라와 어머니 셀레나의 조국이다. 약 8천만의 주민이 살고 있고, 뱀파이어들을 받아들이는 드문 나라 중 하나다.

멘탈리르_ 보우 대륙 동쪽의 광활한 평원이며 유니콘들과 켄타우로스들의 나라. 유니콘은 생김새와 크기가 말과 같고, 이마에 나선형 뿔이 하나 있으며 발굽은 갈라져 있고 털은 흰빛이다. 지능이 떨어지는 유니콘도 간혹 있지만, 대부분은 영리하며 그 지능은 드래곤들의 지능에 견줄 수 있다. 유니콘의 이 특성을 어떤 종족의 지능이나 동물의 지능으로 분류하기는 힘들다.

켄타우로스는 반은 남자나 여자의 형상, 반은 말의 형상을 하고 있는데 두 종류가 있다. 상반신은 인간, 하반신은 말의 형상을 한 켄타우로스와 상반신은 말, 하반신은 인간의 형상을 한 켄타우로스. 켄타우로스가 어떤 마법에 걸려 있는지는 알 수 없으나 소금이나 향유 같은 생필품을 얻기 위해서가 아니면 다른 종족들과 섞이기를 싫어하는 까다로운 종족이다. 사납고 거칠어서 영역을 침범하는 이방인들을 발견하면 가차 없이 화살을 쏘아댄다. 켄타우로스의 샤먼 부족은 평원에서 하얗고 파란 맹독성 개구리 플로프들을 잡아 그 등을 핥는 것으로 미래를 점친다고 전해진다. '찌르레기 대전'이 벌어지는 동안 켄타우로스들이 엘프들에게 몰살되었다는 것은 이 방법이 100퍼센트 믿을 만한 것이 아님을 말해준다.

살테렌스_ 살테렌스들의 나라로 수도는 살라. 나라의 문장은 파란색 투명한 소금을 물고 곧추서 있는 커다란 벌레. 왕은 없고 위대한 카샤라고 불리는 족장과 재상 일파봉이 통치하며 여러 부족으로 나뉘어 있다. 노예제도를 주장하는 종족으로 사자와 표범의 잡종인 두 발 동물이다. 침투할 수 없는 사막에서 숨어 지내면서 마법의 소금 광산을 개발한다.

셀렌다_ 엘프들의 나라로 수도는 세보른. 문장은 대각선으로 시위를 메긴 두 개의 활 위로 보이는 은빛 보름달.

엘프들은 마법사들과 마찬가지로 마법에 재능이 있다. 겉모습은 인간이며 뾰족한 귀와 고양이의 눈처럼 동공이 수직으로 움직이는 크리스털 눈, 은발이 특징이다. 아더월드의 숲과 평원에서 살며 가공할 만한 사냥꾼이다. 엘프들은 전투와 싸움, 상대를 유인하는 온갖 종류의 게임을 좋아하기 때문에 그들의 에너지를 적절히 이용하기 위해 경찰국이나 국가정보국에 고용된다.

하지만 엘프들이 옥수수나 마법의 귀리를 경작하기 시작하면 아더월드의 종족들은 불안해한다. 그건 엘프들이 전쟁을 시작할 거란 뜻이기 때문이다. 실제로 전시에는 사냥할 겨를이 없기 때문에 엘프들은 곡식을 재배하고 가축을 기르며, 일단 전쟁이 끝나면 예전의 생활로 돌아간다.

또 다른 특성으로 아이들이 걸어 다닐 수 있을 때까지 남성 엘프들은 배에 달린 육아낭 같은 작은 주머니에 아기를 넣고 다닌다. 여성 엘프는 남편을 다섯 명 이상은 가질 수 없다. 엘프는 거의 죽지 않기 때문에 아이들이 별로 없다. 하프엘프 로빈은 혼혈이라는 이유로 엘프들에게 따돌림을 받고 있다.

스몰컨트리_ 땅신령, 꼬마도깨비 파보, 요정, 고블린의 나라로 수도는 스몰빌. 문장은 원 안에 도안한 꽃, 새, 거미. 땅신령은 파란색, 꼬마도깨비는 초록색, 고블린은 회색, 요정은 여러 가지 색이다.

땅신령은 작달막하고 단단한 체구이며 오렌지색 털이 나 있다. 돌을 먹고 살며, 난쟁이들과 마찬가지로 광부들이다. 땅신령의 오렌지색 털은 고성능 가스 탐지기이다. 털이 곤두서면 별 탈이 없지만, 털이 내려앉는 순간부터 땅신령은 광산에 가스가 있다는 걸 알아채고 도망치기 때문이다. 또한 알 수 없는 이유로 인해 땅신령들만 '진실의 입들'과 교감할 수 있다.

스몰컨트리의 익살꾼인 꼬마도깨비 파보들은 키디코이라는 막대사탕을 만들어낸 이들이다. 착시 현상을 일으키거나 일시적으로 보이지 않게 할 수도 있으며 금을 좋아해 비밀주머니에 숨겨둔다. 그 주머니를 찾아낸 자는 두 가지 소원을 빌 수 있고, 귀한 금을 회수하려면 반드시 그 소원을 들어줘야 한다. 하지만 꼬마도깨비들은 반대로 해석하는 데 선수여서 예측 불허의 결과가 일어날 수 있으므로 소원을 비는 것에는 항상 위험이 따른다.

요정들은 꽃을 가꾸면서 작지만 효과적인 마법을 날리며, 고블린들은 요정과 움직이는 것은 무엇이든 잡아먹으려고 한다.

🐾 **오무아_** 인간이 지배하는 가장 큰 제국으로 수도는 팅가푸르. 제국의 문장은 100개의 금빛 눈을 가진 주홍빛 공작이다. 타라의 고모인 여제 리스베스틸랑넴 탈 바르미 압 산타 압 마루와 삼촌인 황제 산도르 탈 바르미 압 마르치 압 브레비스가 통치하고 있다. 제국을 설립한 최고 마구스 데미데루스의 후손들이다. 오무아에는 약 2억의 주민이 살고 있다. 다른 나라들과 교역하고 있으며, 셀렌다를 제외하고 가장 많은 수의 엘프 군단을 거느리고 있다.

🐾 **크라살비_** 뱀파이어들의 나라로 수도는 우를라. 나라의 문장은 천문관측기 위에 무한을 상징하는 누운 8자와 별이 올라앉은 형상이다.

뱀파이어는 총명하고, 인내심이 많으며, 학식이 깊다. 수명이 아주 길고, 수학과 천문학에 몰두하며, 대부분의 시간을 명상하는 데 보내면서 삶의 의미를 추구한다.

아더월드의 뱀파이어는 동물의 피를 먹고 살기 때문에 가축을 키운다. 브르르르아아아, 모오오오우우우, 지구에서 수입한 말, 염소, 양 등. 하지만 몇몇 피는 금지되어 있다. 유니콘이나 인간의 피를 먹으면 미치게 되며, 수명이 절반으로 줄고, 햇빛을 쬐면 치명적인 알레르기가 일어나기 때문이다. 반면에 뱀파이어에게 물리면 독이 퍼지게 되며, 뱀파이어에게 물린 인간은 그들의 노예가 된다. 게다가 독성 피가 전이되면 뱀파이어가 되는데 이 경우의 뱀파이어는 파괴적이고 악독하기 때문에, 저주에 희생된 뱀파이어는 동족으로 구성된 특별수사대는 물론 아더월드의 모든 종족에게 쫓겨 다닌다.

크랑카르_ 트롤들의 나라로 수도는 크리아. 나라의 문장은 나무 꼭대기에 몽둥이가 걸려 있는 형상이다. 트롤 외에 식인귀, 오크, 고블린 들이 살고 있다.

트롤은 거대한 몸집에 납작한 이빨이 있는 초록빛 털북숭이로 채식주의 종족이지만, 고기를 흡수할 경우 식인귀가 될 수 있다. 식인귀가 되면 크랑카르에서 쫓겨난다. 먹고살기 위해 나무를 마구 죽이며(이것이 엘프들의 울화를 치밀게 한다), 쉽게 자제력을 잃어버리는 성향이 있어서 한번 성질이 나면 닥치는 대로 짓뭉개버리기 때문에 평판이 나쁘다.

⭐ **타트란_** 타트리스, 카흠보움, 타츠보움의 나라로 수도는 시티 빌. 문장은 양피지 위에 놓인 직각자, 컴퍼스, 크리스털 볼.

타트리스는 머리가 둘인 특성을 가지고 있다. 관리 능력이 뛰어난 데다 신체적 특성 덕분에 행정관이나 정부 고위층에서 일하고 있다. 오로지 일을 중요하게 여기면서 헛된 꿈을 꾸지 않는 현실주의자들이다. 또한 꼬마도깨비 파보들이 즐겨 놀리는 대상 중 하나이며, 이 장난꾸러기들은 유머가 결핍된 종족이라는 소리를 듣지 않기 위해 수세기 동안 끈질기게 타트리스 종족을 웃기려고 애쓰고 있다. 게다가 파보들은 웃기는 데 성공한 자들 중 1등에게는 상까지 수여하고 있다.

카흠보움은 빨간 눈과 촉수들이 있는 노란색 덩어리 모습을 하고 있으며 주로 도서관 사서로 일한다. 타츠보움은 촉수로 놀라운 멜로디를 연주하는 음악가들이다.

⭐ **파트로크_** 에드라킨족이 사는 나라로 수도는 키크로크. 나라의 문장은 바람의 원소에 올라앉은 불새. 에드라킨족은 강력한 마법사들이며, 생김새는 인간과 비슷하지만 귀가 뾰족하고 털로 덮여 있는 육식동물에 가깝다. 머리털은 두상의 절반 정도까지만 자라며, 코는 거의 보이지 않는다. 다른 종족을 싫어하지만 의무적으로 여러 나라와 교역하고 있다. 에드라킨족은 아더월드를 정복하기 위해 네 번이나 침략을 시도했다.

⭐ **히믈리아_** 난쟁이들의 나라로 수도는 미나트. 대장장이 씨족이

통치하고 있다. 나라의 문장은 광산 지하의 전쟁용 모루와 쇠망치.

키와 몸통 폭의 길이가 똑같은 단단한 체구가 난쟁이들의 신체적 특징이다. 아더월드의 광부, 대장장이로 활동하고 있으며, 뛰어난 금속 가공업자, 보석 세공인도 거의 난쟁이들이다. 성격이 몹시 까다로운 것으로 알려져 있고, 마법을 싫어하며 아주 길고 복잡한 노래를 즐겨 부른다. 또한 돌을 통과하거나 돌을 용해시키는 특별한 재능을 지니고 있는데 마법과는 다른 차원의 힘이다.

아더월드와 주변 행성의 동·식물상 및 속담

가즈즈_ 사슴뿔이 달린 네 발 짐승으로 털이 빨간색(트롤들의 나라에서는 초록색)이다.

간다리_ 대황에 가까운 식물이며, 꿀처럼 단맛이 난다.

갬볼_ 마법에 흔히 이용되는 파란 이빨의 설치류 동물. 그 살가죽과 피에 마법이 침투하지 못할 정도로 땅을 깊이 파고 들어간다. 건조시키면 딱딱해졌다가 가루처럼 변하며, '갬볼 가루'는 힘든 마법을 실행할 수 있게 한다. 몇몇 마법사들은 갬볼 가루를 식용하는데, 그 가루가 환각 증세를 일으키기 때문이다. 갬볼 가루 복용은 아더월드에서 엄격하게 금지되어 있으며 위반할 경우 엄중한 처벌을 받는다.

✤ **그라옥스**_ 아더월드의 신기한 동물. 돼지처럼 생긴 보라색 동물인데 납작한 주둥이는 확성기로 변할 수 있으며 울림통 역할을 하는 커다란 갑상선종 같은 것이 있다. 짝짓기 계절에 그라옥스는 괴성을 질러서 암컷을 유혹하는데 그 소리가 어찌나 큰지 주위에 있는 동물은 모두 귀가 먹을 정도이다. 그 때문에 짝짓기 기간에 아더월드의 동물들이 대이동을 한다. 하지만 짝짓기 기간을 제외하면 보이지도 않게 아주 조용히 지낸다. 학자들은 암컷이 수컷에게 달려가는 것은 괴성에 유혹된 것이 아니라 아가리를 닥치게 하려는 것으로 보고 있다.

✤ **글로우톤**_ 털북숭이 동물. 길게 늘어나는 특성이 있어서 목을 조르는 밧줄로 사용한다.

✤ **글루릅스**_ 머리가 아주 갸름한 초록색과 갈색의 도마뱀으로 호수와 늪 근처에서 서식한다. 식욕이 왕성하며, 물속에서 숨을 쉬지 않고 몇 시간을 견딜 수 있어서 목을 축이러 오는 순진한 동물을 잡아먹는다. 물가의 은신처에 굴을 파놓고 살며, 호수 바닥의 구멍 속에 먹이를 숨겨놓는다.

✤ **글리이르**_ 새지만 날지 못한다. 포식동물들을 피하기 위해 트라둑과 같은 방식으로 생존한다. 냄새로 가장 끈질긴 흡혈파리 떼도 물리칠 수 있는 식물 예륵을 먹고 산다.

늑대인간_ 드래곤들의 왕이 납치해서 금지된 대륙에 정착한 아나자시족. 마음대로 늑대로 변신하며, 인간 모습일 때도 힘과 민첩성과 유연성이 굉장히 뛰어나다. 늑대인간은 깨무는 것으로 감염시킬 수 있다. 지구의 늑대인간들과는 달리 아더월드의 늑대인간들은 보름달에 의존하지 않고 언제든 변신할 수 있다. 타라 덩컨이 해방시켜준 늑대인간들은 아더월드 사람들의 마법 공격을 두려워하고, 금속 중에서는 은에만 약하다. 늑대인간을 죽일 수 있는 방법은 목을 베는 것이다. 알파 늑대들이 다스리고 있다.

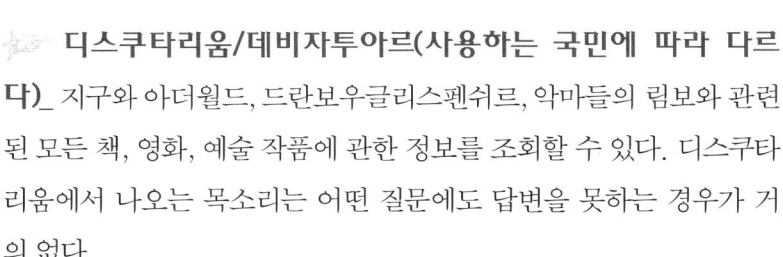

드래코-티라노사우루스_ 뱀과 공룡의 잡종. 드래곤의 사촌이지만 지능은 많이 떨어지며, 날개가 작아서 날지 못한다. 가공할 만한 포식동물로 움직이는 것뿐만 아니라 움직이지 않는 것조차 닥치는 대로 잡아먹는다. 오무아 제국의 따뜻하고 습한 숲에서 살며, 이 지역은 관광 개발이 불가능하다.

디스쿠타리움/데비자투아르(사용하는 국민에 따라 다르다)_ 지구와 아더월드, 드란보우글리스펜쉬르, 악마들의 림보와 관련된 모든 책, 영화, 예술 작품에 관한 정보를 조회할 수 있다. 디스쿠타리움에서 나오는 목소리는 어떤 질문에도 답변을 못하는 경우가 거의 없다.

로미네트_ 아더월드에서 가장 빠른 동물. 어찌나 빠른지 아무도 사진을 찍지 못했기 때문에 존재하는지 확신할 수가 없다. 털북숭이 그림자 같은 것이 휙 지나가면 사람들은 '로미네트를 본 게 틀림없어'라고 말한다. 티티족만 로미네트를 볼 수 있다고 전해진다.

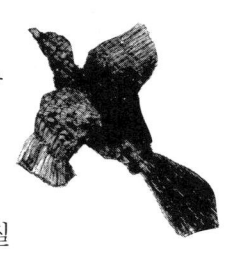

로크 새_ 공중에서 사는 자이언트 새로, 커다란 독수리 콘도르와 비슷하다. 인공위성을 궤도에 올려놓거나 아더월드에서 마딕스와 타딕스로 여행할 때 이용한다. 다행히 아더월드의 태양 빛을 먹고 살기 때문에 배설하지 않는다. 로크 새의 똥이 머리 위로 떨어질 일은 없다.

마누릴_ 마누릴의 하얀 싹은 즙이 많아서 아더월드 사람들이 즐겨 음식에 곁들여 먹는다.

모오오오우우우_ 뿔은 없고 머리가 둘 달린 고라니. 머리 하나가 먹을 때 다른 하나는 포식동물들을 감시한다. 이동할 때는 게처럼 옆으로 걷는다.

무슈티크_ 벌처럼 쏘아서 아더월드 사람들의 피를 빨아 먹는 공격적인 곤충. 흡혈파리보다 크기가 더 크며, 트라둑이나 브르르르아아아에 앉아 있다가 살 속을 파고드는데 치명적인 독을 분비하기 때문에 아주

위험하다.

므르르르_ 초록색 귀가 달린 오렌지빛 고양이. 같은
능력을 가진 빨간 생쥐 뿌익을 잡기 위해 공간이동을 할
수 있다.

므르모움_ 나무들이 숲 모양으로 거대한 군락을 이루
고 있어서 따기가 아주 힘든 과일이다. 므르모움나무는 접
근하는 것이 있으면 괴상한 소리를 내면서 땅속으로 파고들
기 때문에 붙여진 이름이다. 아더월드에서 산책을 하다 보면 므르모
움나무 숲이 통째로 사라지고 벌판만 남는 아주 놀라운 광경을 목격
할 수 있다.

미암_ 크기가 복숭아만 한 빨간 체리.

발로르키데_ 꽃이 아주 화려한 기생식물. 이름은 개화하기 전
의 노란빛과 초록빛의 봉오리에서 따온 것이다. 성장 속도가 아주 빨
라서 몇 계절 만에 나무 한 그루를 죽일 수 있으며, 뿌리
로 이동해서 그다음 나무를 공격한다. 그래서 아더월드
의 나무들은 발로르키데들이 들러붙지 못하게 부식시키
는 물질을 분비하는 것으로 생존 경쟁을 벌이고 있다.

발분_ 거대한 고래로 붉은색이며 지구의 고래보다 두 배로 크

다. 발분은 잊지 못할 멜로디의 노래를 부르며, 젖이 아주 풍부하다. 발분의 젖으로 만든 버터와 크림은 영양가가 높은 인기 식품이어서 물에 사는 트리톤과 사이렌들과 육지에 사는 거주자들 사이에 무역 교류의 대상이 되고 있다. 노래를 아주 잘 부를 때 '발분처럼 노래 부른다'는 말로 칭찬한다.

뱅뱅_ 붉은색 나무로 인간이 이 식물에서 추출한 빨간 가루를 먹을 경우 행복을 느끼다가 황홀경에 빠져 죽음에 이른다. 트롤들은 이빨이 아플 때 복용한다.

버디 드라이어_ 바람의 원소를 이용한 무형물로 욕실에서 주로 사용한다.

베에에_ 아름다운 흰털 양. 마법 행성의 변화무쌍한 계절에 적응력이 뛰어나서 몇 시간 만에 털이 빠지거나 털을 자라게 할 수 있다. 그래서 털 깎는 시기에 사육자들이 그 특성을 이용해 날씨가 갑자기 몹시 더워졌다고 하면 베에에들은 즉시 털을 홀랑 벗어버린다. 아더월드에서 '베에에처럼 순진하다'는 표현을 쓰는 것은 여기서 유래한다.

벤드룩_ 림보의 여러 우상 중 하나인 벤드룩은 생김새가 어찌나

흉측한지 다른 우상들조차 그 끔찍한 모습에 두려움을 느
낄 정도다. 벤드룩은 내장이 몸 밖으로 나와 있어 먹을 때
소화되는 과정을 구경할 수 있다.

벨루르 목재_ 내구성이 좋고, 아름다운 금빛 색깔 때문
에 아더월드에서 실내 바닥재로 많이 사용한다. 겉보기에는 차가운
느낌이지만 양탄자처럼 푹신하다.

보벨_ 앵무새와 유사한 아더월드의 화려한 새로
마법사들의 마음을 사로잡는 마법 능력이 있다.

보우둘 필터_ 파란색 자루처럼 생긴 유기체. 아더월드의 항구
에서 온갖 쓰레기를 먹어치우는 것으로 맑고 깨끗한 물을 유지해
준다.

본데르의 돌_ 마이크를 사용할 필요가 없을 정도로 소리를 증
폭하는 특성이 있는 아더월드의 돌.

부이브르_ 야행성의 날개 돋친 도마뱀으로 길
이가 30미터에 이르며, 물고기를 먹는 동물이다. 부
이부르의 이마에 박힌 보석에는 독을 중화시키는 성분
이 있고, 도마뱀의 부위들은 주로 묘약의 재료로 사용된
다. 최초의 부이브르는 알에서 태어난 것으로 전해지고

있지만 생물학적으로 도저히 불가능한 일이다.

북극 젤레_ 흰털의 작은 동물로 혈액 속의 동결 방지 성분 덕분에 영하 80도의 기온에서도 살 수 있다. 젤레는 두 봄을 보내고 나서 정확하게 플루초 1일에 죽는데 그 털이 희귀하기 때문에 사냥꾼들은 기온이 영하 20도로 오르는 북극으로 젤레를 잡으러 간다. 그러나 젤레가 구멍 속에 숨어서 죽는 습성이 있는 데다 털이 새하얗기 때문에 찾기가 힘든 것이 문제다. 빙산 속에 숨어 있다가 구멍 가까이 접근하는 것은 모조리 잡아먹는 '크로크라'라는 일종의 바다표범들 때문에 구멍마다 손을 집어넣는 것은 아주 위험하다.

불비_ 아더월드에 사는 회색과 보라색의 다람쥐. 옆구리부터 발가락까지 이어지는 비막을 이용하여 이 가지에서 저 가지로 날 수 있다.

불사르딘_ 공격을 받으면 몸이 팽창하는 특성을 가진 일종의 정어리. 껍질은 칼이 들어가지 않을 정도로 아주 질기다. 아더월드에서 파괴되지 않는 것을 보면 '불사르딘 같다'고 말한다.

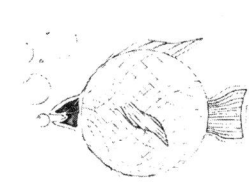

불새_ 깃털에 불이 붙어 있지만 신기하게도 털이 재생된다. 아더월드의 불에 타지 않는 나무에만 둥지를

틀며, 물을 떨어뜨리면 불새를 죽일 수 있다.

붉은 트르르_ 썩지 않는 목재. 부서지거나 맥주에 부식되지 않기 때문에 집과 술집에서 주로 사용한다.

브롤부레_ 난쟁이들이 사용하는 욕설로 세상에서 가장 비겁하고 지저분한 콧물 흘리는 찌질이를 가리킨다. 난쟁이들은 비겁한 것을 경멸하며, 광산에서는 까딱 잘못 재채기를 했다가는 수백 톤에 이르는 바위가 무너져 내릴 위험이 있어서 감기에 걸리는 걸 질색하기 때문에 생긴 욕이다. 따라서 가장 심한 욕이다.

브롤크_ 슬루르크와 같이 쓰이는 욕으로 '빌어먹을'에 해당한다.

브룩스_ 드래코-티라노사우루스의 똥만 먹고 사는 도마뱀.

브룸므_ 일종의 빨간 무로 아더월드 사람들이 즐겨 먹는다.

브르르르아아아_ 거인들의 나라 간디스에서 생산하는 엄청나게 큰 소. 털은 숱이 아주 많아서 거인들이 그 털가죽으로 옷을 지어 입는다. 몹시 공격적이어서 움직이는 것이 있으면 뭐든 덤벼든다. 제 그림자를 쫓다가 녹초가 된 브르르르아아아를 보게 되는

것은 그 때문이다. 흔히 고집불통인 사람을 '브르르아아아 같다'고
표현한다.

🐾 **브르리르**_ 흰빛과 금빛이 어우러진 고양이과 동물로
다리가 여섯 개. 특히 브르리르를 사랑하는 오무아 제국의
여제는 이 동물들이 궁전에 갇혀 있다는 생각을 하지 않도
록 주문을 걸어놨다. 그래서 브르리르들에게는 가구와 침
대의자가 나무와 편안한 바위로 보인다. 브르리르에게는
궁인들이 안 보이며, 궁인들이 쓰다듬어주면 바람에 털이
살랑살랑 흩날리는 것이라고 생각한다.

🐾 **브르맥주**_ 첫 모금에 몸이 부르르 떨리기 때문에 붙여진 이름
이다.

🐾 **브리앙트**_ 요정의 사촌으로 아더월드의 조명
기구. 대륙에 따라 날개 달린 작은 요정 형상, 날개
돋친 뱀 형상 등 여러 가지 모습이 있다. 어둠 속에서
100와트 밝기의 빛을 발하며, 거리의 가로등이 되기도
하고 투명한 스탠드나 램프의 모습으로 아더월드의 모든
가정을 밝혀준다.

🐾 **브릴**_ 브릴의 싹 요리는 아더월드에서 아주 인기가 높다. 브릴
은 히플리아에 있는 마법의 산골짜기에서 자라며 난쟁이들이 그 싹

을 수확해서 아더월드의 상인들에게 비싼 값으로 판다. 게
다가 히블리아에서는 브릴을 잡초로 여겨 먹지 않기 때문에
난쟁이들은 이 불로소득에 즐거운 비명을 지른다.

브볼_ 아더월드의 참새로, 위험이 닥치면 포식동물의 모습으로
위장하는 능력이 있어서 공격자를 달아나게 한다. 가령 포콩
지르들이 공격할 경우 브볼들은 포콩지르의 천적인 에글롱
의 모습을 만든다. 정말 에글롱인 줄 알고 포콩지르들이 줄
행랑치면 브볼 떼는 흩어진다.

블라즈_ 청소하는 푸프푸프와 비슷하지만 블라즈
는 날아다니며 아더월드의 자이언트 거미들을 공포에 떨
게 한다.

블루릅스_ 갈색 가죽배낭 같은 모습으로 흙 속
에 숨어 있다가 접근하는 곤충을 잡아먹는 식물. 어린
블루릅스들이 흰개미처럼 어미 블루릅스에게 물과 먹이를
공급하며, 다 크면 둥지를 떠나 다른 데에 뿌리를 내리고 흙 속으
로 파고 들어간다. 아더월드에서는 궁지에서 헤어날 방법이 전혀 없
을 때를 가리켜 '블루릅스 둥지에서 헤맨다'고 표현한다.

블루투르_ 썩은 고기를 먹는 회색과 노란색 새로 무엇이든 소화
할 수 있다. 블루투르가 죽어도 몇 달 동안 창자는 살아 있어서 먹은

것을 계속 소화시킨다. 블루투르의 창자는 독을 신선하게 보존하는 데 사용된다.

블를_ 대부분 물속에서 생활하다 번식기에 물 밖으로 나오는 날개 돋친 물고기. 색이 아름다워 수영 장 장식용으로 쓰인다.

블리르_ 아더월드의 금빛 자두. 지구의 자두와 아주 흡사하며 더 달콤하다.

비마_ 비마법사를 축약한 것으로 비마는 마법 능력이 없는 인간 들을 가리킨다.

비즈즈즈_ 빨간색과 노란색의 커다란 벌. 지구의 벌들과는 달리 비즈즈즈는 독침이 없다. 독극물을 분비 해 잡아먹으려고 달려드는 포식동물을 독살하는 것이 비즈즈즈의 방어 수단이다. 비즈즈즈들이 아더월드의 마법 꽃에서 생산하는 꿀은 그 어떤 꿀에도 비길 데 없는 맛이다. 아더월드에서는 '비즈즈즈 꿀처럼 달콤하다'는 표현을 자주 사용한다.

빠그락-땅콩_ 벌어질 때 나는 독특한 소리 때문에 붙여진 이름 이다. 이 땅콩에서 짜내는 기름은 향이 좋아 아더월드의 유명한 주방 장이나 숙련된 가정주부들이 주로 애용한다.

빨간 바나나_ 색깔을 제외하고는 지구의 바나나와
똑같다.

뿌익_ 이 장소에서 저 장소로 순간 이동할 수
있는, 꼬리가 둘 달린 빨간 쥐. 천적은 같은 능력
을 지닌 초록색 귀의 오렌지색 뚱보 고양이 므르
르르이다.

사카트_ 맹독성의 공격적인 빨갛고 노란 곤충으로 아더월드에
서 특히 좋아하는 꿀을 생산한다. 미식가들인 난쟁이들만 사카트
의 애벌레를 먹을 수 있다. 다른 종족이 먹었을 경우에
는 애벌레의 딱지가 인간이나 엘프의 소화액에 용해되
지 않아 배 속에서 벌떼를 분봉할 위험이 있다.

샤먼_ 아더월드에서 의사 역할을 하는 치료사. 마법사는 누구나
다쳤을 때 레파루스 주문으로 상처를 아물게 할 수 있지만, 이 주문만
으로는 치료할 수 없는 병도 많기 때문에 꼭 필요한 존재이다.

샤트릭스_ 일종의 하이에나. 검은색이며, 독
이 든 이빨을 사용하는 아주 공격적인 동물로 밤에
만 사냥한다. 길들일 수 있어 오무아 제국에서 샤트
릭스들을 문지기로 이용한다.

⭐ **세르팡 밀리에르_** 황무지 늪 근처에 서식하는 뱀. 납작한 비늘 덕분에 진흙 속에서도 이동할 수 있다. 물속에 집어넣으면 빠져 버린다.

⭐ **소포르_** 향기로운 꽃들이 탐스러운 식물. 최면 작용을 하는 꽃가루로 곤충과 동물을 함정에 빠뜨린다. 곤충이나 동물이 잠들면 꽃가루를 뿌려서 번식을 도와주는 매개체로 삼는다. 얼마 후 깨어난 곤충이나 동물이  다른 소포르 군락지를 지나가면서 꽃가루를 옮기기 때문이다. 소포르는 위험한 식물이 아니지만, 매개체들을 잠들게 하기 때문에 다른 포식동물에게 쉽게 노출되어 위험에 처하게 된다. 소포르 군락지 주변에서 육식동물이 자주 보이는 것은 그 때문이다.

⭐ **스너피_** 생김새는 여우와 비슷하지만 두 발로 걸어 다니며 누더기를 걸치고 옆구리에 배낭을 달고 다닌다. 닭이나 스파슌을 훔치기 때문에 아더월드의 농부들이 아주 싫어한다. 제 몸을 복제하는 특성이 있어서 감옥에 갇혀도 탈옥할 수 있다.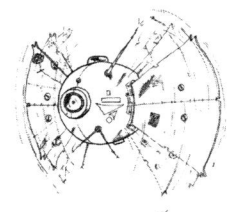

⭐ **스쿠프_** 아더월드의 기술로 생산되는 날개 달린 작은 카메라. 스쿠프는 지능을 가지고 있어서 촬영한 영상을 크리스털리스트에게 전송한다.

스크로뉴플루프_ 수달과 토끼를 뒤섞어놓은 듯한 생김새. 스크로뉴플루프는 아주 어리석은 사람이나 아주 멍청한 경우를 가리킬 때 흔히 사용하는 욕이다.

스트리둘_ 지구의 메뚜기에 해당된다. 몹시 파괴적이라 구름같이 떼를 지어 이동할 때는 삽시간에 농작물을 휩쓸어버린다. 스트리둘은 아주 풍부한 점액을 생산하기 때문에 마법에 널리 사용된다.

스파슈니어_ 닭장처럼 스파슌을 가두어두는 우리.

스파슌_ 금빛의 자이언트 칠면조인데 시종일관 울음소리를 내면서 거드럭거리고 다니는 통에 사냥하기가 아주 수월하다. 흔히 '스파슌처럼 어리석다' 또는 '스파슌처럼 거드름피운다'고 표현한다.

스팔렌디탈_ 일종의 전갈이며 스몰컨트리가 원산지다. 땅신령들은 스팔렌디탈을 길들여서 말처럼 타고 다니며, 가죽이 아주 질기기 때문에 유용하게 사용한다. 새를 좋아하는(미각적 의미에서) 땅신령들은 스몰컨트리의 서식 동물을 절멸시킴으로써 곤충을 포함한 다른 동물에게 생태적 지위를 열어주었다. 천적들에게서 해방된 스팔렌디탈들은 위험 없이 자라면서 그 개체 수가 점점 더 늘어났다. 땅신령들 때문에 스몰컨트리는 결과적으로 자이언트 전갈, 자이언트 거미, 자이언트 다족류에게 점령되었다.

🌿 **스플루프_** 엘프들의 나라 셀렌다의 숲에 서식하는 빨간 도가머리의 은빛 새. 스플루프의 알은 아주 맛있지만 건드리기만 해도 잘 깨진다. 길들일 수가 없는 새라서 알을 얻기 힘들고, 값도 아주 비싼 편이다.

🌿 **슬루릅_** 멘탈리르 평원이 원산지인 식물이며, 그 즙은 신기하게도 후추를 친 쇠고기의 깊은 맛이 난다. 고기 맛이 나는 것은 초식동물인 유니콘 떼의 공격을 피하기 위해서다. 하지만 이 독특한 맛을 발견한 아더월드 사람들이 슬루릅 즙으로 요리하는 습관이 생겼다.

🌿 **아스토펠_** 장밋빛 작은 꽃으로 냄새를 맡으면 며칠 동안 후각을 마비시킨다. 특히 아스토펠은 초식동물을 비롯한 모든 동물의 공격을 막기 위해 꽃향기로 후각을 마비시키는 능력이 발달되어 있다.

🌿 **에글롱_** 날 수 있는 포식동물로 포콩지르를 잡아먹는다.

🌿 **에프리트_** 지각단층을 둘러싼 전쟁이 일어났을 때 인간들 편에서서 악마들과 싸웠던 악마 종족. 감사의 뜻으로 데미데루스는 마법

사의 호출을 받는 에프리트에게 아더월드로 오는 것을
허락했다. 아더월드에 온 에프리트들은 자기들의 능력
을 인간을 돕는 데 사용하기로 결정했고, 대부분 하인,
전령, 경찰로 일하고 있다.

엠엠로움_ 아더월드에서 재배하는 과일로 즙이 아주
많고, 달콤한 살구와 바나나를 섞은 맛이다. 엠엠로움나무는
침입자가 다가오는 즉시 땅속으로 사라지는 능력이 있다.

예륵_ 초식동물들이 도저히 먹을 엄두를 내지 못하게
썩은 냄새를 풍기는 식물. 후각이 없는 새, 글리이르만 먹을
수 있다.

원소_ 불, 물, 흙, 공기 등 여러 종류의 원소가 존재한
다. 성질이 포악한 불의 원소를 제외하고 원소들은 대체로
다정하며 일상생활에서 아더월드 사람들을 도와준다.

위베른족_ 드래곤들의 시중을 드는 자이언트 도
마뱀으로 금빛 비늘이 덮여 있고, 회전하는 엉덩이 덕분에 두 발로 걸
어 다닐 수 있다. 드래곤보다는 덜 영리하며, 유머 감각은 전혀 없다.
드래곤의 세포 실험 과정에서 태어났으
며, 드래곤의 먼 사촌으로 볼 수 있다.

✦ **유니콘**_ 갈라진 쌍발굽과 이마에 뿔이 하나 달린 말. 멘탈리르 평원에서 자라는 지혜의 풀 덕분에 아주 영리한 동물이다.

✦ **자이언트 강철나무**_ 마법을 사용하지 않고서는 파괴할 수 없다. 키가 무려 300미터까지 자랄 수 있으며 야생 페가수스들이 둥지를 짓는다.

✦ **자이언트 거미**_ 스팔렌디탈과 마찬가지로 스몰컨트리가 원산지이다. 땅신령들이 말처럼 타고 다니며, 그 거미줄은 아주 질긴 것으로 유명하다. 여덟 개의 다리와 여덟 개의 눈, 전갈처럼 독침이 있는 꼬리가 달려 있는 것이 특징이다. 아주 영리하며, 잡아먹기 전에 먹이에게 수수께끼를 내는 것이 취미이다.

✦ **젤리소르**_ 림보에서 숭배하는 신. 입김이 어찌나 센지 향기가 나는 천으로 주둥이와 얼굴을 가려야만 신전으로 들어갈 수 있다. 악취 때문에 젤리소르의 신전에서는 파리도 살 수 없다. 다른 신들과 회의가 있을 때는 실내 공기를 고려하여 송곳니를 깨끗이 닦고 들어가야 하며, 젤리소르 옆에서는 담배를 피울 수 없다.

✦ **주르스탈**_ 텔레크리스털이 방송하는 아더월드의 뉴스이며, 마법사와 비마는 크리스털 볼과 크리스털 전광판으로 받아 본다.

진비지블_ 보이지 않게 모습을 감출 수 있는 카멜레온. 오무아 황실과 여제를 위해 일하는 살아 있는 녹음기이자 스파이이다.

진실의 입_ 아더월드에서 가까운 얼음 행성 산티보르 원산의 식물성 존재. 텔레파시 능력이 있어서 어떤 거짓말도 탐지할 수 있다. 말을 못하기 때문에 진실의 입들의 생각을 읽어낼 수 있는 파란 땅신령을 통해 의사소통한다.

진흙먹보_ 간디스의 황무지 늪에 사는 털북숭이 동물이며 진흙에 들어 있는 영양소와 곤충, 수련을 먹고 산다. 진흙먹보들의 원시족은 아더월드의 다른 거주자들과 거의 접촉이 없다.

차우프_ 아더월드에서 가장 어설픈 동물. 머리에 나 있는 노란색 깃털과 트럼펫 모양의 빨간색 코, 코끼리와 하마를 섞어놓은 모습의 잿빛 털북숭이로, 여섯 개의 다리가 서로 걸리는 바람에 3미터도 못 가서 넘어지기 일쑤이다. 그래서 차우프를 노리던 포식동물들이 깔려 죽는 일이 자주 일어난다.

첼프_ 림보의 동물로 액체가 가득 찬 풍선 형태를 하고 있다. 포식동물을 피하기 위해 날아가거나 겁이 났을 때 액체를 투하하는데 냄새가 몹시 고약하다. 림보에서 '오늘 아침에는 첼프 향기가 나네요?'

하고 말하면 칭찬이다. 악마들이 첼프 향기를 좋아하기 때문이다.

친파프_ 콜라, 사과, 오렌지 맛이 나고, 콜라처럼 거품이 생긴
다. 상쾌하게 해주고 활력을 주는 청량음료.

카멜레_ 하트 모양의 식물로 잎은 식용한다. 계절과
장소에 따라 색이 변한다. 카멜레 잎만 섭취하고도 생
존한 여행자가 많아서 '여행자의 식물'이라고 불린
다. 치즈 샌드위치 맛과 비슷하다.

카멜린_ 환경에 따라 색이 변하는 특성에서 이름이 유래
한 희귀종 식물. 멘탈리르 평원에서는 파란색이고, 살테렌스
사막에서는 금빛이나 흰색이다. 꺾거나 옷감으로 짜도 그 특성
은 유지되기 때문에 활용 가치가 높다.

칵스_ 근육을 풀어주는 효능이 있는 약초로, 달여 마시
며 잠자기 직전에만 복용하라고 되어 있다. 근육에 영향을
준다고 하여 아더월드에서는 '몰몰'이라고도 부른다. '이런
칵스 같은 놈!'이라고 말하면 아주 흐늘흐늘한 사람을 가리
킨다.

칸타루프_ 공격적인 식충식물이며, 주로 곤충과 설치류 동물을
잡아먹는다. 꽃잎의 색은 다양하지만 항상 눈에 거슬리는 빛깔이며,

날카로운 가시를 사용하여 마치 작살로 찍듯이 먹이를 잡는다. 크기는 큰 개만 해서 꺾기가 힘들고, 아더월드의 특선 요리에 들어가는 재료로 사용한다.

칼로르나_ 숲에 피는 매혹적인 꽃. 달콤한 장밋빛과 흰빛 꽃잎으로 아더월드의 초식동물과 모든 동물에게 특선 요리를 제공해준다. 멸종을 피하기 위해서 칼로르나는 세 개의 꽃잎을 포식동물의 접근을 감지할 수 있는 탐지기로 만들었다. 커다란 눈 모양의 이 꽃잎들 덕분에 칼로르나는 재빨리 모습을 감출 수 있다. 그런데 불행히도 호기심이 많은 칼로르나는 그 꽃잎들을 세우고 있다가 포식동물을 제때에 피하지 못하는 경우가 종종 있다. 호기심이 많은 사람을 보고 '칼로르나 같다'고 말하는 것은 바로 그 때문이다.

케빌리아_ 광채가 나는 투명한 보석. 다이아몬드와 비슷하지만 훨씬 반짝거리며, 파란빛, 초록빛, 장밋빛, 노란빛, 빨간빛 등 빛깔도 훨씬 짙다. 케빌리아는 아더월드에서 가장 귀한 보석이다. 엄청난 가치를 지니고 있다는 표현을 할 때 아더월드에서는 '케빌리아 같은 영향력이야'라고 말한다.

켈트릴_ 가볍고 아주 단단해서 갑옷과 보호대를 만드는 데 사용하는 은빛 금속. 난쟁이들이 만들어서 엘프와 인간에게 아주 비싼 값으로 판다.

🌟 **크라켄_** 시커먼 다리들이 위협적인 자이언트 문어. 엄청난 크기 때문에 아더월드의 바다에서 발견되지만, 민물에서도 살 수 있다. 뱃사람들에게는 위험한 존재로 널리 알려져 있다.

🌟 **크라크덴트_** 트롤의 나라 크랑카르 원산의 장밋빛 털북숭이 동물. 앞뒤가 분간되지 않지만, 세 배 크기로 늘어나는 입을 갖고 있어 무엇이든 거의 한입에 덥석 집어삼키므로 상당히 위험하다. 아더월드를 방문한 많은 관광객들이 "어머 어쩌면 이렇게 귀여울까!" 하고 감탄하다가 목숨을 잃었다.

🌟 **크레크레크레_** 레몬빛 털의 설치류 동물로 생김새는 토끼와 비슷하다. 빛깔이 화려한 아더월드의 환경을 이용해서 포식동물들을 아주 쉽게 피한다. 고기는 맛이 없는데도 굶주린 여행가나 사냥꾼이 먹기도 한다. 아더월드에서는 크레크레크레를 사로잡아서 사육한다.

🌟 **크렐_** 아더월드의 금빛 미모사나무. 놀랍게도 지나가다가 건드리는 동물이나 사람들의 감정을 색깔로 반영한다.

🌟 **크로그로세이유_** 갈증을 풀어주는 청량음료. 아더월드 사람들

이 즐기는 탄산음료 중 하나다.

크로쉬엥_ 살테렌스 사막의 재칼. 크로쉬엥은 무리를 지어 사냥한다.

크로아_ 두 가지 색의 개구리. 크로아는 글루릅스들의 주식이며, 신경을 거스르는 독특한 울음소리 때문에 쉽게 찾을 수 있다.

크로우즈_ 향기가 짙은 야생 장미의 일종으로 꽃의 색깔이 다채롭다.

크로크-르캥_ 아더월드의 바다 포식동물인 일종의 상어. 날카로운 이빨을 무기로 주저치 않고 크라켄을 공격한다. 크로크-르캥은 아더월드의 바다에서 크라켄과 함께 뱃사람들에게 위협적인 존재이다.

크루이크크크_ 빨간 상아가 돋친 파란색 잡식성 포유류 동물. 성질이 포악한 것으로 알려져 있으며, 고기가 맛있어서 사육한다. 야생 크루이크크크 떼는 삽시간에 밭을 황폐하게 만들어놓는다. 그래서 아더월드의 농부들은 곡물을 지키기 위해 크루이크크크 퇴치 주문을 사용한다.

 **크르룩_** 바닷가재와 게의 잡종으로 집게발 열 개가 달려 있다. 아더월드 사람들이 즐겨 먹는다.

 **크리크리_** 보랏빛과 노란색의 메뚜기. 이 곤충들이 수풀 속에서 울기 시작하면 어찌나 요란한지 잠을 잘 수 가 없다.

키디코이_ 장난꾸러기 꼬마도깨비 파보들이 만들어낸 막대사 탕. 겉을 빨아 먹으면 속에서 예언 글귀가 나타난다. 이 예언은 항상 실현되지만 그 순간에는 당사자가 이해하지 못하는 경우가 대부분이 다. 모든 국가의 최고 마법사들은 그 기능을 이해하기 위해 신비한 키 디코이를 연구하고 있지만 성과를 얻지 못했다. 파보들이 그 비밀을 잘 지키고 있기 때문이다.

 **키마이라_** 아더월드 군주들의 고문관 역할을 하며, 사자 머리에 염소의 몸, 드래곤의 꼬리로 이뤄 져 있다.

타로데르_ 자는 동물의 살 속에 유충을 넣어서 번식하는 벌레. 타로데르에게 물리면 통증이 심하므로, 유충이 몸속으로 퍼지기 전 에 즉시 소독해야 한다. '타로데르 같다'고 하면 들러붙는 사람을 가 리키는 모욕적인 말이다.

타오르미_ 얼굴이 개미처럼 생긴 쥐인데 깨물면 굉장히 아프다. 개미집처럼 생긴 타오르미 굴 하나가 이동할 때 숲 전체가 쑥대밭이 될 수 있다. 타오르미는 아더월드의 동물이 좋아 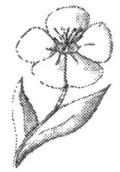 하는 꿀을 생산하지만, 그 꿀을 얻으려면 목숨을 걸어야 한다.

타춤_ 노란색 꽃이며, 꽃가루는 아더월드의 후추로 사용된다. 자극성이 아주 강해서 타춤의 냄새를 맡으면 어떤 상태의 코든 뻥 뚫린다.

타크_ 초록색 또는 회색 쥐로 항구 주변에서 많이 발견된다. 타크들이 며칠 만에 배를 갉아  먹기 때문에 선원들이 아주 싫어한다.

타트롤_ 지구와 아더월드는 측량 단위가 서로 다르다. 타트롤은 킬로미터, 바트롤은 미터에 해당한다. 1트롤은 3미터, 1바트롤은 1미터 50센티미터, 1타트롤은 1킬로미터 500미터.

탈루디_ 눈이 셋 달린 모자 모양의 작은 동물이며 무엇이든 녹화하는 능력이 있다. 촬영한 것을 보려면 머리에 쓰면 된다.

테오디르_ 드래곤들이 즐겨 마시는 일종의 샴페인. 인간들은 부동액 맛을 느낀다.

🌟 **토예_** 마늘과 양파의 맛이 섞인 식물로 아더월드 사람들이 향신료로 사용한다.

🌟 **토쿨린_** 보석으로 이뤄진 꽃이며 수시로 색이 변한다. 보석-꽃은 아더월드에서 가장 아름다운 꽃이며, 위험한 파트로크 섬에서만 재배되기 때문에 구하기가 몹시 힘들다.

🌟 **톨리스_** 아더월드의 아몬드.

🌟 **트라둑_** 살코기와 털가죽을 얻기 위해 켄타우로스들이 키우는 동물. 악취를 풍기는 특성이 있어서 포식동물들로부터 자신을 보호한다. 그러나 트라둑의 냄새를 맡지 않기 위해 콧구멍을 막을 수 있는 늑대 크르르렉은 예외다. 아더월드에서 '병든 트라둑 같은 악취가 난다'라는 표현은 모욕으로 받아들여진다.

🌟 **트란를쿠르의 드루프_** 드루프는 남성의 생식기관을 가리키며, 트란를쿠르는 여신들이 특히 좋아하는 신이다.

🌟 **트리_** 작은 새로 아더월드의 숲에서는 루비 빛깔이고, 트롤들의

숲에서는 초록 빛깔이다. '트리이이이이' 하면서
우는 독특한 울음소리를 따서 붙인 이름이다.

트리크로크_ 표적을 정확하게 찾는 마법의 무기로
세 개의 치명적인 침이 달려 있다. 공격자가 표적을 죽이
고 싶은가, 잠들게 하고 싶은가에 따라 세 개의 침에 독이
나 마취제가 생성된다.

트실_ 살테렌스 사막의 벌레. 모래 속에 숨어서 동물이 지나가
기를 기다리다 동물에 들러붙어서 살갗이든 딱딱한 껍질이든 뚫어버
린다. 그 알들은 혈관을 침투해서 숙주의 몸속에 퍼진다. 100시간이
지나면 알들이 부화하며, 새로 태어난 트실들이 숙주의 몸을 먹는다.
아더월드에서는 트실로 인한 죽음이 가장 끔찍한 죽음 중
하나다. 이런 이유로 살테렌스 사막을 여행하는 사람은
거의 없다. 일반적인 트실에 대한 해독제는 존재하는 반
면에 금빛 트실에 대한 해독제는 없어서 공격을 받으
면 죽음을 면할 길이 없다.

페가수스_ 날개 돋친 말. 지능은 개의
지능에 가깝다. 발굽은 없지만 갈퀴발톱이 있
어서 어디든 쉽게 올라앉을 수 있다. 야생 페
가수스는 키가 무려 300미터까지 자라는 자
이언트 강철나무에 거대한 둥지를 짓고 산다.

포콩지르_ 아더월드의 포식동물로 날개를 회전시키는 놀라운 능력이 있다. 이름은 자이로스코프에 올라앉은 것 같은 모습에서 유래한다.

푸프푸프_ 발이 여섯 개 달리고 커다란 뚜껑이 있는 작은 상자로 아더월드의 청소기이다. 바닥에 떨어지는 모든 쓰레기를 집어삼킨다. 마법과 과학기술로 만들어진 푸프푸프는 안드로메다은하의 블랙홀과 연결되는 작은 공간이동의 문을 통해 쓸모없는 쓰레기를 자동으로 배출한다.

프르루트_ 아더월드의 식충식물로 하이  에나와 포식동물을 유인하기 위해 짐승의 썩은 고기 냄새를 피운다. 동물이 다가와서 촉수에 닿는 순간 꿀꺽 삼킨다. '트라둑처럼 악취가 난다'는 표현과 함께 '프르루트처럼 악취가 난다'는 표현도 많이 쓰인다.

플로프_ 맹독성의 하얗고 파란 개구리로 멘탈리르의 평원에서 볼 수 있다.

피크크크_ 이름이 가리키는 대로 피크크크는 흡혈파리처럼 피를 빨아 먹고 사는 아더월드의 곤충이다. 피크크크의 독침에 쏘이면 트라둑이나 모오

330

오오우우우, 베에에는 몸속의 피를 다 토해낸다. 다행히 피크크크는 늪 주위에 서식하면서 알을 낳는다.

 **하르퓌아_** 욕설로만 의사를 전달하는 여자 모습의 새. 매우 더러우며 산에서 생활한다. 갈퀴발톱에 있는 독은 해독제가 존재하지 않기 때문에 마법사들이 독을 사용하기 위해 많이 찾는다.

호프호프_ 아더월드의 신기한 동물. 지구의 캥거루처럼 펄쩍펄쩍 뛰는데 어디서나 시종일관 그렇게 뛰어서 전진한다. 그래서 언제, 어디로 뛸지 종잡을 수가 없다. 아더월드에서는 몹시 흥분해서 펄펄 뛰는 사람을 보면 '호프호프처럼 돌았다'고 한다. 지구의 춤과 혼동하면 안 된다.

 **흡혈파리_** 물리면 통증이 몹시 심하다. 많은 동물이 긴 꼬리를 발달시켜서 흡혈파리를 죽이는 데 사용한다.

 **히드라_** 아더월드에는 머리가 세 개, 다섯 개, 일곱 개 달린 히드라가 있으며, 강이나 호수에서 산다.

랑코비트의 덩컨 가문 가계도

-5015년 파이초 25일(아더월드력)을 기준으로 작성-

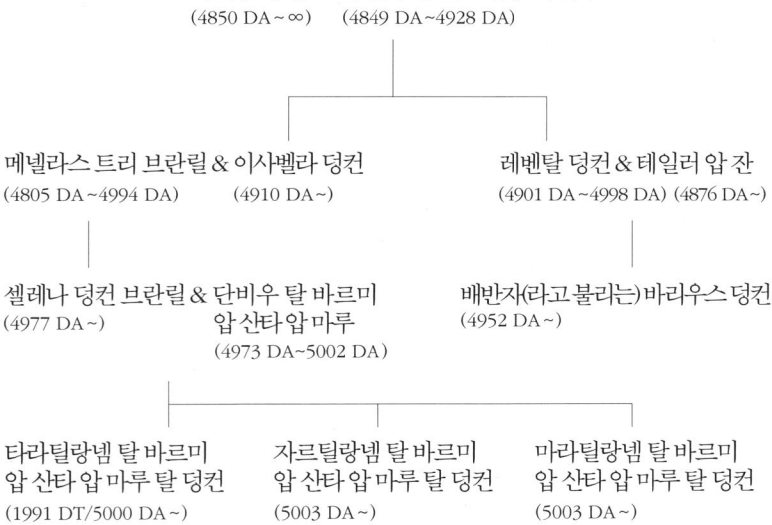

마니투 덩컨 & 마젠티 발 아르젠뽕 레틸라
(4850 DA~∞)　　 (4849 DA~4928 DA)

메넬라스 트리 브란릴 & 이사벨라 덩컨
(4805 DA~4994 DA)　　 (4910 DA~)

레벤탈 덩컨 & 테일러 압 잔
(4901 DA~4998 DA) (4876 DA~)

셀레나 덩컨 브란릴 & 단비우 탈 바르미
(4977 DA~)　　　　　압 산타 압 마루
　　　　　　　　　(4973 DA~5002 DA)

배반자(라고 불리는)바라우스 덩컨
(4952 DA~)

타라틸랑넴 탈 바르미
압 산타 압 마루 탈 덩컨
(1991 DT/5000 DA~)

자르틸랑넴 탈 바르미
압 산타 압 마루 탈 덩컨
(5003 DA~)

마라틸랑넴 탈 바르미
압 산타 압 마루 탈 덩컨
(5003 DA~)

DA= 아더월드력
DT = 지구력

오무아 제국의 탈 바르미 압 산타 압 마루 가문 가계도
-5015년 파이초 25일(아더월드력)을 기준으로 작성-

'불의 주먹' 데미데루스, 오무아 제국의 시조
(―2984 DT~)

5000년 이후의 후손

오무아 여제
리스베스틸랑넴 & 다릴 크라투스
탈 바르미 압   (4950 DA~5005 DA)
산타 압 마루
(4970 DA~)

전 오무아 황제
단비우 탈 & 셀레나 딩컨
바르미 압   (4977 DA~)
산타 압 마루
(4973 DA~5002 DA)

**오무아 여제의 이복오빠,
이복형제 단비우를 계승한
현 오무아 황제**
산도르 탈 바르미 압 마르치
압 브레비스 (4958 DA~)

타라틸랑넴 탈 바르미
압 산타 압 마루 탈 덩컨
(1991 DT/5000 DA~)

자르틸랑넴 탈 바르미
압 산타 압 마루 탈 덩컨
(5003 DA~)

마라틸랑넴 탈 바르미
압 산타 압 마루 탈 덩컨
(5003 DA~)

DA = 아더월드력
DT = 지구력

「타라 덩컨9」 이후 무슨 일이 벌어지는지 알고 싶으세요?
그럼 iPhone/iPod touch의 앱에 들어가보세요. 지금까지 공개되지 않은
새로운 타라 덩컨 이야기가 영상 및 음악과 함께 펼쳐집니다.
Byook이 제공하는 독특하고 놀라운 세계를 지금 경험해보세요!

앱 스토어 검색창에 "Tara Duncan"을 쳐서 다운로드하세요.
혹은 스마트 폰에서 QR코드를 찍어보세요.

byook.com/tara-kr